시베리아로 간 고양이

시베리아로 간 고양이

강수인 장편소설

바를

청둥오리는 물결에 떠밀려 서서히 가까워졌다. 녀석은 눈을 감고 고개를 숙인 채 잠에 빠져 있었다. 그 덕분에 억새밭에 숨어서 자신을 노리는 나를 눈치채지 못했다. 물결이 조금만 더 도와준다면 나는 녀석의 목을 틀어쥘 것이다. 녀석이 비명을 지를 새도 없이. 언제라도 달려들 수 있도록 앞발톱으로 억새 뿌리를 움켜쥔 그때 재수가 없으려니 갑자기 강바람이 불어왔다. 억새밭이 물결처럼 일렁거리며 곳곳에서 마른 억새가 뚝뚝 꺾어졌다. 그 소리에 잠에서 깬 녀석이 황망한 눈으로 두리번거리고는 발장구를 쳐 물가에서, 그리고 내게서 멀어졌다.

억새밭에 숨어들었던 정오 무렵에 청둥오리와 나는 열 걸음 정도 떨어져 있었다. 태양이 서쪽으로 기울고 맞은편

물가가 억새 그림자에 잠긴 지금까지도 그 거리는 줄어들 듯 줄어들지 않았다. 이번에도 녀석은 고작 두어 걸음을 남겨 두고 그 거리로 되돌아갔다. 맥이 풀려 녀석에게 신경을 쏟느라 잊었던 허기가 다시 찾아왔다. 홀쭉한 배가 안쪽으로 말리며 헛구역질이 일었다. 이제라도 녀석을 포기하고 억새밭에 숨어 있을 들쥐라도 잡아 당장 배를 채우는 게 낫지 않을까. 그러나 억새밭을 쓸며 불어오는 바람에서 들쥐 냄새는 느껴지지 않았다. 녀석들도 내 기척을 감지하고 냄새를 맡았을 테니 이미 발톱이 닿지 않는 곳에 숨었을 것이다. 항구를 떠난 뒤로 되는 일이 하나도 없다는 생각에 한숨을 푸욱 내쉬는데 낚싯배 한 척이 강굽이 너머에서 나타났다. 낚싯배 엔진 소리에 놀란 청둥오리가 황급히 날아올랐다. 이때껏 나를 잘근잘근 씹어댔던 불운이 씹을 대상을 바꿨는지 그 방향이 내가 숨은 쪽이었다. 그동안 도저히 어찌할 수 없었던 열 걸음 거리가 순식간에 좁혀졌다. 나는 몸을 움츠려 재빨리 끌어모은 힘을 쏟아내 녀석을 향해 뛰었다. 청둥오리는 나를 알아채고 다급하게 방향을 틀었지만 이미 늦었다. 나는 활짝 벌린 앞발로 녀석의 목을 낚아채듯이 붙잡았다. 녀석은 목이 찢어져라 꽥꽥 소리를 지르며 죽을힘을 다해 날개를 퍼덕거렸다. 물론 그 정도 저항으로는 배고픔에 눈이 뒤집힌 사냥꾼을 떨쳐낼 수 없었다. 녀석은 날아오를 것처럼 솟구치다 멈칫거리며 땅으로 끌려 내려왔다. 나는 발이 땅에 닿자마자 녀석의 목에 송곳니를 박았다. 뜨거운 피가 입안으로 흘러들었다. 피비린내에 환장한 뱃속이 어서 고기를 달라고 미친 듯이 보챘지만 나는 서두르지 않았다. 절망한 녀석이 마구잡이로 내두르는 부리에 눈알이라도 쪼였다간 죽은 목숨이나 다름없었다. 청둥오리의 신음이 멎고 몸이 축 늘어진 뒤에야 나는 목을 놓았다. 거친 숨을 가라앉히고 이빨로 녀석의 가슴에서 깃털을 뽑았다. 깃털 사이로 드러난 맨살을 뜯어내 정신없이 씹었다.

쪼그라질 대로 쪼그라져 있던 배는 고기 몇 점만으로 가득 찼다. 청둥오리는 두툼한 가슴살 일부만 뜯겼을 뿐 나머지는 온전했다. 그 정도면 다시 길을 떠나기 전까지 서너 번은 배를 채울 수 있었다. 배도 부르겠다, 당분간 먹을 먹이도 장만했겠다, 마음이 느긋해진 나는 억새밭 두둑에 엉덩이를 깔고 앉아 앞발로 입가에 묻은 피를 닦아냈다.

"정말 놀랍군."

말소리가 들려온 곳은 억새밭 한쪽에서 자라는 버드나무였다. 그 나무 꼭대기에 까마귀 한 마리가 앉아 있었다. 아무리 배가 고팠다 한들 뒤에서 지켜보는 눈을 몰랐다니. 녀석이 수리부엉이였다면 내 등뼈는 진즉에 부러졌을 것이다. 나는 다리에 힘을 주고 서서 발톱을 내비쳤다.

"언제부터 거기에 있었던 거지?"

"네가 나타나기도 전에. 대단하더군. 그 긴 시간을 꼼짝도 하지 않고 기다리다니. 인간처럼 손이라도 있다면 박수를 쳤을 거야. 그나저나 그 오리고기 좀 나눠주면 안 될까? 지금 배가 너무 고프거든."

나는 청둥오리 앞을 막아섰다.

"그건 어렵겠는걸. 길을 떠나려면 배를 채워야 하거든."

까마귀가 고개를 갸우뚱거렸다.

"고양이가 길을 떠난다고? 너희들은 한곳에 붙어 사는 게 아니었나?"

"모든 고양이가 그런 건 아니야. 나처럼 여행하는 고양이도 있지. 그런데 너 혹시 동물원을 알아?"

"동물원? 그게 뭐지?"

"넌 좀 다르군. 다른 까마귀들은 무조건 아는 체부터 하던데. 동물원은 여러 동물이 모여 사는 곳이야. 인간들이 만들었지."

까마귀가 눈을 반짝거렸다.

"아하, 그런 곳을 본 적이 있어. 단지 동물원이라고 부르는지 몰랐을 뿐이야."

"그래? 어디서 봤는데?"

"어느 도시에서."

"그 도시는 어디에 있는데?"

"그곳에 가는 건 쉽지 않을 거야. 고양이에게는 너무나 멀거든."

나는 콧방귀를 뀌었다.

"흥. 나를 무시하지 않는 게 좋아. 이미 먼 길을 왔으니까. 네놈들이 자랑하는 날개로도 쉽지 않을 거리였지. 그러니 쓸데없는 소리 주절거리지 말고 말해. 거기가 어딘지."

"호오. 배짱 하나는 무시할 수 없겠군. 그렇다면 알려주지. 그런데… 이를 어쩌나."

까마귀가 부리를 까닥여 청둥오리를 가리켰다.

"배가 고파서 말이 안 나오네."

"네 말을 어떻게 믿지? 고기를 얻으려고 거짓말하는 것일 수도 있잖아?"

까마귀의 눈이 가늘어졌다.

"다른 수라도 있나?"

나는 옆으로 비켜섰다.

"어쩔 수 없군."

1

 오토바이가 털털거리는 소리가 고물상 마당으로 들어섰다. 그 소리가 잠시 머물다 떠난 뒤 나는 창고 모퉁이 바깥으로 머리를 내밀었다. 하늘엔 아직 석양이 남았지만 사무실 처마에 달린 전등은 벌써 켜져 있었다. 그 불빛이 닿지 않는 고물들이 어둠에 잠긴 무렵 사무실 문이 벌컥 열렸다. 문 안에서 두툼한 손이 나와 그릇들을 계단 밑에 내려놓았다. 출입문 앞에 엎드린 개가 눈빛을 반짝이며 머리를 들었다. 사무실 문이 곧바로 닫히자 개는 실망한 목소리로 끄응거리고 머리를 다시 앞발 위에 올려놓았다. 개의 목에 묶인 쇠사슬이 콘크리트 바닥을 쓸며 맑은 쇳소리를 냈다. 마당을 휘도는 바람이 그릇들에서 짜고 단 냄새와 기름에 튀긴 고기 냄새를 몰아왔다. 나는 모퉁이를 나와 개의 눈치를 살피며 살금살금 마당을 가로질렀다. 그릇까지 두어 걸음 남겨 두었을 때 개의 두 귀가 앞뒤로 움직였다. 개는 콧구멍을 벌름거리더니 벌떡 일어나 나를 향해 짖기 시작했다. 나는 그 소리에 놀라 개가 묶여 있다는 것을 알면서도 계단 밑 어두운 틈으로 도망쳤다. 개는 약이 바짝 올라 뒷다리로 뛰며 더욱 맹렬히 짖었다. 남자가 미닫이창을 열고 소리쳤다.

"조용히 해! 자꾸 짖으면 개장수한테 팔아버린다."

개는 입을 다물고 어리벙벙한 표정으로 남자와 나를 번갈아 보았다. 남자는 시끄러워서 살 수가 없다고 투덜거리며 미닫이창을 닫았다. 남자의 말소리와 다른 누군가가 숨이 넘어가도록 깔깔거리는 소리가 사무실 바닥의 나무판자를 통해 울렸다. 나는 계단 밑을 빠져나와 그릇들에 다가갔다. 넓적한 그릇 가장자리에 밀가루를 입혀 기름에 튀긴 고기 몇 점이 놓여 있었다. 후다닥 도망칠 수 있게끔 엉덩이를 뒤로 뺀 자세로 고기에 코를 댔다. 다행히 고기가 상했을 때의 시큼한 냄새와 독극물의 쓴 냄새는 느껴지지 않았다. 나는 고기 한 점을 입에 물고 계단 밑 틈으로 돌아갔다. 개가 앞발로 바닥을 때리며 끙끙거렸다.

"이 도둑놈아. 겁도 없이 주인의 음식을 훔쳐? 다시 가져다 놓지 못해?"

나는 한 번에 한 점씩 고기를 계단 밑으로 가져가 먹어

치웠다. 배가 불룩해져서 뒤뚱거리며 보금자리로 돌아가는데 뒤에서 쇠사슬이 팽팽해지는 소리가 들렸다.

"이번만 특별히 봐주는 줄 알아. 다음에는 어림도 없어."

밤새 고요했던 고물상은 사무실 지붕 너머가 새벽빛으로 밝아지면 소란스러워졌다. 허리가 굽어 고양이처럼 걷는 인간들이 출입문을 밀고 들어와 빈 리어카를 끌고 나갔다. 그들이 돌아오는 해거름에 리어카에는 접힌 종이상자와 납작하게 구겨진 빈 깡통과 솜뭉치를 닮은 쇠 부스러기와 술병 등이 가득 실려 있었다. 나는 모퉁이에 숨어 인간들이 바닥 저울에 리어카 무게를 달고 사무실 남자와 고물 값을 흥정하는 모습을 지켜보았다. 인간들이 새벽보다 더 굽은 허리를 손등으로 두드리며 사라진 뒤 사무실 처마에서 불이 꺼졌다. 남자가 개의 머리통을 긁어주고 떠나면 고물상은 다시 고요해졌다. 그때부터가 내 시간이었다. 나는 보금자리 앞 통로를 시작으로 고물상을 탐험했다. 인간들이 고물들을 쌓아 만든 탑에 올랐고 고물들이 뒤엉켜 생긴 미로를 통과했으며 망가진 가전제품의 내부구조에 담긴 비밀을 탐구했다. 종이가 썩으면서 생긴 열기를 쫓아 신문지 뭉치를 비집고 들어갔다가 그곳을 영역으로 삼아 살고 있던 바퀴벌레들과 일전을 벌이기도 했다.

고물은 종류에 따라 쌓인 장소가 달랐다. 출입문 쪽에는 쇳덩어리와 종이와 가전제품 등이, 마당에는 화장대와 책상 따위의 가구들이 쌓여 있었다. 창고 앞은 고물상에서도 구석이었는데 플라스틱과 유리로 만들어진 고물들이 아무렇게나 흩어져 있었다. 플라스틱은 가벼워서 나 같은 새끼 고양이가 가지고 놀기 좋았다. 반짝거리는 플라스틱 공을 앞발로 툭툭 치며 고물들 사이를 누비다 보면 어느새 새벽이었다. 그날도 플라스틱 공을 쫓다가 유리 조각들이 나뒹구는 곳에서 어떤 고양이와 마주쳤다. 노란 눈만 빼고 온몸이 새까만 새끼 고양이였다. 몸이 작고 삐쩍 말랐는데도 나를 쏘아보는 눈만큼은 움찔 놀랄 정도로 매서웠다. 어떻게 아무런 기척도 없이 여기까지 숨어들 수 있었을까. 나는 녀석을 쫓아내려고 으르렁거리며 발톱을 세운 앞발을 휘둘렀다. 녀석도 질 수 없다는 듯이 나를 따라 했다. 우리가 동시에 휘두른 앞발이 보이지 않는 벽에 막혀 서로에게 닿지 않았다. 얼떨떨해진 나는 눈을 끔뻑이며 앞발을 살그머니 다시 뻗었다. 내 앞발에 닿은 녀석의 앞발이 딱딱하고 매끈했다. 나는 비로소 저 벽은 앞에 놓인 것들을 고스란히 되비치는 거울이며 그 안에서 눈을 동그랗게 뜨고 있는 고양이는 바로 나란 사실을 깨달았다. 그 거울을 통해 처음으로 나를 본 것이다. 엄마는 주둥이와 가슴과 배는 하얀 털로, 나머지는 검은 줄무늬가 들어간 회갈색 털로 덮여 있었다. 그때까지 본 고양이라곤 엄마가 전부였으므로 나는 눈으로 볼 수 있는 내 팔다리와 꼬리와 배는 검을지라도 다른 부분은 당연히 엄마를 닮았겠거니 생각했었다. 그런데 온몸이 새까맣다니. 나를 따라 머리를 갸웃대는 나를 한동안 들여다봤지만 까맣기만 한 털이 좀처럼 익숙해지지 않았다.

나는 마당 한쪽에 옆으로 쓰러져 있는 세탁기를 영역으로 삼았다. 세탁기 안에 배를 깔고 엎드려 문짝이 반쯤 뜯어진 틈으로 밖을 내다보면 은밀한 곳에 숨은 기분이었다. 그러나 그곳에 먼저 자리를 잡은 나사와 볼트와 고무벨트는 나를 반기지 않았다. 놈들은 죽은 척 조용히 때를 기다리다 내가 고개를 꾸벅거리자마자 본색을 드러냈다. 바퀴벌레를 닮은 괴물로 변해 날카로운 뿔과 이빨로 나를 공격했다. 실눈을 뜨고 있던 나는 풀쩍 뛰어 그 공격을 피한 다음 앞발을 채찍처럼 휘둘러 반격했다. 놈들은 내 발밑에서 항복을 선언하고 나사와 볼트와 고무벨트로 돌아갔다.

어느 날 거대한 트럭이 굉음을 내며 마당에 들어섰다. 트럭 짐칸에는 인간의 팔을 닮은 거대한 크레인이 달려 있었다. 크레인은 길고 뾰족한 손가락들로 고물들을 왕창 집어서 짐칸에 실었다. 나는 그때 내 첫 영역인 세탁기를 잃었다. 트럭이 고물을 가득 싣고 떠난 뒤 텅 비다시피 한 고물상이 낯설어 나는 보금자리에 틀어박혔다. 인간들이 리어카를 끌고 드나들며 며칠 만에 마당을 다시 고물들로 채웠다.

고물상 위까지 뻗어 있던 석양이 물러가고 저녁이 찾아왔다. 남자는 콧노래를 부르며 개의 머리통을 토닥이고 출입문으로 나갔다. 나는 넘쳐나는 고물들 때문에 좁은 통로로 변한 마당을 가로질러 개에게 다가갔다. 개가 꽉 다문 잇새로 으르렁거리며 달려들었다. 나는 하늘을 가리며 덮쳐 오는 개가 무서워서 몸을 움츠렸다. 그러나 개는 쇠사슬에 목이 당겨져 뒷다리로 선 채 제자리에서 겅중거릴 뿐이었다. 금방이라도 물어뜯을 듯이 딱딱딱 맞부딪히는 이빨도 내게 닿지 못했다. 나는 발을 모으고 앉았다.
"아저씨. 아저씨는 왜 묶여 있어요?"
개는 겅중거리던 그대로 멈춰 황당한 표정을 짓고는 앞발을 내려놓았다.
"난 아저씨가 아냐. 겨울을 겨우 두 번 넘겼다구. 도대체 어딜 봐서 아저씨라는 거야?"
"죄송해요. 덩치가 커서 아저씬 줄 알았어요. 앞으로는 아저씨라고 부르지 않을게요."
개가 바닥에 엎드려 앞발 위에 턱을 올려놓았다.
"누렁이라고 불러. 주인이 그렇게 부르니까. 네가 물었던 게 왜 쇠사슬에 묶여 있냐는 거였나? 주인이 여기를 지키라고 묶은 거야. 이 동네는 도둑이 많거든."
나는 쇠사슬을 쳐다보았다.
"그렇게 묶여 있으면 도둑에게 달려들 수 없잖아요."

"넌 정말 아무것도 모르는구나. 도둑에게 달려들었다간 큰일 나. 도둑도 인간이거든. 내가 만약 도둑을 다치게 하면 주인이 곤란해질 거야. 나도 여기서 살 수 없을 테고."

나는 고개를 갸웃거렸다.

"그럼 도둑이 들면 어떻게 해요?"

"무슨 질문이 그렇게 많냐? 귀찮은 녀석 같으니라구. 도둑이 오면 뭘 어쩌겠어? 짖는 거지."

"짖는다구요?"

"인간들에게 알리는 거야. 도둑이 들었다고. 그러면 도둑은 겁에 질려서 도망치기 마련이니까."

나는 곰곰이 생각하고 다시 물었다.

"그런데 왜 나한테도 짖는 건가요? 나도 도둑인가요?"

"당연하지. 주인의 음식을 훔쳤으니까. 그리고 인간들은 너 같은 녀석을 도둑고양이라고 불러. 인간들이 틀릴 리 없으니 넌 분명히 도둑일 테지. 도둑이라면 난 짖지 않을 수 없어."

누렁이가 나를 빤히 쳐다보고 말을 이었다.

"사실 네가 도둑이건 아니건 상관없어. 난 짖으려고 존재하니까. 짖지 않으면 이곳에 있을 이유가 없지. 넌 그냥 짖기 위해 필요할 뿐이야. 게다가 난 고양이가 싫다구."

"그럼 앞으로도 날 보면 짖을 건가요?"

누렁이가 입술을 씰룩이자 날카로운 송곳니가 드러났다.

"네놈 냄새만 나도 짖을 거야. 꼬리만 보여도 짖을 거고. 행여 네놈이 내게 잡히면 그때는 짖는 것만으로 끝나지 않을 줄 알아. 쫑알쫑알 귀찮은 이 털 뭉치야."

2

 갑자기 찾아온 추위가 물러가고 날이 따듯해졌다. 서쪽으로 트인 마당에서 불던 바람이 방향을 바꿔 누렁이가 있는 쪽에서 불어왔다. 그 바람에 짙은 풀 냄새가 담겨 있었다. 낡고 썩은 고물들에 둘러싸여 살아온 내게는 생소한 냄새였다. 나는 그 냄새를 쫓아 개집 출입구에 몸을 걸치고 엎드린 누렁이를 빙 돌아갔다. 누렁이는 눈을 감고 잠든 모습이었지만 나는 그를 계속 주시하며 경계했다. 고작 새끼 고양이를 잡겠다고 자는 척 덫을 놓지는 않겠지만 조심해서 나쁠 건 없었다. 개집 뒤쪽 담장의 아랫부분에 제법 큰 구멍이 나 있었다. 구멍 주위에 물비린내와 쥐와 수고양이의 희미한 냄새가 묻어 있었다. 누렁이가 쇠사슬을 끌며 몸을 뒤척였다.

"그 구멍은 누구도 드나든 적이 없어. 내가 지키고 있으니까. 그러니 얄짱거리지 말고 얼른 꺼져버려."

누렁이의 몸통 너머로 보이는 마당 끝에 창고 건물이 서 있었다. 그 창고와 담장 사이의 틈이 엄마와 내가 사는 보금자리였다. 고물상을 가로질러 반대쪽 담장까지 왔으니 나는 보금자리에서 가장 멀리 떨어져 있는 셈이었다. 이 구멍을 지나면 더 멀어질 텐데 무사히 보금자리로 돌아갈 수 있을까. 그 생각에 불안해져서 망설이는데 텅텅텅 울리는 소리가 들렸다. 누렁이가 꼬리로 개집 바닥을 내리치고 있었다. 그 소리가 '네가 그럼 그렇지.'라고 나를 조롱하는 것 같았다. 나는 불쑥 오기가 뻗쳐 보란 듯이 후다닥 구멍으로 뛰어들었다. 반대쪽 담장을 앞발로 밀어 구멍에서 몸을 빼내자 한쪽에 현관문들이 죽 늘어선 통로였다. 풀 냄새는 그 통로 끝을 막아선 또 다른 담장 너머에서 풍겨오고 있었다. 나는 현관문 앞에 놓인 빗자루나 신발 등의 냄새를 맡으며 통로를 지나 담장 위로 뛰어올랐다.

담장 밑에서 시작된 고물상보다 넓은 곳을 나무와 풀이 뒤덮고 있었다. 그때까지 내가 본 식물이라곤 고물상 남자가 볕 좋은 날 계단에 내놓는 선인장과 고물들 틈에서 자라난 민들레뿐이었다. 그래서 그토록 많은 식물이 신기했다. 구름이 걷히고 하루이틀 뒤면 만월이 될 달이 나타났다. 달빛을 받은 잔디밭이 소나무들이 그림자로 서있는 언덕까지 물결쳤다. 두 갈래 산책로가 잔디밭을 경계 지으며 뻗어가 공터에서 모였다. 인간들이 공터 가장자리에 놓인 벤치에 앉아 두런두런 이야기를 나누었다. 털이 북슬북슬한 개가 인간의 발밑에 엎드려 졸다가 고개를 들어 내가 있는 쪽을 바라보았다. 잔디밭과 공터를 쓸며 불어오는 바람에서 수고양이 냄새가 느껴졌다. 그곳에 들어오면 가만두지 않겠다고 경고하는 냄새였다. 누렁이의 조롱에 억지로 용기를 쥐어짜 그곳까지 온 마당이었다. 넓게 펼쳐진 잔디밭을 달려보지도 않고 돌아갈 수는 없었다. 몸을 몇 번 앞뒤로 움직여 높이를 확인하고 담장에서 뛰어내렸다. 뒷발이 잔디에 닿자마자 잔달음을 쳐 가장 가까운 풀숲에 숨었다.

풀숲 뒤로 잔디밭 곳곳이 둥그렇게 패어 있었다. 그 구덩이마다 둥치가 내 몸뚱어리 굵기인 나무가 한 그루씩 서있었다. 산책로와 가장 가까운 나무 둥치에는 수많은 발톱 자국이 새겨져 있었다. 그 자국들에서 나보다 두 배 앞서 태어난 수고양이들 냄새가 났다. 그들은 나뭇가지가 부러진 끝에도 냄새를 남겨놓았다. 나는 그 가지 끝에 볼을 문질러 그곳에 다녀갔다는 흔적을 남겼다. 냄새를 확인하려고 다시 나뭇가지에 코를 댔을 때 무당벌레 한 마리가 눈앞을 알짱거렸다. 나는 무당벌레를 쫓아 잔디밭을 내달렸다. 그곳은 고물들이 들어찬 고물상과 달리 툭 트여 있었다. 나는 난생처음 마음껏 달렸으며 넓다는 것이 어떤 느낌인지 알게 되었다. 잔디밭이 계속 이어진다면 어디까지고 달릴 수 있을 것 같았다.

인간이 개를 부르는 소리가 들려 후다닥 풀숲으로 뛰어들었다. 개가 집에 가기 싫다고 떼쓰고 인간이 달래는 목소리들이 언덕 너머로 멀어졌다. 나는 풀숲을 빠져나오려다 앞다리가 뿌리에 걸려 산책로에 나동그라졌다. 가로등이 텅 빈 산책로와 공터, 그리고 뼈대만 남은 고물들처럼 생긴 놀이 기구들에 불빛을 비추고 있었다. 놀이 기구들 한가운데에는 굵은 모래가 깔린 모래밭이 있었다. 나는 코를 바닥에 대고 냄새를 맡으며 모래밭에 들어섰다. 수고양이 냄새가 코를 찔러 걸음을 우뚝 멈췄다. 어찌나 지독한지 콧속이 아릴 지경이었다. 가끔 수고양이 냄새가 바람에 실리거나 고물에 묻어 보금자리로 흘러들었다. 엄마는 그런 냄새를 흘리는 수컷들은 나 같은 새끼들을 예사로 죽이는 놈들이니 혹시라도 마주치면 무조건 도망치라고 신신당부했다. 그 당부를 떠올린 나는 배가 모래에 닿도록 몸을 낮추고 사방을 두리번거렸다. 언덕에서 자라는 풀이 실바람에 흔들릴 뿐 별다른 움직임은 눈에 띄지 않았다. 나는 냄새가 풍겨오는 모래밭으로 눈길을 돌렸다. 모래가 파인 곳에 검은 돌멩이로도 보이는 똥이 놓여 있었다. 그 정도로 굳었다는 건 누군지 모를 수고양이가 그 똥을 싸고 시간이 꽤 흘렀다는 뜻이었다. 하지만 마냥 안심할 수만은 없었다. 당장이라도 그 고양이가 똥이 마려워 돌아올 수 있었다.

나는 서둘러 모래밭에서 나와 언덕으로 올라갔다. 산책로가 끝나는 공터 입구에 고양이 두 마리가 등장했다. 한 마리는 짙은 회색과 노란색 털이 뒤섞였고 다른 한 마리는 흰색 털에 노란 줄무늬가 들어 있었다. 둘 다 건들거리며 걷는 모습이 딱 엄마에게서 들은 수고양이였다. 저들 중 하나가 모래밭에 똥을 쌌을까. 나는 잔디밭에 담장처럼 늘어선 회양목 뒤에 몸을 감췄다. 수고양이들은 눈에서 가로등 불빛을 번득이며 산책로를 느릿느릿 걸어왔다. 노란 줄무늬 고양이가 걸음을 멈추고 머리를 치켜들었다.

"이게 무슨 냄새지? 새끼 고양이 냄새 같은데?"

다른 고양이가 코를 킁킁거렸다.

"킁킁킁. 나는 잘 모르겠는데."

"맞는 거 같아. 올봄에 태어난 새끼들은 아직 돌아다닐 때가 아닌데. 엄마 말을 안 듣는 새끼가 있구만. 내 눈에 띄기만 하면 세상이 무섭다는 걸 가르쳐 줄 텐데."

둘은 분수대로 뛰어올라 그 안에 고인 물을 마셨다. 노란 줄무늬 고양이가 앞발로 입가에 묻은 물방울을 닦았다.

"그나저나 두목은 어디서 뭐 하나 몰라. 저녁 순찰만 끝나면 사라지니…."

다른 고양이는 계속 물을 할짝거렸다. 노란 고양이가 소리쳤다.

"물로 배를 채울 셈이냐? 그만 좀 처마셔라. 응? 순찰은 끝내야 할 거 아냐."

다시 순찰에 나선 고양이들은 내가 숨은 회양목 앞을 지나갔다. 나는 내 냄새가 새 나갈까 봐 숨조차 쉬지 못했다. 노란 줄무늬 고양이가 미심쩍은 눈길로 회양목을 훑었다.

"진짜 새끼 고양이 냄새가 나는데…."
"있으면 어때. 그보다 배고파 죽겠어. 어서 가자."

그들은 내가 냄새를 남겼던 나뭇가지에 코를 댄 후 언덕을 넘어갔다. 플라타너스와 고층 건물들 사이로 보이는 하늘이 밝아오고 있었다. 보금자리로 돌아가야 할 시간이었다. 회양목에서 나와 언덕을 올라가는데 조금 전에 사라졌던 수고양이들이 바위 뒤에서 갑자기 나타났다. 나는 걸음을 떼려고 앞발을 든 채 얼어붙었다. 노란 줄무늬 고양이가 의기양양한 목소리로 말했다.

"거봐. 내가 뭐랬어? 새끼 고양이 냄새가 난댔지?"

회색과 노란색 털이 뒤섞인 고양이가 내 얼굴을 뜯어보았다.

"그러게. 못 보던 녀석인걸. 누구 새끼일까?"
"알 게 뭐야. 어차피 아비는 다 두목인데. 근데 요 녀석은 다른 새끼들과는 좀 다르네. 온통 새까만 데다 덩치도 작고. 그래서 그런가. 머리에 피도 안 마른 녀석이 벌써 냄새나 뿌리고 말이야. 건방지게."

노란 줄무늬 고양이가 앞으로 나섰다. 다른 고양이가 히죽거리며 말했다.

"이 아저씨가 얼마나 무서운지 모르지? 너 이제 큰일 난 거야."

나는 어서 달아나야 했지만 움직일 엄두가 나지 않아 다리나 덜덜 떨고 있었다. 그때 공원 밖에서 자동차 불빛이 뻗어 왔다. 그 빛이 코앞까지 접근한 수고양이를 눈에서 지워 나는 얼어붙은 상태에서 깨어났다. 수고양이들이 불빛을 피해 얼굴을 돌린 찰나 몸을 빼 뒤로 도망쳤다. 노란 줄무늬 고양이가 외쳤다.

"제기랄. 달아났잖아. 얼른 쫓아."

다른 고양이가 심드렁한 목소리로 말했다.

"어차피 장난이었잖아. 도망가게 놔둬."

나는 꼬리가 빠지도록 잔디밭을 달려 담장 중간에 박힌 쇠창살의 틈을 통과했다. 차량이 오는지 살필 겨를이 없어서 담장에서 뛰어내린 걸음 그대로 도로를 건넜다. 건물 몇 개를 지나치고 어느 골목에서 쓰레기봉투를 찾아냈다. 나는 쓰레기봉투와 벽 사이 틈에 숨었다. 그 틈으로 도로를 지켜봤지만 숨이 차분해질 때까지 수고양이들은 보이지 않았다. 엄마 말이 맞았다. 수고양이들은 위험했다. 고작 나뭇가지에 냄새를 남겼다는 이유로 나를 죽이려 들었다. 그 순간 불빛이 뻗어와 달아날 수 있었던 것은 천운이었다. 나는 마음이 놓여 그제야 골목을 둘러보았다. 양쪽 건물 옥상에 낀 하늘이 밝았지만 골목은 아직 어둑했다. 그 골목이 어디인지, 고물상은 어느 방향인지 알 수 없었다. 공원에 돌아갈 수만 있다면 고물상을 쉽게 찾을 테지만 도망치는 데 급급해 그 골목까지 어떻게 왔는지 기억하지 못했다. 공원 냄새를 찾아 콧구멍을 벌름거려도 하수구와 시궁쥐와 인간의 오줌과 늙은 고양이와 기름지고 달달한 음식 냄새만이 느껴졌다. 처음 보금자리를 나섰다가 실종된 새끼 고양이가 많다는데 나도 그중 하나가 되는 것일까. 누렁이가 지키는 구멍에서 발길을 돌렸더라면 이렇게 길을 잃지는 않았을 텐데. 나는 바람이 공원 냄새를 실어오길 기다리며 쓰레기봉투의 틈을 더욱 파고들었다. 그 틈이 몸에 맞춘 것처럼 아늑해 금방 눈꺼풀이 무거워졌다.

철문이 열리는 날카로운 쇳소리에 눈을 떴다. 철문 안쪽에서 앞치마를 두른 여자가 그릇 두 개가 끼워진 나무틀을 들고나왔다. 여자는 그 틀을 철문 옆에 내려놓고 소리쳤다.
"알레한드로. 이사벨. 와서 밥 먹어라."
골목 입구를 쳐다보던 여자는 머리를 내저으며 철문을 닫고 사라졌다. 그릇에서 사료와 물 냄새가 흘러나와 바닥을 타고 번져왔다. 철문의 쨍쨍한 쇳소리가 가라앉은 뒤 나는 그 냄새를 쫓아 나무틀에 다가갔다. 사료는 고물상 남자가 주는 개 사료보다 고기 냄새가 훨씬 진했다. 물에서도 차가운 물비린내가 날 뿐 수상한 냄새는 느껴지지 않았다. 나는 나무틀 가장자리를 앞발로 딛고 서서 사료를 먹었다. 그릇을 깨끗이 비우고 바닥에 흘린 사료 알갱이를 찾고 있을 때였다. 뒤에서 중저음의 목소리가 들렸다.

"웬 뻔뻔한 녀석이 우리 사료를 먹고 있군."

골목 중간에서 암수 한 쌍인 고양이들이 나를 물끄러미 쳐다보고 있었다. 암고양이는 흰색 털에 검은색과 주황색 털이 섞인 삼색 고양이였다. 그녀의 오른눈과 왼눈 주위가 검은색과 주황색으로 서로 달랐다. 그 색깔의 고양이 두 마리가 각기 한쪽 눈을 맞댄 것 같은 모습이었다. 수고양이는 햇빛에 바랜 신문지 색깔인 털을 가졌는데 네 다리와 주둥이와 두 귀와 눈 주위는 짙은 갈색 털로 덮여 있었다. 그 털 속에 자리한 파란 두 눈에 나를 향한 냉담한 호기심이 담겨 있었다. 두 고양이 모두 수염이 늘어졌고 털은 희끗희끗해 나이든 티가 역력했다. 골목에서 나는 늙은 고양이 냄새는 바로 그들의 냄새였다. 아무리 배가 고파도 그렇지 얼마나 방심했으면 뒤를 뺏긴 것도 몰랐을까. 나는 서둘러 몸을 돌리고 다가오면 가만있지 않겠다며 하악거렸다. 암고양이가 혀를 찼다.

"저 녀석 보게. 우리 사료를 훔쳐 먹은 주제에 오히려 지가 성질을 부리네. 용서를 구해도 봐줄까 말까 할 판에 말이지. 당신 말대로 여간 뻔뻔한 녀석이 아냐."

수고양이가 말했다.

"넌 왜 하악거리지? 우리가 뭘 어쨌다고?"

그들의 표정과 엉덩이를 바닥에 붙여 앉은 자세가 위협적이지 않았다. 나는 하악질을 멈추고 그들처럼 앉았다. 수고양이의 눈빛이 부드러워졌다.

"그래, 그래야지. 공격할 의사가 없는 상대에게 하악거리는 건 무례한 짓이야."

"죄송해요. 낯선 고양이를 만나면 하악거리는 게 당연한 줄 알았어요."

"세상에 당연한 건 없단다. 하악질도, 남의 사료를 마음대로 먹는 것도."

나는 사료 그릇을 흘깃거렸다.

"죄송해요. 배가 너무 고팠거든요. 할아버지, 할머니 사료인 줄 몰랐어요."

암고양이가 눈꼬리를 치켜올렸다.

"요 녀석 보게. 누구 보고 할머니래. 엉?"

"죄송해요."

수고양이가 말했다.

"넌 죄송한 일이 참으로 많구나. 그나저나 넌 누구고, 어디에서 왔니?"

"제 이름은 나비예요. 인간이 그렇게 불렀거든요. 고물상에서 엄마랑 같이 살아요."

나는 공원에서 수고양이 두 마리에게 쫓겨 그곳까지 도망친 사정을 털어놓았다. 암고양이가 다가와 내 얼굴과 어깨에 코를 들이댔다.

"점순이 새끼 같은데. 점순이 냄새가 나. 생긴 것도 점순이를 닮았고."

엄마는 입 주변에 찍힌 연갈색 점 때문에 점순이라고 불렸다. 그 이름 역시 인간이 지어주었을 것이다. 내가 고물상 남자로부터 나비란 이름을 얻었을 때 엄마는 인간만이 이름을 지을 수 있다고 알려주었다. 수고양이가 다가와 암고양이 곁에 섰다.

"난 알레한드로, 이쪽은 이사벨이란다."

나는 그 둘의 이름을 몇 번 중얼거렸다.

"이름이 이상해요. 고양이 이름 같지 않아요."

알레한드로가 가슴을 부풀리며 뽐내는 말투로 말했다.

"그럴 거야. 알레한드로와 이사벨은 본디 인간의 이름이니까. 그것도 고귀한 혈통을 가진 인간들이지. 나와 이사벨이 이 이름을 얻었다는 건 인간들이 우리 혈통을 인정했다는 뜻이지."

이사벨이 알레한드로에게 눈을 흘겼다.

"고귀는 개뿔. 여기 식당 주인이 대충 지은 이름이잖아. 드라만가 뭔가에서 따왔다고 그러더만. 이름이 나비처럼 부르기 편해야지. 알레한드로가 뭐야? 알레한드로가."

"하여간 당신은 내가 무슨 말만 하면…."

"아, 그만."

이사벨이 내게 물었다.

"네 어미한테 돌아갈 수 있겠니?"

나는 고개를 저었다.

"모르겠어요. 도망치느라 정신이 없어서 여기까지 어떻게 왔는지 기억나지 않아요. 그런데 공원까지만 가면 거기서부터는 찾아갈 수 있을 거 같아요."

이사벨이 알레한드로를 돌아보았다.

"알레한드로. 당신이 이 아이를 공원에 데려다줘."

"나? 내가 왜?"

이사벨이 버럭 소리를 질렀다.

"그럼 길도 모르는 새끼를 혼자 보내? 공원은 요 앞이잖아. 얼른 다녀와."

알레한드로는 귀찮은 일은 꼭 자기를 시킨다고 툴툴거리며 골목 입구로 향했다. 나는 빳빳이 세운 꼬리를 흔들어 이사벨에게 고마움을 전하고 알레한드로를 따라갔다. 도로는 수고양이들에 놀라 정신없이 건넜던 새벽보다 붐볐다. 차량 수십 대가 멀리 도심 위로 치솟은 고층 건물들을 향해 가다 서기를 반복했다. 나는 알레한드로와 주차된 트럭 밑에서 기다렸다가 차량들이 멈춘 틈에 쏜살같이 도로를 건넜다. 인도 안쪽에 일정한 간격으로 쇠창살이 박힌 담장이 서 있었다. 그 쇠창살들 뒤로 잔디밭과 풀숲이 펼쳐져 있었다. 알레한드로는 쇠창살을 올려다보며 높이를 가늠한 뒤 한숨을 내쉬고 인도를 걸어갔다. 나는 걸음을 빨리해 알레한드로 옆에 붙었다.

"알레한드로. 궁금한 게 있는데요."

그는 고개를 돌리지 않고 대답했다.

"호기심은 좋은 거지. 배움의 시작이니까. 궁금한 건 뭐든 물어봐라."

"새벽에 수고양이 두 마리가 쫓아왔다고 그랬잖아요. 그때 노란 고양이가 절 혼낸다고 그러더라고요. 혼낸다는 게 죽일 작정이라는 뜻인가요?"

알레한드로가 나를 힐끔거렸다.

"누가 그러든? 수고양이가 너를 죽이려 든다고."

"엄마가요. 엄마가 그러는데 수고양이들은 자기 핏줄이 아닌 새끼 고양이들을 보면 물어 죽인대요."

알레한드로가 혀를 찼다.

"쯧쯧. 네 어미의 말은 일부만 맞고 나머지는 틀렸단다."

"정말요?"

"물론 어떤 수컷은 새끼 고양이를 죽이곤 해. 무리를 짓는 고양이라면 절대로 해서는 안 될 짓이지. 그러나 대부분의 수고양이는 그렇지 않아. 나를 보렴. 네가 내 새끼가 아니라고 내가 너를 죽일 것 같으냐. 네 말을 들으니 너를 쫓은 두 놈은 알의 졸개들 같구나. 틀림없을 게다. 새끼 고양이를 겁주는 걸 즐기는 놈들은 그놈들뿐이니까. 노란 녀석은 치즈, 털 색깔이 지랄 맞은 녀석은 까미라고 불리지."

"알의 졸개요?"

"그래, 알이 이곳 우두머리야."

알, 알, 알. 혀끝을 굴려 내뱉자마자 저절로 주눅이 드는 이름이었다. 인간이 고양이의 우두머리에게 붙일 유일한 이름이 있다면 바로 알일 것만 같았다. 공원 모래밭에 남들 보란 듯이 똥을 싸놓은 고양이가 알일까. 알레한드로의 말이 이어졌다.

"알은 싸움에서 진 적이 없어서 무적의 알이라고 불리지. 그런데 흉포하고 탐욕스러운 놈이야. 내 추측대로 네가 알의 새끼가 아니라면 그놈은 널 죽이려고 들 수도 있어. 남의 새끼를 봐주는 놈이 아니니까. 그렇지만 졸개 두 놈은 얼간이들이란다. 알이 없다면 제 앞가림도 못할 놈들이지. 그놈들은 걱정하지 않아도 돼."

알레한드로는 건물 위로 막 솟은 태양을 쳐다보았다.

"내일쯤 보름달이 뜨겠군. 그럼 집회가 열릴 게다."

"집회요?"

"길고양이들만의 집회지. 집회는 영역 내 길고양이들이 서로 안부를 확인하는 자리란다. 보통은 계절이 바뀔 때 열리지. 이번에는 올해에 태어난 새끼들을 선보이는 자리도 겸할 거야. 그 자리에서 우두머리가 새끼들을 일원으로 받아들이지. 그럼 새끼 고양이는 모두의 보호를 받게 돼. 그 두 놈도 더 이상 너를 쫓지 않을 테고."

길게 이어진 담장 끝에 공원 출입구 기둥이 서있었다. 출입구 안쪽에 분수대가 서있는 공터와 모래밭과 놀이터가 보였다. 놀이터 뒤에 솟은 언덕을 넘어가면 누렁이가 지키는 구멍까지는 금방이었다.

"여기서부터는 찾아갈 수 있을 거 같아요. 데려다주셔서 고맙습니다."

"집회가 열리면 그때 보자꾸나. 잘 가렴."

현관문들이 늘어선 통로를 지나는 동안 담장 너머에서 누렁이가 혀를 차고 쇠사슬을 끄는 소리가 들렸다. 구멍을 통과해 고물상에 들어서자 누렁이는 햇빛이 쏟아지는 마당에 엎드려 눈을 감고 있었다. 나는 담장에 바짝 붙어 누렁이 뒤를 멀찍감치 돌아갔다. 누렁이가 귀를 까닥거렸다.

"조그만 녀석이 밤새 어딜 돌아다니는 거야. 또 그랬다간 구멍을 막아버릴 거야."

보금자리인 방석 위에 엄마가 몸을 둥글게 말고 잠들어 있었다. 통로 입구에 놓인 그릇에는 사료가 반쯤 남아 있었다. 고물상 남자는 아침에 출근하자마자 사료와 물이 가득

담긴 그릇들을 그곳에 내려놓고 엄마와 나 둘 다에게 "나비야, 나비야."라고 부르며 손짓했다. 엄마가 먹이를 챙겨주는 남자를 싫어한 이유가 그 이름 때문이었다. 엄마는 자신의 이름이 아닌 나비라고 불리는 것을 좋아하지 않았다. 나는 그릇에서 엄마와 남자의 냄새를 맡고 사료를 먹기 시작했다. 엄마가 잠에서 깼다.

"어디 갔다 이제 온 거니? 걱정했잖아."

나는 공원과 골목에서 겪은 일을 들려주었다. 치즈와 까미가 나를 덮친 부분에서 엄마는 깜짝 놀라 눈을 동그랗게 떴다. 알레한드로와 이사벨이 등장한 뒤에야 엄마의 딱딱한 표정이 풀어졌다. 이야기가 끝나자 엄마는 내 이마를 혀로 핥아주었다.

"다행이야. 그 두 놈이라서. 만약 알이었다면 이렇게 멀쩡하지는 못했을 거야. 가만히 좀 있어. 털이 엉키잖니. 이젠 알겠지? 수고양이들이 얼마나 무서운지. 그러니까 언제 어디서건 수고양이 냄새가 나면 바로 도망쳐. 재수가 없어서 알 같은 놈을 만났다간 무슨 짓을 당할지 모르니까."

3

 다음 날 저녁 마당에 나가 그날 새로 들어온 고물들을 살피는데 멀리서 수고양이가 목청껏 외치는 소리가 들렸다. 그 소리는 점차 가까워져서 고물상 출입문 바깥에서, 그리고 보금자리 옆에 서있는 담장 너머에서 되풀이됐다. 알의 졸개인 까미의 목소리였다.
 "우두머리인 알이 영역 내 모든 고양이에게 알린다. 오늘 밤 달이 하늘 한가운데에 이르면 어, 어, 그다음이 뭐였더라. 맞아. 그러니까 집회를, 집회를 열 예정이다. 모든 고양이는, 어, 또 뭐였더라. 에이, 귀찮아. 아무튼 두목이 놀이터에 모이래. 올해 태어난 새끼들은 반드시 참석해야 해. 그렇지 않으면 두목이 가만두지 않을 거래."
 알레한드로가 말한 대로 그날 밤 보름달이 떠올랐다. 달빛이 통로에 들이치자 엄마를 따라 공원으로 갔다. 공원 놀이터에는 수십 마리의 고양이가 모래밭을 중심으로 흩어져 있었다. 그 고양이 중에서 내가 아는 얼굴이라곤 음수대 밑에 엎드린 알레한드로와 이사벨, 둘 뿐이었다. 눈을 끔뻑거려 알은체하자 그들은 꼬리를 쓸 듯이 흔들며 반가워했다. 엄마와 눈짓으로 인사하는 고양이들은 암컷이었는데 모두 내 또래인 새끼들을 달고 있었다. 새끼들은 어미 엉덩이나 옆구리에 찰싹 달라붙어 불안한 눈동자를 데굴데굴 굴렸다. 엄마는 암고양이들을 지나 모래밭에서 멀찍한 미끄럼틀 밑에 자리를 잡았다. 달빛에 생긴 미끄럼틀 그림자에 숨어 모래밭을 지켜보기 좋은 곳이었다. 모래밭은 수고양이들의 차지였다. 그들은 배를 모래에 묻고 앞다리는 앞으로, 뒷다리는 옆으로 뻗은 편안한 자세로 엎드려 있었다. 나를 힐끔거리는 그들 눈에는 호기심과 더불어 수컷만이 감지할 수 있는 경계심이 담겨 있었다. 그 수고양이들 속에 치즈와 까미는 없었다. 알이란 이름이 어울릴 만한 고양이도 보이지 않았다.

그토록 많은 고양이가 모였는데도 놀이터는 쥐 죽은 듯이 조용했다. 모두 입을 꾹 닫은 채 벤치 뒤에 늘어선 회양목을 바라보고만 있었다. 공원 밖에서 개 짖는 소리가 들려오자 수십 쌍의 눈이 눈빛을 번득이며 소리 없이 움직이는 장면은 섬뜩하기까지 했다. 한 새끼가 겁에 질린 목소리로 제 어미에게 보금자리로 돌아가자고 칭얼거렸다. 나는 다른 새끼들처럼 엄마 꼬리 뒤에 숨어 집회가 어서 끝나기를, 아니면 아예 시작되지 않기를 바랐다.

 달이 나무들 사이에 펼쳐진 밤하늘의 정중앙에 다다랐다. 그때를 기다렸다는 듯이 회양목이 갈라지고 그 틈에서 치즈와 까미가 차례대로 모습을 드러냈다. 그들에 이어 회양목을 뒤흔들며 등장한 것은 배와 네 다리와 주둥이는 하얗고 눈 주위부터 귀와 등을 지나 꼬리까지는 검은 얼룩 고양이였다. 산책로를 비춘 달빛과 나무 그림자가 고양이로 위장한 듯한 모습이었다. 나는 그 고양이를 보자마자 숨을 들이켰다. 고양이라고는 믿기지 않을 만큼 덩치가 컸기 때문이었다. 어찌나 큰지 치즈와 까미 뒤에 서있는데도 마치 앞에 있는 것처럼 보였다. 그 고양이가 알이었다. 따로 소개할 필요가 없었다. 저런 덩치를 가진 고양이가 아니면 대체 누가 우두머리의 이름을 가질 수 있을까. 그 질문에 답하듯이 주위 고양이들이 긴장을 감추지 못하고 일제히 침을 삼켰다. 내 몸과 맞닿은 엄마의 몸도 뻣뻣해졌다.

 알의 졸개들이 벤치 앞에 나란히 섰다. 알이 불룩한 옆구리를 흔들며 걸어와 벤치 위로 뛰어올랐다. 그는 자신을 주목하는 고양이들을 천천히 휘둘러보았다. 왼쪽 눈꺼풀 위아래에 새겨진 흉터가 달빛에 드러났다. 털이 나지 못했을 정도로 깊은 상처가 남긴 흉터였다. 알의 눈길이 나를 스쳐갈 때 그 흉터에 할퀴어진 것 같아 나는 몸을 떨었다. 치즈가 먼저 입을 열었다.

"올 고양이들은 다 왔나?"

고양이들은 말없이 서로를 쳐다보기만 했다.

"다 왔나 보군. 그럼 집회를 시작한다. 오늘 집회는…."

"잠깐."

알이 치즈의 말을 잘랐다. 그의 목소리는 중저음에 모래를 밟는 소리가 섞여 있었다.

"마릴린은? 마릴린은 또 안 나왔나?"

그가 눈을 찌푸리자 흉터가 일그러졌다.

"역시 이번에도 안 나왔군. 내 영역에 사는 주제에 집회에 한 번도 나오지 않다니. 나를 무시한다고 의심했는데 결국 사실이었군. 건방지게. 누구라도 마릴린을 만나면 전해. 내가 가만두지 않겠다고."

알이 치즈를 향해 고개를 끄덕였다. 치즈가 몸을 펴고 다시 외쳤다.

"그러니까 음, 어디까지 했더라. 어쨌든 다 온 거지? 그럼 이번 겨울에 태어난 새끼들은 전부 앞으로 나오도록."

낑낑거리던 새끼들이 어미와 눈빛을 교환하고는 하나둘씩 벤치 앞으로 나갔다. 알이 남의 새끼를 죽일 수도 있다는 알레한드로의 말이 생각나 나는 발이 떨어지지 않았다. 엄마가 꼬리로 내 등을 부드럽게 쓰다듬었다.

"괜찮을 거야."

나는 새끼 고양이들이 모여드는 곳으로 조심스럽게 걸어갔다. 모래가 움푹 팬 곳에 서로 몸을 붙이고 웅크린 새끼는 이십여 마리였다. 모두 비슷한 시기에 태어나 크기가 고만고만했으며 검고 흰 얼룩무늬를 가졌다. 털 색깔이 다른 새끼는 나뿐이었다. 나는 끼지 못할 곳에 낀 것처럼 뻘쭘해져서 그들로부터 떨어져 앉았다. 치즈가 외쳤다.

"새끼들은 이게 다야? 더 나올 새끼는 없어?"

아무런 대답이 없자 치즈는 옆으로 비켜섰다. 알이 벤치에서 뛰어내려 천천히 걸어왔다. 그의 묵직한 발걸음에 일렁인 공기를 타고 냄새가 번져왔다. 이틀 전 그 모래밭에 놓여 있던 똥에서 나던 냄새였다. 그때는 지독하기만 했던 냄새가 이제 새끼 고양이를 얼마든지 죽이는 잔혹한 수컷의 냄새로 바뀌어 있었다. 나는 다른 새끼들 함께 그 냄새로부터 달아나려고 모래밭을 파고들었다. 알은 겁에 질린 우리를 흡족한 표정으로 내려다보았다.

"네놈들이 이번 겨울에 태어난 새끼들이냐?"

알은 우리 앞을 오갔다.

"나는 네놈들이 누구에게서 태어났는지 모른다. 네놈들 이름도 궁금하지 않다. 다만…."

알이 내 앞에서 걸음을 멈췄다. 나를 보는 그의 눈이 가

늘어졌다.

"네놈은?"

알은 모래밭 뒤에 앉은 어미들을 눈으로 훑었다. 그 눈길이 엄마에게서 멎었다.

"그래, 그렇게 된 거였군. 너는 점순이 새끼였어. 점순이, 네가 정말로 그 비열한 종자의 새끼를 낳았을 줄이야. 내가 가만두지 않겠다고 경고했는데도 말이지."

알이 머리를 돌려 나를 노려보았다.

"네놈 이름이 뭐냐?"

그 서슬에 말문이 막혔다.

"이름이 뭐냐니까?"

"나, 나비요."

알의 눈에 나 있는 흉터가 더욱 날카로워졌다.

"나비라… 이름도 하찮군. 잘 들어. 네 녀석 때문에 기분을 잡쳤어. 성질 같아선 당장 네놈 목을 물어뜯었을 거야. 안타깝게도 지금은 집회 중이지. 아무리 우두머리라고 해도 집회에서는 피를 볼 수 없단 말이야. 그러니 네놈은 아주 운이 좋은 셈이야. 앞으로도 그러기를 바란다면 내 눈에 띄지 마. 하수구에 사는 쥐새끼처럼 있는 듯 없는 듯이 살아. 그것만이 네가 살 길이야. 알았어? 알아먹었으면 대답을 해. 대답을!"

나는 소스라쳐 발작적으로 고개를 주억거렸다. 알은 입술을 비틀어 송곳니를 내비치며 나를 을러대고 돌아섰다. 그의 눈에서 놓여나자 뒤늦게 나를 쳐다보는 시선들이 느껴졌다. 그 눈들이 나를 겁쟁이라고 비웃는 것만 같았다. 맞서지는 못해도 당당할 수는 있었으련만, 겁에 질린 생쥐 꼴이었다. 창피한 마음에 고개를 떨구자 솜털이 남은 작고 여린 발이 눈에 들어왔다. 이 발이 크고 두터워지면 주눅들지 않을 수 있을까. 나는 그럴 것이라고 자신하지 못했다. 그래서 분했다.

알이 치즈와 까미 사이에 섰다. 그의 표정이 엄숙했다.

"이제 이 새끼들은 우리의 일원이 됐다. 앞으로 우두머리인 나와 어른들의 보호를 받게 될 것이다. 너희 새끼들도 언제든 주위 어른들에게 도움을 청할 수 있다. 알았나?"

새끼들은 서로 눈치를 보며 미적거리다 고개를 끄덕였다. 알은 새끼들을 못마땅한 눈초리로 쳐다보며 말했다.

"알레한드로. 이번 새끼들은 글렀어. 어떻게 대답을 제대로 하는 놈이 하나도 없어. 그러니까 잘 가르쳐야 할 거야. 매번 하는 말이지만 질서니 역사니 혈통이니, 그딴 쓸데없는 것들은 다 빼고 내 밑에서 살아가는 데 꼭 필요한 것들만 가르쳐. 버르장머리 같은 거 말이지."

알은 마지막으로 나를 흘겨보고는 회양목 틈으로 사라졌다. 치즈와 까미가 알을 쫓아가며 집회는 끝났다고 소리쳤다. 새끼들이 자신의 어미를 찾아 뛰어갔다. 어미들은 무서워서 죽는 줄 알았다고 징징대는 새끼들을 다정한 말로 달래며 머리와 등을 핥아주었다. 알이 나를 죽이려고 돌아올 것 같아 나는 회양목에서 눈을 떼지 못했다. 엄마가 뒤에서 다가왔다.

"나비야. 이제 끝났다. 돌아가자."

종이와 냉장고 등 흰색인 고물들이 새벽빛에 먼저 밝아져 있었다. 남자가 출근하기 전이라 사료 그릇은 집회에 가기 전에 비운 그대로였다. 나는 허기진 배를 안쪽으로 말고 방석에 누웠다. 엄마가 등 뒤에서 앞발로 나를 감쌌다. 엄마 품이 아늑했지만 알이 생각나 잠이 오지 않았다.

"엄마."

"응?"

"알이 나보고 비열한 종자의 새끼랬잖아요. 비열한 종자가 아빠를 말하는 거죠? 아빠는 정말 비열했나요?"

내 말이 끝나기가 무섭게 엄마가 소리쳤다.

"그건 거짓말이야!"

잠깐의 침묵 뒤에 엄마가 한숨을 내쉬었다.

"사실 나도 네 아빠에 대해서 잘 몰라. 네 아빠는 말이지, 이 영역의 고양이가 아니란다. 그는 다른 곳에서 여행 온 고양이였어."

"다른 곳이요? 그곳이 어딘데요?"

"그건 엄마도 알지 못해. 그저 아주 먼 곳이라고만 이야기하더라."

엄마는 아빠와 만난 이야기를 들려주었다. 지난겨울 발정기가 막 시작된 무렵이었다. 엄마는 한밤중에 공장 마당에서 알을 포함한 수고양이들에게 둘러싸여 있었다. 알은 엄마로부터 가장 가까운 곳에서 험악한 기운을 풍기며 누구도 접근하지 못하도록 지켰다. 다른 수컷들은 알의 눈치를 보면서 그가 지쳐 떠나거나 잠들기를 기다렸다. 그들 틈에 끼지 못한 낯선 수컷이 한쪽에 오도카니 엎드려 있었다.

"너처럼 온몸이 새까만 고양이였어. 처음 본 그 고양이에게 호기심이 생겼지. 저 고양이는 누굴까. 왜 저렇게 지친 표정을 짓는 걸까. 은은한 이 꽃향기는 저 고양이에게서 나는 것일까. 하지만 그 호기심을 풀 방법이 없었어. 알과 수컷들이 나를 둘러싼 채 두 눈을 부릅뜨고 있었으니까."

엄마는 묵묵히 수컷들과 대치하며 상황이 변하기를 바랄 수밖에 없었다. 새벽이 되자 마침내 알과 수컷들은 졸음을 견디지 못하고 그 자리에서 잠들었다. 엄마는 조용히 일어나 알과 수컷들이 만든 진형을 빠져나왔다. 그때까지 깨어 있었던 낯선 수컷이 엄마를 뒤따랐다. 엄마와 그 수컷은 공장 담장을 넘고 몇 개의 골목을 지나 도착한 주택의 뒤뜰에서 서로의 냄새를 맡았다. 수컷에게선 인간이 밟지 않은 흙냄새와 이끼가 낀 탁한 물 냄새와 꽃향기가 났다. 꽃향기는 공원 화단에서 자라는 꽃 몇 송이로는 도저히 피워낼 수 없을 정도로 화려했다. 엄마는 그 향기에 취해 낯선 수컷을 받아들였다.

"재미없지? 그만할까?"

"아니요. 너무 재밌어요. 계속 이야기해 주세요."

"그래, 끝을 내야지. 어디까지 했더라. 아, 네 아빠를 받아들였다고 했지. 네 아빠랑 사랑을 나눌 때였단다. 멀리서 알이 울부짖는 소리가 들렸지."

낯선 수컷은 사랑의 시간이 끝나자마자 서둘러 떠났다. 곧바로 들이닥친 알은 엄마 얼굴을 보고 모든 상황을 알아차렸다. 그는 분통을 터뜨리고 늦게라도 제 씨를 심겠다며 엄마에게 달려들었다. 다른 암컷이었다면 우두머리인 알을 환영했겠지만 엄마는 달랐다. 그 낯선 수컷과의 만남으로 모든 것이 충족됐다고 느꼈기 때문이었다. 끝내 욕구를 채우지 못한 알은 엄마가 낯선 수컷의 새끼들을 낳게 된다면 가만두지 않겠다고 이를 갈았다. 엄마는 겨울이 끝나 갈 무렵 새끼 둘을 낳았고 그중 하나를 잃었다. 알이 남은 새끼인 나를 해코지할까 봐 남들보다 보금자리를 자주 옮겼다. 나에 대해 소문날 것을 우려해 이모들과의 공동육아도 마다했다. 그러나 신고식만은 피할 수 없었다. 신고식은 새끼 고양이가 길고양이의 일원으로 살아가려면 반드시 거쳐야 하는 통과의례였다.

"너도 봤지? 그놈 눈 말이야. 어찌나 살벌하던지 무서워서 혼났다니까. 집회가 아니었다면 일을 저지르고도 남았을 거야. 그놈이 한 말 기억하지? 그러니까 절대로 그놈 눈에 띄지 마. 놈이 자주 다니는 길도 얼씬하지 말고."

어느새 보금자리 앞 통로가 환해져 있었다. 어떤 인간이 콜록거리며 고물상으로 들어와 리어카를 끌고 나갔다. 쇠사슬이 그 인간을 쫓아가며 콘크리트 바닥을 쓸었다. 그 소리에 귀를 기울이던 엄마가 늘어지게 하품했다.

"이제 자자. 자고 일어나면 기분이 나아질 거야."

4

 알레한드로가 새끼들을 모아 가르치는 곳은 공원 화장실 뒤였다. 엄마가 지각하지 말라고 당부하며 알려준 해거름에 그곳에 도착했다. 두 환풍구 사이의 좁은 공터에 알레한드로와 이사벨과 새끼들이 모여 있었다. 새끼들은 전부 얼룩 고양이였는데 하나같이 얼굴은 넙데데하고 코는 납작해 마치 한배에서 나온 형제들처럼 보였다. 눈동자 색깔은 황갈색이나 청회색 등으로 서로 달랐지만 나를 힐끔거리는 눈초리는 어딘가 알을 닮아 있었다. 내가 새끼들 곁에 서자 알레한드로가 앞발로 바닥을 두 번 내리쳤다.
 "자, 다들 여길 보렴. 얼룩이는 어딜 보는 거야. 여길 봐야지. 이제 다 온 거 같으니까 수업을 시작하자."
 알레한드로가 목청을 가다듬었다.

"큼큼. 일부는 이미 알겠지만 내 이름은 알레한드로란다. 아주 오래전에 살았던, 해가 지는 곳에 있는 땅 대부분을 정복한 인간의 이름이지. 이름이 좀 길지? 너희가 이곳에서 사는 한 나하고는 자주 마주칠 테니 이름을 꼭 외워두도록. 내 소개를 좀 더 하자면…."

알레한드로가 제자리에서 한 바퀴 돌았다.

"어때? 너희들과는 털 색깔이 많이 다르지? 먼 남쪽 나라에서 왕족인 인간들이 키우는 고양이가 있는데 그 고양이로부터 이 색깔이 유래했단다. 내가 이 이야기를 하는 이유는 자랑하려는 게 아냐. 바로 우리의 뿌리를 말하기 위해서지. 뿌리를 모르는 고양이는 근본이 끊어져서 됨됨이가 올바를 수 없거든. 물론 잡종인 너희들이 뿌리를 알기는 쉽지 않아. 안타까운 일이지. 하지만 그런 너희라도 엄마와 아빠, 그리고 그들의 엄마와 아빠, 이런 식으로 계속 거슬러 올라가면 우리 모두의 뿌리에 닿게 돼. 그 뿌리가 최초의 고양이란다. 그 고양이에서 우리의 역사가 시작되었지."

알레한드로는 초승달 모양인 땅과 그곳에 살았던 고양이에 관해 이야기했다. 그 고양이의 털 색깔이 모래 빛이었다는 말에 나는 앞발을 들었다.

"나비야. 뭐가 궁금한데?"

"그 고양이가 모든 고양이의 조상이라면서요. 그런데 우리는 털 색깔이 왜 제각각인가요?"

"좋은 질문이군. 그건 말이지, 인간과 함께 살면서 변한 거란다. 인간들이 자기들 취향에 맞게 변화시킨 거지. 내 조상이 남쪽 나라의 인간 왕족들이 키운 고양이랬지? 그 왕족들이 이 털 색깔로 바꾸었단다."

"그럼 제 까만 털 색깔도 인간이 만든 건가요?"

"그… 그건."

알레한드로는 곤란한 표정으로 대답하지 못했다. 새끼들 뒤에 앉아 있던 이사벨이 끼어들었다.

"나비야. 인간들이 네 털 색깔을 만들었든 아니든 무슨 상관인데. 타고났으면 그걸로 끝이지. 식당 여자가 입버릇처럼 말하는 팔자인 게지. 그러니까 쓸데없는 질문은 그만하렴."

알레한드로는 고맙다는 뜻으로 이사벨에게 고개를 까닥이고 수업을 재개했다. 새끼들은 처음에는 눈을 말똥말똥 뜨고 경청했다. 그러나 이야기가 사자와 호랑이와 표범 등 고양이 일족으로 넘어가자 더 들을 것도 없다는 듯이 머리를 꾸벅거렸다. 그 새끼들과 달리 나는 그 이야기가 무척 흥미로웠다. 인간과 쥐와 개와 까마귀와 비둘기와 참새 외에 우리 일족인 동물들이 있다니. 그들을 만날 수 있다면 얼마나 좋을까. 나는 다시 앞발을 치켜들었다.

"또? 이번에는 뭐가 궁금한데?"

"우리 일족들 말이에요. 그들은 어디 살아요? 여기 이 도시에도 사나요?"

"이 땅에 산 건 맞아. 다만 도시가 생기기 전이었지. 그러니까 풀과 나무가 온 땅을 뒤덮고 있을 때 말이야. 그 시절이 아마도 우리 일족들의 전성기였을 거야. 그런데 인간들이 풀과 나무를 밀어버리고 이 도시를 세운 뒤로 모두 적응하지 못하고 사라져 버렸어. 안타깝게도."

깨어 있던 새끼 몇이 호랑이와 알이 싸우면 누가 이기냐, 우리 고양이도 멸종하는 거 아니냐는 등의 질문을 쏟아냈다. 갑작스런 소란에 알레한드로의 얼굴이 일그러졌다. 그는 앞발로 바닥을 내리치고 짜증난 목소리로 외쳤다.

"오늘 수업은 여기까지!"

다음 날 수업 주제는 고양이의 숙명이었다. 그 숙명은 암수가 서로 달랐는데 수컷은 영역을 확보하고 짝짓기를 해 많은 새끼를 얻어야 하며 암컷은 그 새끼들을 건강하게 낳고 길러야 한다는 것이었다. 알레한드로는 침을 튀며 역설했지만 사실 전혀 배울 필요가 없었다. 수컷은 수컷대로 암컷은 암컷대로 태어날 때 몸에 새겨지기 때문이었다. 그러니 수업이 시작되자마자 새끼들 대다수는 흥미를 잃고 이마를 바닥에 처박았다. 나는 숙명을 따르지 않으면 어떻게 되냐고 물었다가 또 쓸데없는 질문으로 수업을 방해한다고 꾸중만 들었다.

수업 마지막 날인 삼일 째도 사정은 다르지 않았다. 그날의 주제는 전날 알레한드로가 예고한, 먹을 수 있는 음식을 냄새로 알아내는 방법이었다. 그 역시도 고양이라면 따로 배우지 않아도 아는 것이었다. 알레한드로는 목숨이 달린 주제라고 몇 번이나 강조했지만 새끼들은 금방 잠에 빠졌다. 지루한 내용과 높낮이 없는 말투를 더 이상 견디지 못하고 나도 앞발 위에 머리를 올려놓았다.

"여기까지는 다들 이해했겠지? 그럼 이제 사냥을 가르치도록 하겠다. 어허, 이 녀석들 보게. 아주 보란 듯이 잠을 자네. 사냥이야말로 생사가 갈리는 너무나 중요한 주제이거늘. 얼른 일어나지 못해!"

사냥이란 말에 귀가 번쩍 뜨여 순식간에 잠이 달아났다. 맹수인 고양이인 데다 아직 새끼인 내게 사냥만큼 흥미로운 건 없었다. 다른 새끼들도 마찬가지인지 어느새 머리를 들고 말똥한 눈으로 알레한드로를 쳐다보고 있었다. 나는 앞발을 높이 들고 흔들었다. 알레한드로가 인상을 와락 구기며 한숨을 쉬었다.

"또 왜?"

"인간들이 먹이를 주는데 사냥을 배울 필요가 있나요?"

알레한드로가 혀를 찼다.

"쯧쯧. 물론 그렇게 생각할 수 있지. 하지만 하나만 알고 둘은 모르는 소리야. 넌 아직 어려서 경험하지 못했겠지만 인간은 참으로 변덕스럽단다. 멀쩡하던 건물을 마음에 들지 않는다고 하루아침에 허물어 버리니까. 인간들이 지금은 먹이를 챙겨준다만 언제 표정을 바꾸고 그릇을 가져가버릴지 누가 알겠니? 사냥을 배우는 건 그때를 대비하기 위해서야. 그리고 우리 고양이는 이름 높은 사냥꾼인데 아무리 도시에 산다고 사냥할 줄 모른다면 부끄러운 일이지."

"그럼 알레한드로는 지금도 사냥을 하나요?"

"물론 지금은 안 하지. 너무 늙었으니까. 하지만 젊었을 적에는 제법 알려진 사냥꾼이었단다. 자랑 같아서 내 입으로 말하기가 민망하다만 왕년에는 쥐 도살자란 영광스러운 별명을 얻었을 정도였지."

뒤에서 이사벨이 터져 나오는 웃음을 억지로 참는 소리가 들렸다.

"풉. 쥐 도살자라고? 평생 사료만 먹었으면서."

알레한드로가 이사벨을 째려보았다.

"알아. 당신이 안 믿는다는 거. 당신을 만난 뒤로 너무 뚱뚱해져서 쥐를 쫓기는커녕 조금만 걸어도 헉헉거리게 됐지. 하지만 당신이 믿든 안 믿든 상관없어. 당신을 만나기 전에 내 별명이 쥐 도살자였다는 건 사실이니까. 아, 당신 때문에 또 수업이 끊겼잖아. 제발 조용히 해줘. 아니면 먼저 돌아가던가."

이사벨이 내 맘대로 말도 못 하냐고 툴툴거렸다. 알레한드로가 우리에게 말했다.

"자, 그럼 이제 사냥을 배우게 될 텐데, 이 중에 사냥해 본 고양이 있나?"

내 옆에 있던 새끼 고양이가 기다렸다는 듯이 앞발을 힘차게 들어올렸다. 그는 당연히 내 또래일 테지만 덩치는 나보다 훨씬 컸다. 대충 보아도 귀 하나는 차이가 날 듯했다. 어깨도 어른들만큼 넓고 단단했으며 인간들이 신은 신발처럼 끝부분만 하얀 네 발도 두툼했다. 빛에 따라 황색에서 갈색으로 변하는 눈동자가 알을 떠올리게 했다.

"오, 얼룩아. 벌써 사냥을 했다고? 어땠니? 할 만했어?"

"너무 싱거웠어요. 쥐구멍에서 생쥐가 대가리를 내밀길래 앞발로 툭 쳤는데 그걸로 끝이었어요. 한 방에 뻗어버리더라고요. 재미없게."

알레한드로가 감탄했다.

"대단해. 아직 어린데 사냥의 기본을 알고 있군. 훌륭한 사냥꾼이 되겠는걸."

알레한드로는 얼룩이를 본으로 삼아 사냥에 관해 이야기했다. 그러나 그 이야기는 고양이의 발톱이 개와 다르게 발가락 사이에 감춰지는 이유처럼 사냥과는 동떨어진 말들로 덮여 있었다. 그 말들을 걷어내면 남는 것이라곤 '사냥감의 숨통을 단숨에 끊어라.'였다. 고양이라면 발톱과 송곳니가 단단해지면서 자연스레 알게 되는 것이었다. 알레한드로는 잠에 빠진 새끼들을 못마땅한 표정으로 둘러보다 나와 눈을 마주쳤다.

"이놈들아. 이렇게 중요한 걸 배우는데 잠이 오냐? 잠이 와? 쯧쯧쯧. 나중에 사냥할 줄 몰라 쫄쫄 굶게 되면 그제야 내가 왜 수업을 열심히 안 들었을까 후회하겠지. 다들 나비를 봐라. 나비. 저렇게 열심인 녀석이 끝까지 살아남아서 어엿한 어른이 되는 거야. 그러니 정신들 바짝 차려!"

새끼 한 마리가 눈꺼풀을 힘겹게 뜨고 멍한 눈으로 나를 힐끔거렸다. 나머지는 알레한드로의 타박에도 계속 머리를 처박고 있었다. 그가 다시 혀를 찼다.

"쯧쯧. 알 말이 맞았어. 이 녀석들은 글러 먹었어. 목숨이 걸린 걸 배우는데 고작 잠을 이기지 못해서야 원."

이사벨이 늘어지게 하품을 했다.

"후아암. 그렇게나 재미없는 이야기에 잠이 안 와? 말도 느려 터져서 꼭 자장가처럼 들리는데. 영감도 여기 앉아서 영감 수업을 들어 봐. 금방 애들 꼴일 걸."

"어허, 애들 앞에서 쓸데없는 소리는. 이 수업이 얼마나 유익한데…."

이사벨이 알레한드로의 말을 끊었다.

"애들아. 재미있는 이야기 해줄까?"

새끼 고양이들이 하나둘씩 무거운 머리를 쳐들었다. 이사벨 눈에 장난기가 어렸다.

"너희들. 미친개라고 들어봤니?"

미친개. 그 말은 사냥을 배울 때조차 가물가물 닫혀가던 귀를 활짝 열어젖혔다. 초점을 잃어 흐릿했던 시야가 순식간에 또렷해졌다. 우리는 입을 모아 말했다.

"미친개요?"

알레한드로가 이사벨을 노려보며 꼬리로 탁탁탁 소리가 나도록 바닥을 내리쳤다.

"또 그 이야기야? 그 개가 없어진 게 언젠데 왜 수업 때만 되면 꺼내는 거야? 엉?"

이사벨은 알레한드로를 무시하고 이야기를 시작했다.

"인간들이 시장이라고 부르는 곳 알지? 맞아. 생선이랑 고기가 잔뜩 쌓인 거기. 너희들이 아는지 모르지만 그 시장 맞은편에 쓰레기장이 있어. 인간들이 상하거나 먹고 남은 음식을 버리는 곳이지. 그 음식 중에는 멀쩡한 생선도 제법 있어서 눈독을 들인 고양이가 한둘이 아니었어. 그런데 모두 그 근처는 얼씬도 못 하고 멀리서 침만 삼켜야 했단다. 왜 그랬는줄 알아? 맞아. 바로 거기에 미친개가 살았거든. 그 개가 어떻게 그 쓰레기장에 자리를 잡았는지는 누구도 몰라. 인간이 그곳에 버렸다는 소문이 돌았지만 사실은 알 수 없지. 떠돌다가 눌러앉았는데 소문만 그렇게 났을 수도 있으니까. 뭐? 왜 미친개냐고? 그냥 보면 알아. 눈은 벌겋고 입에는 거품을 물고 아무한테나 달려드는데 미친 게 아니면 뭐겠어. 게다가 침에 독이 들었다는 소문도 있었어.

그 개에게 물리면 어떤 고양이도 더는 고양이가 아니라는 거야. 눈앞에 생선이 있어도 굶어 죽고 물을 두고도 목이 말라 죽는대. 어때 무섭지?"

우리는 한목소리로 외쳤다.

"그 개가 지금도 거기 살아요?"

알레한드로가 볼멘 목소리로 말했다.

"뜸들이기는. 빨리 끝내. 수업은 마쳐야 할 거 아냐."

이사벨은 알레한드로에게 눈을 흘기고 뒷이야기를 했다.

"지금은 없어. 쫓겨났거든. 아니, 도망쳤다고 해야 하나? 그 개가 인간 아이에게 달려든 게 원인이었어. 정말 미쳤던 거지. 인간들이 다른 건 몰라도 아이들을 위협하는 건 절대로 봐주지 않는데 말이야. 다들 자신을 두려워하니까 눈에 뵈는 게 없었나 봐. 개가 아이에게 달려든 다음 날이었을 거야. 흰옷을 입은 인간들이 올가미를 들고 몰려왔단다. 그 인간들에게 잡히면 개는 꼼짝없이 죽을 판이었지. 그런데 미친개가 그 인간들을 보자마자 냅다 도망쳤지 뭐니. 어쩌면 그 인간들한테서 무슨 냄새를 맡았을 수도 있어. 개가 냄새 하나는 기가 막히게 잘 맡잖아? 그 뒤로 달이 스무 번 넘게 바뀌었지만 개는 돌아오지 않았단다. 그 덕분에 우리도 쓰레기장 주변에서 기를 펴게 됐지."

새끼들은 참았던 숨을 토하며 무섭다, 다행이다 등의 말들을 주고받았다. 나는 이사벨에게 물었다.

"그럼 그 개는 어떻게 됐나요?"

"병들어 죽었다는 소문이 돌아서 다들 그런 줄로만 알았지. 그런데 까마귀가 멀지 않은 곳에서 그 미친개를 봤다는 거야. 인간들이 떠난 텅 빈 마을에 그 개 혼자 살고 있었다고 말이야. 까마귀야 알아주는 거짓말쟁이라 그 말을 믿을 수가 있어야지. 또 누군가는 미친개가 밤에 몰래 쓰레기장에 드나드는 걸 봤다고도 하고. 거기서 아직도 그 개 냄새가 나는 걸 보면 그 말이 사실일지도 몰라. 그러니까 너희들도 쓰레기장 근처는 피해 다니는 게 좋을 거야. 미친개에게 물릴 수도 있으니까 말이지."

새끼들의 헤벌어진 입에서 침이 흘러 턱끝에서 방울졌다. 오른눈 주변이 검은 새끼는 겁에 질린 표정으로 뒷걸음질을 치다 다른 새끼와 부딪혀 그 자리에 주저앉았다. 나는 음식물 쓰레기장을 어슬렁거리는 미친개를 머릿속에 그리고 침을 꼴깍 삼켰다. 알레한드로가 말했다.

"자, 이것으로 모든 수업이 끝났다. 다들 조느라 고생했다. 지금은 이 수업이 쓸모없다고 생각하겠지. 하지만 수업에서 배운 것들이 큰 도움이 될 때가 올 거야. 그때 이 수업의 가치를 깨닫게 되겠지. 마지막으로 다들 내가 어디에 사는지 알지? 도움이 필요하거든 언제든지 찾아오도록 해. 할 수 있는 한 도와줄 테니까. 이제 보금자리로 돌아가렴."

5

 알레한드로의 수업이 끝난 다음 날부터 나는 공원을 탐험했다. 남자가 사무실 불을 끄고 고물상을 떠나면 여전히 데면데면한 누렁이를 지나 공원에 갔다. 처음에는 바람개비나 풍향계 같은 신기한 것들에 현혹돼 부주의하게 쏘다녔다. 저녁 순찰 중인 알을 멀리서 발견하고 부리나케 달아난 뒤로는 언제나 조심했다. 알의 순찰이 시작되고 끝나는 시간을 앞뒤로 여유를 두고 피했다. 공원에 가서도 작은 움직임에 주의를 기울였고 언제든지 숨을 수 있는 바위나 풀숲을 가까이에 두었다.
 나는 산책로를 중심으로 공원을 네 구역으로 나눠 하나씩 정복해나갔다. 첫 번째 구역은 고물상과 가까운, 내가 처음 공원에 발을 들인 곳이었다. 공원에서 가장 넓은 잔디밭이 산책로를 경계로 놀이터와 분수대와 광장을 둘러싸고 있었다. 그 산책로를 따라 비탈을 내려가면 만나는 출입구 근처가 두 번째 구역이었다. 알레한드로의 수업이 열렸던 화장실이 그 구역에 있었다. 화장실 앞에서부터 출입구까지 이어진 널따란 길에는 그릇 모양의 대형 화분들이 군데군데 놓여 있었다. 봄볕이 따갑던 날 인간들이 우르르 몰려와 그 화분에 활짝 핀 꽃들을 옮겨 심은 뒤로 나는 그곳의 흙에서 자주 뒹굴었다. 흙냄새에 버무려진 꽃향기를 흠뻑 들이마시면 왠지 모르게 가슴 속이 간질간질했다. 세 번째 구역에는 백합과 수선화가 우거진 연못이 자리하고 있었다. 연못에는 빨갛고 흰 색깔의 얼룩무늬 잉어들이 살았다. 잉어들은 내가 얼굴만 비쳐도 꼬리지느러미로 수면을 거칠게 찰박이며 달아났다. 나는 이쪽저쪽으로 잉어들을 몰고 다니는 재미에 푹 빠져 시간 가는 줄 몰랐다. 네 번째 구역은 키가 훌쩍한 소나무들이 작대기들에 의지해 서있는 언덕이었다. 공원 탐험 마지막 날 나는 그 언덕 꼭대기에 올랐다. 새벽빛에 잠겨 어슴푸레한 공원이 한눈에 내려다보였다. 고물상이 전부였던 세상이 그 공원을 더한 만큼 넓어진 것 같았다.

다음은 공원을 가로질러 고물상과 반대쪽에 있는 주택가였다. 다닥다닥 붙은 주택 중 한곳의 테라스 밑에 얼룩이가 숨어 있었다. 얼룩이와 나는 뜻밖의 만남에 놀라 둘 다 눈이 커다래졌다. 코를 맞대 인사하고도 서로를 경계하느라 서먹서먹했다. 우리는 테라스 밑에 들어가 두어 걸음 떨어져 앉았다. 얼룩이가 할말을 찾는 것처럼 앞발을 꼼지락거리다 알레한드로의 수업이 쓸모없다는 말로 말문을 열었다. 그렇게 대화를 시작한 우리는 자신이 한때 쥐 도살자로 불렸다고 자랑한 알레한드로를 실컷 비웃었다. 미친개와 알이 싸우면 누가 이길지를 두고 입씨름하는 동안 서먹함은 점차 풀어졌다.

그날 이후 나는 매일 늦은 밤에 테라스와 고물상의 중간인 공원에서 얼룩이를 만났다. 그 시간에는 인간과 개가 사라져서 넓은 공원이 우리 차지였다. 우리는 잔디밭을 마음껏 뛰어다니며 술래잡기와 사냥놀이를 했다. 또 서열을 정하려고 가로등 기둥에 누가 오줌을 더 높이 싸느냐를 겨루었다. 얼룩이가 발뒤꿈치를 드는 반칙을 저질러 겨루기는 흐지부지되었다. 공원을 순찰하는 치즈와 까미를 사냥감 삼아 몰래 추적한 적도 있었다. 공원을 벗어나 성당 비탈까지 추적에 성공했지만 바람의 방향이 바뀌면서 치즈에게 들키고 말았다. 우리는 공장 한쪽에 쌓인 나무 팔레트 틈으로 달아나 앞발을 핥으며 킬킬거렸다.

무거운 구름이 하늘을 뒤덮은 밤이었다. 나와 얼룩이는 다시 서열을 다투다 나무타기 시합을 벌였다. 갈수록 가늘어지는 가지를 아슬아슬하게 붙잡고 조금씩 몸을 끌어올렸다. 힘이 센 얼룩이가 처음에는 앞서갔지만 도중에 가지가 부러져 아래로 떨어졌다. 다행히 제때 몸을 뒤집어 잔디밭에 안전하게 착지했다. 나는 얼룩이가 무사한 것을 확인하고 안도의 한숨을 내쉬며 고개를 들었다. 공원 밖 도심에서 반짝이는 온갖 색깔의 불빛이 휘황했다. 그 나무처럼 높은 곳에서나 볼 수 있는 밤 풍경이었다.

"얼룩아, 저 불빛들 좀 봐봐. 엄청 멋져."

얼룩이가 혀로 옆구리를 핥다가 콧방귀를 뀌었다.

"흥. 그까짓 불빛이 뭐라고. 이 밑에도 널렸는데. 어서 내려와. 네가 이겼으니까. 이번에는 봐준 줄 알아. 다음에는 어림없어."

나는 건물에 가려진 불빛들을 보려고 좀 더 올라갔다. 가지가 내 무게를 버티지 못하고 옆으로 휘었다. 그때 무성한 나뭇잎 틈으로 산책로를 걸어오는 알과 졸개들이 보였다. 한참 전에 저녁 순찰을 끝내고 출입구로 사라졌던 알이 무슨 이유에서인지 다시 돌아온 것이다. 나는 나무를 미끄러지듯이 내려와 몸단장 중인 얼룩이의 귀에 소곤거렸다.

"알이 돌아왔어. 들키면 큰일이니까 얼른 숨자."

얼룩이를 데리고 가까운 풀숲에 숨었다. 알은 음수대 모서리에 코를 대고 못마땅한 표정을 지은 뒤 오줌을 뿌렸다. 뒤돌아 자신의 오줌 냄새를 맡고 하늘을 올려다보며 앞발로 왼눈을 두어 번 매만지고는 놀이터로 향했다. 그가 갑자기 걸음을 멈추더니 냄새를 찾듯이 머리를 기웃대며 코를 씰룩거렸다. 그의 눈길이 우리가 숨은 풀숲을 가리켰다.
"어린것들이네."
알이 콧김을 내뿜었다.
"흥. 한 놈은 점순이 새끼로군."
그의 눈이 풀숲을 꿰뚫고 보는 것 같아 나는 몸을 더욱 웅크렸다. 치즈가 말했다.
"두목. 어떡할까?"
알이 눈길을 거두며 걸음을 뗐다.
"내버려둬. 어쨌든 눈에 띈 건 아니니까."
그는 놀이터 모래밭에 똥을 누고 그대로 둔 채 분수대로 걸어갔다. 치즈와 까미는 우리 쪽을 보며 히죽거리고 알을 쫓아갔다. 나는 참았던 숨을 한숨처럼 뱉어냈다. 그때 말없이 생각에 잠겼던 얼룩이가 돌연 산책로로 뛰쳐나갔다. 말릴 새도 없어서 나는 알에게 달려가는 얼룩이를 멍하니 바라만 보았다. 알이 귀를 쫑긋거리고 몸을 돌렸다.
"뭐냐? 네놈은."
치즈와 까미가 얼룩이를 막아섰지만 알이 고갯짓하자 한 걸음 물러서 길을 터주었다. 얼룩이는 치즈와 까미를 힐끔거리며 알에게 다가갔다.
"묻고 싶은 게 있어서요. 알, 당신이 내 아빤가요?"
알과 졸개들은 얼빠진 표정을 짓더니 동시에 큰소리로

웃어젖혔다. 그렇게 멍청한 소리는 처음 듣는다는 웃음이었다. 얼룩이는 굳은 듯이 서서 그 비웃음을 견뎠다. 알이 먼저 웃음을 멈췄다.

"그만."

치즈와 까미의 웃음소리가 잦아들었다. 알은 한심한 눈초리로 얼룩이를 쏘아보고 몸을 돌렸다.

"바보 같은 질문이군. 그런 질문을 할 시간에 엄마 젖이나 빠는 게 나을 거다."

치즈와 까미가 이죽거렸다.

"그래, 이 젖내 나는 녀석아."

"얼른 가. 엄마가 젖 먹으라고 부른다."

얼룩이가 알을 뒤쫓았다.

"알. 대답해 줘요. 당신이 아빠인지. 네?"

알은 홱 돌아서서 어깨를 끌어올리며 털을 부풀렸다. 얼룩이는 더욱 작아져서 알이 토한 털 뭉치처럼 보였다. 알은 짜증난 목소리로 말했다.

"꺼져라! 이 멍청한 놈아. 아빠 소리 두 번 다시 못 하도록 혀를 뽑아버리기 전에."

그가 어깨를 흔들어 얼룩이를 을러대고 떠났다. 알과 졸개들이 출입구로 사라진 뒤에도 얼룩이는 꼼짝하지 않았다. 알이 돌아와 대답해 주기를 기다리는 것처럼. 나는 알과 졸개들이 충분히 멀어졌을 시간이 지나고 풀숲에서 나와 얼룩이에게 다가갔다. 얼룩이는 넋 나간 눈으로 출입구 쪽을 쳐다보고 있었다. 내가 괜찮냐고 물어도 그 소리를 듣지 못하는지 아무런 반응이 없었다. 그런 얼룩이를 깨운 것은 비였다. 갑자기 굵은 빗방울이 후드득 떨어졌다. 얼룩이는 잠에서 깨어나듯이 몇 번 눈을 깜빡이고 하늘을 올려다보았다.

산책로가 크게 휘도는 곳 안쪽에 기와지붕이 얹힌 정자가 서있었다. 나는 얼룩이를 끌고 정자 마루 밑으로 들어가 비를 피했다. 앞다리를 몸 아래 감추고 엎드린 얼룩이는 음울한 표정으로 처마에서 떨어지는 물줄기를 우두커니 바라보았다. 나는 그가 걱정스러웠다.

"괜찮아?"

"이젠 괜찮아."

산책로를 때리는 빗소리가 커졌다. 얼룩이가 말했다.

"나, 결심했어. 우두머리가 되기로. 내 영역을 갖고 어여쁜 암컷들을 거느리고 수많은 새끼를 낳을 거야. 그래서 누구도 비웃지 못하는 당당한 수컷이 될 거야."

그 말은 시끄러운 빗소리를 뚫고 또렷이 들렸다. 그때까지 나는 우두머리나 영역을 어른들의 관심사라 치부해 진지하게 생각하지 않았다. 그러니 암컷과 새끼들은 말할 것도 없었다. 그러나 얼룩이는 달랐다. 그의 눈은 나처럼 빗줄기를 향해 있었지만 나보다 훨씬 먼 곳을 보고 있었다. 알레한드로가 말한, 수고양이의 숙명을 받아들인 눈이 저럴까.

"그럼 알에게 도전할 거니?"

"알과의 싸움은 피할 수 없어. 우두머리가 되려면."

얼룩이는 잠깐 침묵한 뒤 다시 입을 열었다. 그 목소리가 무겁게 가라앉아 있었다.

"알이 아빠일까, 아닐까. 그를 볼 때마다 그 질문이 떠올랐지. 알아. 알이 아빠든 아니든 무슨 상관이겠어. 그가 우두머리인 한 언젠가 쓰러뜨려야 할 적인데. 그래도 알고 싶었어. 아무것도 바뀌지 않는다고 해도. 그래서 물어본 건데 알은 아빠인지 아닌지, 어느 쪽도 대답하지 않았지. 그런데 말이야, 아빠가 맞다고 대답했더라면 어땠을까. 물론 이제는 아무 의미도 없는 질문이지. 하지만 그 질문이 머릿속에서 떠나질 않아."

나는 놀이터에서 분수대로 가는, 알이 서있던 자리에 온몸이 검은 고양이를 그려 넣었다. 꽃향기로 엄마의 숨을 틀어막았다는 그 고양이는 아직도 여행 중일까. 그는 쏟아지는 비를 맞으며 어딘지 모를 곳을 두리번거리다 수증기처럼 흩어졌다.

어느덧 새벽이 찾아와 보도블록이 깔린 산책로가 밝아졌다. 구름이 갈라지더니 서쪽 하늘부터 걷히기 시작했다. 비가 그친 후 나는 얼룩이와 헤어져 고물상으로 돌아왔다. 엄마도 외출에서 막 돌아왔는지 온몸이 젖은 채 방석에 앉아 뒷발가락 사이의 물기를 핥고 있었다. 엄마는 못마땅한 눈으로 나를 훑어보았다.

"이게 무슨 꼴이니. 누누이 말했잖니. 고양이는 언제나 깨끗해야 한다고. 어머머, 털 떡진 것 좀 봐."

엄마는 앞발로 내 등을 붙들고 젖어서 뭉친 털을 혀로 빗겨주었다. 나는 간지럽다며 몸을 빼려다 콧잔등을 가볍게 얻어맞았다. 엄마가 잔잔한 목소리로 물었다.

"밤새 어디서 뭘 한 거니? 재미있는 일이라도 있었니?"

나는 얼룩이가 알에게 아빠냐고 물었던 일을 들려주었다. 엄마가 말했다.

"얼룩이도 참 딱하다. 수고양이에게 아빠가 어딨어? 더군다나 그걸 알에게 묻다니. 알 그놈이 그냥 넘어간 게 천만다행이지 하마터면 큰일 날 뻔했네. 그래도 얼룩이가 한 말 중에 네가 새겨들어야 할 말이 있어. 영역 말이야. 너도 곧 어른이 돼. 이제는 슬슬 네 영역을 준비해야만 해. 깜짝 놀라기는. 누가 보면 겁쟁이인 줄 알겠다. 당연히 알과 싸워서 놈의 영역을 뺏으라는 게 아냐. 물론 그럴 수 있다면 좋겠지만 알이 보통 놈이어야지. 내가 말한 영역은 보금자리를 말하는 거야. 이 어미로부터 독립해서 먹고 자는 곳 말이야. 그곳에서 수고양이의 삶을 시작하는 거지. 그러니까 쓸데없이 쏘다니지 말고 어디 빈 곳이 있나 잘 살펴봐. 그런 곳은 힘들이지 않고 차지할 수 있을 테니까."

알이 지배하는 영역은 왕복 이 차선 도로를 중심으로 적갈색 벽돌로 지어진 어린이집부터 초등학교 앞 사거리까지 펼쳐져 있었다. 그 영역은 다시 작은 영역들로 쪼개졌는데 엄마가 말한 보금자리가 바로 그런 곳들이었다. 나는 밤이 세 번 바뀔 동안 영역을 쏘다녔지만 보금자리로 쓸 만한 곳을 찾지 못했다. 그런 곳들 모두 수컷이나 새끼들을 거느린 암컷이 이미 차지했기 때문이었다. 쓰레기로 난장판인 주택과 쇠 파이프들이 쌓인 좁은 틈에서도 주인을 자처하는 고양이가 나타나 하악거렸다. 나는 기웃거리다 쫓겨나는 데 진력이 나서 어느새 영역 찾기는 뒷전으로 미루고 거리를 정처 없이 돌아다녔다. 그렇게 걷노라면 지나는 길이 머릿속에서 저절로 선으로 그어졌다. 거대한 톱니바퀴들이 쌓인 공장에서 생선 굽는 냄새를 뿜어내는 식당과 녹슬어 가는 포클레인을 지나 수고양이들이 너도나도 오줌을 싸는 주민자치센터 화단까지 이어지는 식이었다. 내 발길을 따라 늘어난 선들은 서로 교차하며 점차 그물로 짜였다. 그물은 갈수록 넓어졌고 그 짜임은 촘촘해졌다. 눈을 감으면 거리 위에 펼쳐진 거대한 그물을 내려다볼 수 있었다. 그물은 마지막 한 곳이 매듭을 짓지 못해 미완성이었다. 한때 미친개가 살았다는 음식물 쓰레기장이 그곳이었다.

어느 날 밤 나는 주민자치센터 급식소에서 풀린 선을 머릿속으로 그어가며 음식물 쓰레기장에 도착했다. 마침내 두 개의 선이 매듭지어지며 그물이 완성되었다. 그 순간 나는 누구에게도 뺏기지 않을 영역을 차지한 기분이었다. 출입구 안쪽 쓰레기장에 생선과 채소 따위의 음식들이 산더미처럼 쌓여 있었다. 그 밑에서 흘러나온 구정물이 내 발밑을 지나 도롯가 하수구로 빨려들었다. 구정물이 묻은 발을 탈탈 털며 쓰레기장으로 들어갔다. 출입구 기둥에서 지독한 개 오줌 냄새가 났다. 나는 기둥에 코를 대고 오줌 냄새를 꼼꼼히 맡으며 한 겹씩 벗겨냈다. 마지막 냄새는 오래되어 희미했는데 분명히 날고기를 먹는 개의 것이었다. 이사벨이 말한 미친개일까. 쓰레기장의 어둠 속에서 붉은 눈이 번득이는 것 같아 등줄기가 서늘해졌다. 그러나 미친개가 그곳에 살며 길고양이들을 위협했던 시절은 끝났다. 인간들이 있는 한 미친개는 결코 돌아오지 못할 것이다. 나는 머리를 흔들어 콧속에 남은 그 냄새를 털어냈다.

6

그날도 나는 보금자리를 찾으려고 공영주차장 주변을 뒤졌다. 주차된 차량들과 공영주차장 벽 사이를 지나갈 때 하얀 고양이가 도로를 건너와 모퉁이로 사라졌다. 그 고양이에게서 암컷의 달콤한 냄새가 풍겨왔다. 나는 그 냄새를 쫓아 모퉁이로 달려갔다. 모퉁이 뒤는 주택가 골목과 이어진 작은 공터였는데 그곳 어디에도 하얀 고양이는 없었다. 꿈을 꾼 것일까. 그러나 눈에는 고양이의 하얀 잔영이, 코에는 달콤한 냄새가 남아 있었다. 바닥에 코를 대고 그 냄새가 나는 발자국을 찾던 중 어린 인간의 목소리가 들렸다.

"검은 고양이다."

도로 건너에서 책가방을 멘 남자아이들 셋이 나를 보고 있었다.

"진짜네? 와, 존나 새까매."
"검은 고양이는 재수 없다는데, 진짜 그래?"
한 아이가 젠체하는 목소리로 말했다.
"우리 할머니가 그러는데, 검은 고양이를 보면 나쁜 일이 생긴대. 그럴 때는 침을 뱉으면 괜찮대. 이렇게 말이야."
그 아이가 목을 끓여 침을 뱉었다. 다른 두 아이는 허리가 휘청거릴 정도로 상체를 요란하게 흔들며 첫 번째 아이를 따라서 했다. 나는 재수가 없다는 소리를 들을 만한 짓을 하지 않았으므로 영문을 몰라 그들을 빤히 쳐다보고만 있었다. 먼저 침 뱉었던 아이가 손가락으로 나를 가리켰다.
"저 새끼 계속 째려봐. 진짜 존나 재수 없어."
"눈깔 좀 봐. 존나 무섭게 생겼네."
마지막 아이가 도로에서 유리 조각을 찾아 손에 쥐었다.
"어디 지가 안 도망가나 보자."
그 아이가 유리 조각을 던졌다. 나는 날아오는 유리 조각을 보지 못했지만 팔을 휘두르는 동작에 반사적으로 눈을 질끈 감고 몸을 움츠렸다. 유리 조각은 뒤에 있는 벽에 맞고 쨍 소리를 내며 깨졌다. 날카로운 파편 몇 개가 내 머리와 몸통을 때렸다. 화들짝 놀란 나는 아이들과 반대 방향으로 도망쳤다. 내가 주택가 입구에 서있던 트럭 밑을 지날 때 아이들이 외쳤다.
"어, 저 새끼 도망간다."

"쫓아갈까?"

"내비둬. 나 오늘도 학원 늦으면 좆돼."

나는 아이들이 느닷없이 공격한 이유가 궁금했지만 생각할 겨를이 없었다. 아이들에게서 멀리, 유리 조각이 닿지 않는 곳으로 달아나는 게 급선무였다. 나는 골목을 달리며 알레한드로로부터 배운 것들에서 적어도 한 가지는 쓸모 있다고 생각했다. 그는 길고양이와 인간의 관계를 설명할 때 아이들을 가장 조심하라고 가르쳤다. 아이들은 어떤 행동이 잔인한지 몰라서 쉽게 잔인해지기 때문이라는 것이다.

알레한드로는 눈을 감고 고개를 끄덕이며 내 이야기를 들었다. 아이들이 공격한 이유를 묻자 그는 눈을 뜨고 이렇게 말했다.

"그 아이들이 검은 고양이가 재수 없다고 했다며? 그게 이유야. 네가 검은 고양이기 때문에 공격한 거야."

고양이의 털 색깔은 다양했다. 당장 부부인 알레한드로와 이사벨도 털 색깔이 서로 달랐다. 공영주차장에서 보았던 고양이는 온몸이 하얬지만 나는 검었다. 그런데 검은색만 콕 집어서 재수가 없다니, 나는 알레한드로의 말을 납득할 수 없었다. 그가 이어서 말했다.

"그 아이들을 탓할 수는 없단다. 그 어린것들이 무엇을 알아서 너보고 재수 없다고 했겠니. 어른 인간들에게서 배웠겠지. 수업 때는 언급하지 않았다만 인간들이 너 같은 검은 고양이를 재수 없다고 여긴 역사는 까마득히 오래됐단다. 어느 때는 그 정도가 심해서 검은 고양이라면 무조건 산 채로 불태우고 강물에 던졌지. 그 시절에서 달이 수천 번 떴다가 졌어도 그 미신은 여전히 인간들 속에 남아 있어. 어쩌면 인간들은 밤이 두려워서 그랬는지도 몰라. 검은 고양이는 밤을 닮았으니까. 지금이야 인간들이 저 작은 태양들을 만들어 밤을 밝히지만 그 두려움까지 잊으려면 시간이 더 필요할지도. 그때가 되면 아이들도 검은 고양이란 이유로 공격하지는 않을 게다."

이사벨은 내내 불만이 가득한 표정으로 할말이 있는 것처럼 입을 오물거렸다. 그녀는 알레한드로가 이야기를 끝내자마자 소리쳤다.

"그놈들을 탓하지 말라니, 무슨 말도 안 되는 소리야. 나비가 무슨 잘못을 했다고. 잘못은 그놈들이 했지. 하여간 당신은 역사 어쩌고저쩌고 말은 많은데 도움이 되는 말은 하나도 없어. 나비야. 알레한드로가 한 말은 잊어버려. 죄다 쓸데없으니까. 놈들이 너를 공격한 이유는 뻔해. 바로 그놈들이 재수가 없기 때문이야. 앞으로 놈들을 보면 그냥 피해. 맞서봤자 너만 재수 없어질 뿐이니까."

그 말은 위안이 됐지만 아이들이 왜 공격했냐는 질문에 답이 되지는 못했다. 알레한드로와 이사벨에게서 그 이상의 대답을 듣기는 어려울 듯해 나는 화제를 바꿨다.

"이사벨. 아까 하얀 고양이를 봤는데요."

"하얀 고양이?"

"네. 암컷인데 머리부터 꼬리까지 온통 하얬어요. 혹시 그 고양이를 아세요?"

이사벨이 수염을 빳빳하게 세우고 눈꼬리를 치켜올렸다.

"흥. 마릴린이구먼."

"마릴린이요?"

"그래, 그 싸가지 없는 것의 이름이 마릴린이야."

마릴린. 집회에서 들은 이름이었다. 알이 자신을 무시한다며 가만두지 않겠다고 입에 올린 이름이 마릴린이었다. 이사벨이 혼잣말처럼 말을 이어갔다.

"고것이 우리 길고양이들을 어찌나 무시하는지, 맨날 본체만체야. 지도 버려진 주제에 혈통 좀 좋은 게 뭐라고 그리도 잘난 척을 하는지, 원."

알레한드로가 끼어들었다.

"혈통은 거짓말을 안 하지."

"아, 이 영감탱이가 또 쓸데없는 소리를!"

알레한드로가 이사벨의 눈치를 보며 입을 닫았다. 이사벨은 알레한드로를 째려보다 나직이 한숨을 쉬었다.

"내가 못 살아. 아직도 저런 헛소리를 들어야 하다니. 그나저나 나비야. 어디까지 했더라?"

"마릴린이 잘난 척한다구요. 그런데 이사벨. 마릴린이 정말 버려졌어요? 그럴 고양이는 아니던데."

이사벨의 눈길이 부드러워졌다.

"사실 아무도 몰라. 어느 날 갑자기 나타났거든. 그때 고것의 털이 어찌나 하얗던지 눈이 부실 지경이었어. 모든 암컷이 부러워했지. 길고양이는 아닌 것 같아서 너는 누구냐, 어디서 왔냐 물었는데 고것이 글쎄, 이름만 말하고 입을 닫아버리지 뭐니."

이사벨이 혀를 찼다.

"쯧쯧쯧. 이름이 마릴린이면 뻔하지. 그 이름이 흔하지는 않으니까. 고것도 버려진 게야. 만약 제 발로 도망쳤으면 입을 닫았겠어? 인간을 욕하느라 입술이 부르텄겠지. 마릴린, 고것은 안 거야. 버려졌다는 것을. 누구도 자신을 찾거나 반기지 않으리란 것을 말이지."

이사벨의 눈초리가 꿈틀거렸다.

"그런데도 고것은 맨날 지붕에 앉아서 우리를 내려다보지. 고양이가 쥐 보듯이. 그리고 지가 아무리 혈통이 좋아도 그렇지, 길에서 살면 길고양인데 우리하고 통 어울리려고 안 해. 여기서 먹고 자고 똥을 싸는 주제에 딴 세상에 사는 것처럼 구는데 그게 싸가지 없는 게 아니면 뭐겠어?"

공영주차장 맞배지붕은 그 뾰족한 끝으로 석양에 물든

하늘을 찌르고 있었다. 나는 맞은편 인도에서 지붕을 올려다보고 도로를 건넜다. 주차장 입구를 막은 차단봉 뒤에 요금계산소가 서있었다. 그 안에 백발이 성성한 인간이 앉아 멍한 눈으로 모니터를 쳐다보고 있었다. 요금계산소를 지나자 벽은 없고 기둥만 늘어선 넓은 공간이 펼쳐졌다. 그곳에는 차량 수십 대가 각자의 사연을 냄새로 간직한 채 잠들어 있었다. 나는 몇몇 바퀴와 범퍼에 코를 대고 냄새를 맡으며 비탈이 있는 안쪽으로 들어갔다. 그 주차장에서도 내 목적지는 지붕이었다. 이사벨이 말한, 마릴린이 길고양이들을 깔보려고 앉는다는 그곳이었다. 비탈 여섯 개와 계단 한 개를 오른 끝에 지붕에 도착했다. 마릴린은 보이지 않았다. 그 대신 도로 쪽으로 돌출된 용마루 끝에 앞서 맡은 암고양이의 달콤한 냄새가 남아 있었다. 용마루 밑에는 울창한 나무들이 서있는 공원까지 이삼 층 높이인 주택과 공장들이 저지대처럼 깔려 있었다. 도로보다 거센 바람에서 마른 흙과 사철 푸른 나무 냄새가 느껴졌다. 공원이나 주민자치센터 화단 냄새일까. 그러나 바람의 냄새에는 공원과 화단에서 나는, 개와 고양이와 인간과 인간이 만든 것들의 냄새가 섞여 있지 않았다. 그 바람이 불어오는 쪽에 멀리 언덕이 솟아 있었다. 언덕 위에는 이제 막 불을 켜기 시작한 아파트 건물 수십 동이 담장 모양으로 늘어서 있었다. 하늘 한가운데서 별이 긴 꼬리를 끌며 그 아파트 단지 위로 떨어졌다. 별은 마지막에 타오르며 빛났고 귀를 쫑긋거릴 새도 없이 순식간에 사라졌다. 나는 용마루에 앞발을 뻗고 엎드려 다른 별이 떨어지기를 기다렸다.

7

 태풍이 장대비를 쏟아부으며 고물들을 들쑤시고 지나간 다음 날부터 날이 선선했다. 어디선가 나타난 잠자리들이 오목한 고물에 빗물이 고여 생긴 물웅덩이 위를 날아다녔다. 하루가 다르게 낮이 짧아졌고 반대로 엄마가 보금자리를 비우는 시간은 길어졌다. 엄마를 떠나야 할 시간이 다가오고 있었다. 그러나 나는 여전히 보금자리로 쓸 영역을 마련하는데 진전이 없었다. 모든 길고양이가 자신만의 영역에서 편히 쉴 때 혼자 거리를 떠도는 내 모습이 떠오르면 꼬리가 맥없이 처졌다. 빈 곳을 찾는 나와 달리 얼룩이는 일찌감치 남의 영역을 빼앗기로 작정했다. 얼룩이가 노린 곳은 식당가 맞은편 골목으로 원래 치즈의 영역이었다. 치즈는 알의 졸개답게 새끼라고 얼룩이를 봐주지 않았다. 얼룩이의 등과 다리에는 나날이 새로운 상처가 늘어 갔다. 특히 오른쪽 허벅지에 난 상처는 털가죽이 찢어졌을 정도로 깊었다. 그런데도 얼룩이는 포기할 생각이 전혀 없었다. 담장 위에서 밤낮없이 골목을 감시하다 치즈가 입구에 들어설라치면 뒷다리를 절룩이며 달려갔다. 곧바로 치즈의 앞발에 나가떨어졌지만 이를 악물고 다시 달려들었다.

그런 얼룩이로부터 나는 용기를 얻었다. 조금만 더 노력하면 내게 꼭 맞는 영역을 찾아낼 것 같았다. 그간 건성으로 지나쳤던 곳들을 다시 뒤지고 고양이 냄새가 희미해진 곳들을 살폈다. 그러나 영역이 새로 만들어지듯이 뚝딱 나타날 리 없었다. 나는 또다시 이곳저곳을 기웃대다 쫓겨 달아나기를 되풀이했다. 영역 전체도 아니고 고작 몸 하나 뉠 자리를 마련하기가 이렇게 어려운 일이었다. 낙담한 나를 발길이 이끈 곳은 공영주차장 지붕이었다. 그곳에서는 앞을 가린 건물들 때문에 수고양이들이 쟁탈전하는 영역들이 보이지 않았다. 경쟁적으로 뿌리는 오줌 냄새도 느낄 수 없었다. 용마루에 엎드려 검푸른색으로 변해가는 하늘을 쳐다보는 동안 지붕 밑에서 벌어지는 모든 일이 사소해졌다.

그날도 영역을 찾는 데 실패하고 공영주차장으로 향했다. 코가 빠져 길바닥을 보며 걷는데 시야 한쪽에 하얀색이 휙 지나갔다. 머리부터 꼬리까지 하얀 고양이가 성당 앞 비탈을 올라가고 있었다. 마릴린이었다. 마릴린은 비탈 축대에서 뛰어내려 긴 털을 몸 이쪽저쪽으로 날리며 주택가 골목으로 걸어갔다. 공영주차장 용마루에 남은 냄새로만 만났던 그녀를 실제로 보자 가슴이 쿵쾅쿵쾅 뛰었다. 나는 마릴린을 쫓아 비탈 옆길을 달려 골목에 들어섰다. 다음 골목 모퉁이에서 하얀 꼬리가 튀어나와 살랑거리고 있었다. 나는 그 꼬리를 쫓아갔지만 이번에도 다음 모퉁이 뒤로 사라지는 꼬리만을 보았을 뿐이다. 그렇게 모퉁이 몇 개를 돌고 방향감각을 잃었을 때 갑자기 골목이 끝나면서 이면도로가 나타났다. 마릴린을 바짝 뒤쫓았다고 생각했지만 도로에 그녀는 없었다. 주차된 차량 밑과 도로에 면한 주택까지 샅샅이 뒤졌지만 마릴린은커녕 그녀의 냄새조차 찾지 못했다. 나는 무엇엔가 홀린 것 같아 도로 한복판에 멍하니 서있었다.

옆 골목 입구에 가구들과 플라스틱 상자들이 놓여 있었다. 나는 그곳으로 달려가 물건들에 일일이 코를 들이댔다. 푹신한 의자에서 고양이 냄새가 났는데 마릴린이 아닌 수컷의 오래된 냄새였다. 콧구멍을 벌름거리며 골목 안쪽으로 늘어놓아진 책과 보따리와 가전제품 등을 따라갈 때였다. 주택의 대문이 열리고 그 안에서 인간 남녀가 나왔다. 나는 얼른 벽에 기대어진 매트리스 뒤에 숨었다. 남자가 대문턱에 서서 바닥에 널린 짐들을 내려다보며 인상을 찌푸렸다.

"아, 씨. 언제 다 나르냐?"

여자는 계단 밑에 놓인 세숫대야를 두 팔로 들어올렸다.

"눈이 게으른 거야. 손은 부지런하고."

남자가 장갑을 낀 손으로 이마의 땀을 훔쳤다.

"더워서 뒈지겠네. 그래서 포장이사 하자니까, 이게 뭔 짓거리야."

"짐이 얼마나 된다고 포장이사를 불러? 그 돈이 얼만데."

남자가 여자 뒤통수에 대고 눈알을 부라리며 입술을 들썩여 들리지 않는 말을 내뱉었다. 여자가 걸음을 멈췄다.

"어머. 고양이가 있네."

여자는 세숫대야를 바닥에 내려놓고 매트리스 앞에 쭈그려 앉았다. 여자가 나를 향해 손을 뻗었다.

"까망이네. 까망아. 이리 와. 이리."

여자의 표정과 목소리에 애정이 듬뿍 담겨 있었다. 그럼에도 나는 그녀의 눈을 마주보면서 슬금슬금 뒷걸음질을 쳤다. 손이 급작스럽게 뻗어온 데다 까망이란 이름에서 아이들이 유리 조각을 던지며 검은 고양이 운운했던 기억이 떠올랐기 때문이었다. 여자가 손바닥으로 바닥을 가볍게 치며 매트리스와 벽 사이 틈으로 얼굴을 들이밀었다.

"야옹. 야옹. 까망아. 이리 오라니까."

남자가 여자 뒤에서 너털웃음을 터뜨렸다.

"야, 고양이 새끼가 그 말을 알아듣냐? 그리고 행여나 고양이 새끼 들일 생각은 꿈에도 하지 마라. 난 고양이라면 질색이니까."

여자가 남자를 향해 고개를 돌렸다.

"왜? 고양이가 뭘 어쨌다고?"

남자가 가래를 뱉었다.

"캭, 퉤! 아무튼 싫어. 게다가 저놈은 검은 고양이잖아. 밤에 마주쳐 봐. 까만 데서 노란 눈만 둥둥 떠다니는 게 어찌나 소름 끼치는지 몰라. 꼭 귀신 눈깔 같다니까."

다음 날부터 그 집 대문 안쪽에 사료와 물이 담긴 그릇 두 개가 놓였다. 그릇은 골목에 서있는 가로등이 켜질 무렵 채워졌다. 몸에 붙는 어두운 색깔의 옷을 입은 여자가 밖에서 돌아와 빈 그릇을 들고 반지하방으로 들어갔다. 그녀는 털갈이한 것처럼 화사한 색깔의 헐렁한 옷으로 갈아입고 다시 나타났다. 그때 그녀 손에 들린 그릇에는 맛있는 사료와 깨끗한 물이 가득했다. 여자는 그릇을 바닥에 내려놓고 대문턱에 서서 나를 찾듯이 골목을 둘러보았다. 나는 주차된 차량 밑에 숨어 실망하는 표정으로 돌아서는 여자를 지켜보았다. 반지하방 철문이 열렸다가 닫히는 소리가 들리면 그제야 차량 밑을 빠져나와 그릇에 다가갔다.

그 주택과 주변 골목은 원래 코코란 이름을 가진 수고양이의 영역이었다. 코코는 영역에 대한 집착이 남달랐다. 그 골목에 들어서는 모든 고양이에게 다짜고짜 덤벼들었다. 나

역시 몇 번이나 쫓겨 달아났는데 그냥 지나가는 길이라고 항변해도 그는 막무가내였다. 우두머리인 알조차 성가신 코코를 피해 그 골목을 멀리 돌아간다는 소문도 돌았다. 그런 코코가 여자와 남자가 이사를 오기 얼마 전부터 모습을 드러내지 않았다. 골목 입구에서부터 진하게 풍겼던 코코의 냄새도 희미해졌다. 이사벨은 코코가 그토록 그악스럽게 지켰던 영역을 제 발로 떠날 리 만무하니 병이 들어 어딘가에 숨어서 죽었을 것으로 추측했다. 물론 나는 코코가 떠났든 죽었든 상관없었다. 오랜 헛수고 끝에 마침내 주인 없는 영역을 찾았다는 것만이 중요했다. 먼저 주택의 대문에 붙은 창고와 뒤꼍에 있는 보일러실 지붕을 보금자리로 삼았다. 그다음으로 코코의 냄새가 남은 벽과 대문 기둥에 오줌을 뿌리고 주택 화단에서 자라는 나무와 계단 모서리에 볼을 문질러 내가 그곳의 새로운 주인임을 알렸다.

얼룩이도 영역을 빼앗는 데 성공했다. 그는 인간들이 창문을 열고 내다볼 정도로 치열하게 싸운 끝에 치즈가 질렸다는 듯이 머리를 절레절레 흔들며 떠났다고 했다. 그의 끈질긴 도전이 결국 통한 것이다. 얼룩이는 달뜬 표정으로 자신의 것이 된 골목을 바라보며 이제부터 시작이라고 선언했다. 나는 공원 정자 밑에서 얼룩이가 말했던 꿈들을 기억하고 그의 시작을 진심으로 응원했다. 그러나 그 시작은 곧

삐거덕거렸다. 얼룩이가 치즈의 냄새를 지우기도 전에 인간들이 그곳에 길고양이를 위해 설치한 급식소가 발단이었다. 식당가에서 음식물 쓰레기봉투를 찢어 인간들의 골칫거리였던 길고양이들이 그 급식소로 몰려들었다. 그 바람에 얼룩이의 영역인 골목은 누구의 것이랄 수 없는 곳으로 변했다. 얼룩이는 급식소에서 사료를 먹는 수고양이의 뒤통수를 노려보며 치즈와 다툴 때가 차라리 나았다고 하소연했다. 그때는 치즈 한 마리와 싸우면 됐지만 지금은 고양이 십여 마리를 돌아가며 상대해야 한다는 것이다. 나는 금방 더 좋은 곳을 찾게 될 것이라고 위로했다. 얼룩이는 땅이 꺼져라 한숨을 쉬었다.

"그러면 좋지. 근데 그게 어디 말처럼 쉽겠어? 여기도 그 고생 끝에 겨우 차지했는데. 그런데 너는? 영역은 찾았어?"

나는 속으로 뜨끔했다. 코코의 영역을 차지했다는 사실을 일부러 알리지 않았기 때문이었다. 얼룩이가 영역에 집착하는 정도는 코코 저리가라였다. 치즈와 영역을 다툴 때 꾸벅꾸벅 졸다가 질겁하며 깨어나 충혈된 눈으로 허둥지둥 골목을 둘러보는 그의 모습에서 귀기마저 느껴졌다. 그런 얼룩이가 영역을 잃었는데 때마침 내가 영역을 얻었다? 나를 만만히 여기는 얼룩이라면 내 영역도 그럴 것이 틀림없었다. 나는 태연한 목소리로 아직 찾는 중이라고 둘러댔다. 얼룩이가 말없이 내 얼굴을 뚫어져라 쳐다보았다. 그 눈빛이 정말이냐고 캐묻는 듯해 나는 마음이 몹시 찜찜했다. 얼룩이와 헤어져 여자가 사는 주택으로 이어진 골목 입구에 도착했을 때였다. 아니나 다를까, 뒤에서 부는 바람에서 얼룩이 냄새가 났다. 나는 걷던 걸음 그대로 골목을 지나쳐 철근과 드럼통이 쌓인 공장을 뒤지며 영역을 찾는 척했다. 그 후로도 길을 걸을 때 나를 뒤쫓는 얼룩이의 눈길을 자주 느꼈다. 그 눈길이 잡힐 듯이 가까워 고개를 홱 돌리면 모퉁이나 차량 뒤로 다급하게 숨는 얼룩이를 볼 수 있었다.

그날도 공원에서 얼룩이를 겨우 따돌리고 저녁 무렵 골목으로 돌아왔다. 벽기둥에 숨어 마지막으로 뒤를 살피는데 반지하방 쪽에서 남자의 고함소리가 들렸다.
"야! 잔소리 좀 그만해. 아주 지겨워 죽겠네."
여자가 맞받아쳤다.
"그러니까 이 돈 어쩔 거야? 어쩔 거냐고?"
"그까짓 돈 얼마나 된다고. 노가다라도 뛰어서 준다니까. 그리고 내가 카지노에 가고 싶어서 갔냐? 돈 벌려고 그런 거 아냐. 재수가 없어서 이 꼴이지 만약 돈 벌었으면 나만 좋냐? 너도 좋지? 그러니까 그 주둥이 좀 닥쳐라. 응?"
"뭐? 주둥이? 너 말 다했어? 다했냐고? 그리고 노가다로 돈을 번다고? 네가? 웃기시네. 네가 나하고 산 뒤로 돈 한 푼 번 적 있어? 있으면 말해 봐. 말해 보라고!"

"이년이…."

'짝' 소리는 작았지만 그쪽으로 귀를 기울였던 내게는 크게 들렸다. 여자가 한참을 씩씩거리다 울음을 터뜨렸다. 반지하방 철문이 벌컥 열렸다가 쾅 소리를 내며 닫혔다. 무거운 발소리가 커지더니 남자가 대문을 열고 나왔다. 후우, 소리가 나도록 한숨을 내쉬고 바지 주머니에서 담배를 찾아 입에 물었다. 남자의 입에서 뿜어진 담배 연기가 가로등 불빛에 부풀었다 어둠으로 빨려들었다.

"아, 짜증 나. 여자가 지 밖에 없는 줄 아나. 돼지같이 생긴 게."

남자는 고개만 돌려 여자의 울음소리가 들려오는 반지하방을 물끄러미 바라보았다. 그 모습이 무척이나 지치고 쓸쓸해 보였다. 남자는 담배 연기를 길게 내뱉은 뒤 꽁초를 손가락으로 튕겨 버리고 골목을 걸어갔다. 남자의 발소리가 모퉁이를 돌아 멀어지자 나는 대문으로 다가갔다. 사료 그릇은 전날 비운 채였다. 대문 맞은편에 주차된 차량 밑으로 들어가 여자가 그릇을 가져가기를 기다렸다. 그동안 여자의 울음소리가 서서히 잦아들다 멈췄다. 귀를 쫑긋거렸지만 반지하방 쪽에선 아무런 소리도 들리지 않았다. 여자로부터 사료를 얻어먹기는 그른 것 같아 주민자치센터 급식소에 가려는데 반지하방 철문이 살며시 열렸다가 닫히는 소리가 들렸다. 잠시 후 여자가 대문이 열린 틈으로 나타났다. 나는 기대감에 상체를 세우고 여자를 향해 머리를 기웃기웃했다. 그러나 여자는 그릇을 가져가는 대신 계단에 엉덩이를 걸치고 앉아 손에 쥔 담뱃갑에서 담배를 꺼내 피웠다. 그녀의 눈가와 볼에 흥건한 물기가 가로등 불빛을 받아 번들거렸다. 여자가 담배 연기를 후 소리와 함께 내뱉고 손바닥으로 눈가를 훔쳤다.

"개새끼."

나는 차량 밑에서 나와 여자 앞 몇 걸음 이내를 오갔다.

"왜 우는 건지 모르겠지만 먼저 사료부터 주면 안 될까? 나 지금 배가 너무 고프거든."

여자는 물론 그 말을 알아듣지 못했다. 다른 동물들과 달리 인간은 인간의 말만 알아들었다. 엄마가 들려준 전설에 의하면 인간은 원래 모든 동물과 대화할 수 있었다. 그러나 불을 다루는 방법을 발견하고 자기들끼리만 그 비밀을 속삭이다 다른 동물들의 말을 이해할 수 없게 되었다. 그 사실을 알면서도 여자에게 말을 건 이유는 그렇게라도 사료 줄 시간이 지났다고 알리기 위해서였다. 여자가 말했다.

"아, 너구나."

나는 야옹거리며 사료를 달라고 계속 보챘다. 의아한 표정을 짓던 여자가 눈을 동그랗게 뜨고 그릇을 쳐다보았다.

"참. 밥을 안 줬구나. 깜빡했네. 조금만 기다려."

여자는 담배를 바닥에 비벼 끄고 일어나 그릇들을 챙겨

반지하방으로 사라졌다. 잠시 후 돌아온 여자가 양손에 든 그릇들에서 사료와 물 냄새가 흘러넘쳤다. 그녀는 그릇들을 계단 밑에 내려놓고 한 걸음 물러났다.

"배고프지? 어서 먹어."

여자의 말이 끝나자마자 나는 사료 그릇에 달려들었다. 나와 여자의 거리가 평소보다 가까웠다. 그녀는 잠시 망설이다 내 머리통으로 손을 뻗었지만 한숨을 내쉬고 거두어들였다. 여자가 담뱃갑에서 담배를 꺼내려다 나를 흘깃거리고 도로 넣었다.

"내 말 좀 들어줄래? 그동안 먹은 사룟값이라고 치고."

여자는 울컥 울음이 솟구쳐 말을 멈췄다. 여자의 눈가에 다시 눈물이 비쳤다.

"그 새끼. 돌아오지 않겠지? 하긴 돌아와도 받아주지 않겠지만. 그 새끼가 입이 거칠고 여자 돈이나 뜯는 양아치지만 때린 적은 없었는데… 이번에는 선을 넘어버렸네. 개새끼."

여자가 나를 곁눈질했다.

"잘도 먹네. 그렇게 맛있어? 넌 좋겠다. 사료만 있으면 충분하니까. 나도 남자 따위 필요 없이 밥 한 그릇에 만족하며 살 수 있다면 얼마나 좋을까. 내 이야기 듣고 있는 거니? 밥값은 해야 할 거 아냐? 그리고 보니 너도 수컷이잖아? 하여간 수컷들은 다 똑같아. 사람이나 고양이나 제 볼

일만 보면 땡이라니까."

나는 바닥에 떨어진 사료 알갱이를 찾아 까드득 씹었다. 여자의 말이 이어졌다.

"사실은 그 새끼하고 언젠가 헤어질 줄 알고 있었어. 애정이라곤 느껴지지 않았으니까. 그 새끼한테 나는 호구였을 뿐이지. 내 친구들도 그 새끼가 내 등골을 빼먹는다며 헤어지라고 성화였어. 그래서 헤어질 순간만 기다렸는데. 그러면 홀가분해서 춤이라도 출 줄 알았는데… 그랬는데…. 까망아. 막상 그 새끼가 떠나니까 왜 이렇게 가슴이 아프니? 그 지긋지긋한 낯짝이 이리도 보고 싶은 거니?"

나는 앞발을 핥다 말고 여자를 쳐다보았다. 여자는 얼굴을 무릎 사이에 묻고 어깨를 들썩이며 흐느꼈다. 내 가슴속 한 부분이 여자의 흐느낌에 맞춰 몽글거렸다. 뒷발로 가슴을 털듯이 긁었지만 몽글거림은 가시지 않았다. 여자가 흐느낌을 멈추고 머리를 들었다. 얼굴이 온통 눈물로 젖어 있었는데 표정만큼은 묘하게 후련해 보였다.

"까망아. 고마워. 곁에 있어 줘서."

8

 다음 날 여자는 사료와 물이 담긴 그릇들을 내려놓고 퉁퉁 부은 눈으로 도로 쪽을 바라보았다. 나직이 한숨을 쉬고 돌아서는 그녀가 떠나던 날 그곳에 서있던 남자를 닮아 있었다. 그 뒤로 여자의 몸에서 남자 냄새는 빠르게 지워졌다. 그만큼 여자는 작아져서 저녁 무렵 집으로 돌아와 털갈이한 옷이 갈수록 헐렁해졌다. 어느 날 계단에 앉아 술 냄새를 풍기며 혀가 꼬부라진 말투로 사는 게 왜 이렇냐, 외로워서 죽을 것 같다는 둥의 넋두리를 늘어놓았다. 머리를 가누지 못해 이리저리 흔드는 그녀가 위협적으로 느껴져 나는 사료를 남기고 서둘러 골목을 빠져나왔다. 처음에는 공원으로 향했으나 곧 달이 떠오를 듯해 공영주차장으로 발길을 돌렸다. 그곳 지붕에 올라가자 마릴린이 앞발을 가지런히 내밀고 용마루에 엎드려 있었다. 드디어 그녀를 만났다는 기쁨에 귀가 먹먹할 정도로 가슴이 뛰었다. 긴장한 탓에 **뻣뻣해진** 걸음으로 마릴린에게 다가갔다.

"저…."

마릴린이 내 말을 잘랐다.

"쉿!"

마릴린은 그 말뿐이었다. 그녀는 동쪽 하늘에 시선을 고정한 채 무언가를 기다렸다. 그 모습이 사뭇 경건해 나는 말을 붙일 수 없었다. 경사진 지붕에서 미끄러지지 않으려고 한쪽 다리로 버티며 마릴린에게 어떻게 말을 걸까 고민하는데 동쪽에 있는 고층 건물들의 틈이 밝아졌다. 잠시 후 달이 그 틈을 타고 솟구쳤다. 어느 한 부분도 부족하지 않은 완벽한 보름달이었다. 달이 고층 건물 꼭대기를 벗어나 망망한 밤하늘로 떠오르자 마릴린이 탄성을 터뜨렸다.

"아, 이 얼마나 황홀한가."

그 순간 지붕 밑에서 들려오던 인간의 말소리와 오토바이가 달리며 내는 굉음이 지워졌다. 내 귀에는 마릴린 목소리만 남아 그녀가 방금 한 말을 들려주고 또 들려주었다. 마릴린이 다시 말했다.

"저 달에 갈 수만 있다면…."

눈꺼풀이 처음 열린 뒤로 몇 번이나 달을 보았지만 갈 수 있는 곳으로 생각한 적은 한 번도 없었다. 달은 앞발을 아무리 뻗어도 닿지 못하는, 밤하늘에 붙은 빛의 덩어리였다. 그런데 마릴린은 달이 네발로 갈 수 있는 어떤 장소인 것처럼 말했다. 그 말이 사실일까. 만약 그렇다면 그곳에도 달고양이들이 살고 있을까. 둥근 달이 홀쭉해졌다가 없어질 때 그 고양이들은 어떻게 될까. 나무를 타듯이 달에 매달리지만 결국 어둠으로 떨어져 버리지는 않을까. 달을 보는 내 눈이 몽롱해졌다.

"저, 마릴린⋯."

어느 틈에 용마루가 비어 있었다. 달에 시선을 빼앗긴 사이 마릴린이 사라진 것이다. 용마루를 넘어 반대쪽 지붕을 살펴봤지만 그곳에도 마릴린은 없었다. 지붕 밑에서 흰옷을 입은 인간과 흰색 차량이 도로를 지나갔는데 하얀 고양이는 보이지 않았다. 마릴린이 엎드렸던 자리에는 약간의 온기와 함께 그녀의 냄새가 남아 있었다. 그 냄새는 지붕에 점점이 찍혀 계단에 연결된 문으로 이어져 있었다.

그다음 날부터 며칠 동안 구름이 하늘을 뒤덮었다. 나는 매일 저녁 공영주차장 지붕을 찾아가 마릴린을 기다렸다. 그러나 그녀는 날이 밝을 때까지 나타나지 않았다. 마릴린은 왜 오지 않는 것일까. 설마 코코처럼 사라진 것은 아닐까. 그런 생각들에 불안해져서 발걸음을 서두를 때였다. 마치 그 생각을 비웃듯이 마릴린이 공영주차장 벽 밑에 놓인 화분에 앞발을 걸치고 서서 꽃 냄새를 맡고 있었다. 그토록 찾았던 마릴린을 막상 마주치자 나는 멍해져서 눈만 껌벅거리며 서있었다. 마릴린이 나를 힐끔 쳐다보고 화분에서 내려와 골목으로 들어갔다. 나는 뒤늦게 정신을 차려 그녀를 뒤쫓았다.

"마릴린! 마릴린!"

그녀는 대답하지도, 걸음을 멈추지도 않았다. 나는 잰걸음으로 마릴린을 따라잡았다.

"마릴린. 어디 갔던 거예요? 찾아도 없던데."

마릴린이 멈춰 섰다. 그녀는 내 얼굴을 들여다보고 다시 발을 뗐다.

"며칠 전 그 꼬마로군. 그런데 왜 나를 찾았지?"

나는 잠시 망설이다 대답했다.

"이유는요… 얼마 전부터 마릴린만 보여서요. 사료를 먹을 때도 낮잠을 잘 때도 그래요. 왜 그런지 아세요?"

"그 이유야 뻔하지. 네가 수컷이기 때문이야."

"수컷이요?"

"그래, 수컷들은 다 그래. 이유는 그게 전부야."

아직 새끼인 내게는 아리송한 말이었다. 그 말뜻을 생각하느라 멈칫한 사이 마릴린이 모퉁이를 돌았다. 나는 발걸음을 재촉했다.

"마릴린. 또 궁금한 게 있는데요. 달에는 왜 가고 싶은 거예요?"

"그게 왜 궁금하지? 너하고는 아무 상관도 없는데."

"그냥요. 그냥 궁금해서요."

"그래, 그냥. 나도 그냥 가고 싶은 거란다. 이제 됐지? 그만 나를 내버려두렴."

골목 끝에서 마릴린을 뒤따라 낮은 담장을 넘었다. 담장 너머는 아파트 안에 조성된 소나무 숲이었다. 나는 마른 솔잎으로 덮인 땅을 마릴린과 나란히 걸었다. 그녀가 짜증난 눈초리로 나를 쏘아보았다.

"내버려두라는데 왜 이렇게 귀찮게 하는 거니?"

"그냥 곁에 있으면 안 돼요?"

마릴린이 눈을 가늘게 떴다.

"네가 왜 내 곁에 있어야 하는데?"

나는 같이 사료를 먹고 달을 보고 싶다는 말을 꺼내기가 쑥스러웠다. 내가 대답을 망설이자 마릴린이 고개를 홱 돌리며 냉랭한 목소리로 말했다.

"그럼 잘 가렴."

마릴린은 숲 한가운데 솟은 언덕으로 향했다. 나는 머뭇거리다 입을 앙다물고 그녀를 쫓아갔다. 마릴린이 제자리에서 발을 굴렀다.

"너 귀가 어둡니? 왜 말을 못 알아듣니?"

나는 고개를 푹 숙인 채 눈만 치켜뜨고 그녀의 눈치를

살폈다. 마릴린이 어이가 없다는 듯이 헛웃음을 터뜨리고 나를 가만히 내려다보았다. 그 모습이 어떻게 떼어낼까 궁리하는 것 같았다. 그녀가 내 뒤쪽에서 뭔가를 발견했는지 눈을 들었다. 내게 되돌아온 그녀의 눈이 반짝반짝 빛났다.

"너, 이름이 뭐니?"

"나, 나비요."

"너도 나비니? 하여간 별 볼 일 없는 것들은 다 나비라니까. 어쨌든 나비야. 내 부탁 좀 들어줄래? 그럼 함께 있도록 허락할게."

나는 뛸 듯이 기뻤다.

"그, 그럼요. 뭐든지 이야기하세요."

마릴린이 내 옆으로 다가왔다.

"어려도 남자는 남자네. 저길 보렴. 저게 뭔지 알겠니?"

마릴린의 눈길이 가리킨 것은 소나무 밑에 놓인 고양이 똥이었다. 그 똥의 주인이 누군지는 물어보나 마나였다. 근방에 사는 길고양이 중에서 자기 똥을 파묻지 않는 고양이는 한 마리뿐이었다.

"그래, 저 똥 말이야. 누가 싼 건지 아니? 맞아. 알, 그 음흉한 놈이지. 그놈이 싫은 이유는 내 발가락으로도 셀 수 없는데 그중 하나가 저 똥이야. 그렇지 않아도 더러운 세상이 저 똥 때문에 더 더러워지니까. 부탁이 뭐냐면 저 똥이랑 그놈이 싸놓은 다른 똥을 깨끗이 치워달라는 거야. 땅에 묻는 게 제일 좋겠지. 아예 눈에 띄지 않도록 말이야. 네가 그놈 똥을 다 치우면 그때 내 곁에 있도록 허락할게. 어때? 할 수 있겠니?"

마릴린과 헤어진 나는 그 소나무 숲을 시작으로 공원 모래밭과 주민자치센터 화단을 돌며 알의 똥을 발견하는 족족 땅에 파묻었다. 남의 똥을, 그것도 알의 똥을 건드리는 게 꺼림칙했다. 그러나 공영주차장 지붕에서 마릴린과 나란히 엎드려 달을 보는 순간을 상상하면 그보다 더한 일도 할 수 있을 것 같았다.

그날도 나는 저녁에 알의 똥을 찾아 공원에 갔다. 그런데 알과 졸개들이 놀이터 모래밭에 모여 있는 게 아닌가. 나는 가까운 풀숲에 몸을 감추고 모래밭을 내다봤다. 졸개들은 뭔가를 찾는 것처럼 코로 모래를 훑었다. 알은 몇 걸음 거리를 오가며 꼬리를 신경질적으로 흔들어댔다.

"감히 내 똥을 건드리다니. 어떤 놈인지 찾기만 해봐. 가죽을 벗겨버리겠어."

치즈가 머리를 들었다.

"두목. 두목도 알다시피 여기에 똥 싸는 고양이가 한두 마리가 아니잖아. 냄새만으로 찾기 어려울 거 같은데…"

까미가 맞장구쳤다.

"두목. 치즈 말이 맞아. 고양이 똥이 너무 많아."

알이 한심하다는 듯이 혀를 찼다.

"쯧쯧. 쓸모없는 놈들 같으니라구. 잔소리하지 말고 찾아. 여기가 아니라면 다른 곳에라도 흔적을 남겼을 테지. 반드시 찾아서 나를 건드린 대가를 치르게 하겠어."

졸개들이 다시 주둥이와 앞발로 모래를 파헤치자 알은 미심쩍은 눈으로 주위를 둘러보았다. 그 눈길이 내가 숨은 풀숲을 스쳐갈 때 나는 몸을 바짝 낮췄다. 출입구 바깥에서 인간들의 두런두런한 말소리가 들렸다. 알이 그쪽으로 시선을 돌리자 나는 뒷걸음질로 슬그머니 풀숲을 빠져나왔다. 잔디밭을 달리고 담장의 쇠창살을 통과하는 동안 머릿속에는 속았다는 생각뿐이었다. 부끄럽고 분한 마음에 오가는 차량들을 아랑곳하지 않고 도로를 단숨에 건넜다.

마릴린은 공영주차장 용마루에 엎드려 동쪽 하늘에서 떠오르는 반달을 보고 있었다. 상공에서 불어온 거센 바람에 마릴린의 털이 빗긴 듯이 흩날렸다. 그 바람이 그곳까지 달려오느라 뜨거워진 내 몸을 식혀주었다.

"또 너니? 똥은 다 치웠고?"

마릴린은 이번에도 나를 보지 않고 말했다. 속은 것도 모자라 무시까지 당했지만 어처구니없게도 분노가 일지 않았다. 바람이 분노까지 깨끗이 씻어간 듯했다. 나는 입을 오물거리다 볼멘 목소리로 말했다.

"왜 속였어요?"

"내가 뭘?"

"나를 속였잖아요. 알의 똥을 땅에 묻으라고 시킨 거 말이에요. 알에게 혼나게 하려고 일부러 그런 거죠?"

마릴린이 천천히 고개를 돌렸다. 그녀의 눈이 나른했다.

"아이야, 너를 속이지 않았단다. 나는 저 달처럼 아름다운 것들을 사랑하거든. 그런데 똥이 더러운 건 사실이잖니? 네가 그놈 똥을 치워서 세상은 그만큼 더 아름다워졌지. 그것도 사실이잖아."

나는 또 속고 있다고 느꼈지만 어떻게 속는지는 알 수 없었다. 마릴린 앞에만 서면 생각은 뭉쳐지지 않고 풀풀 흩어졌다. 그녀가 고갯짓으로 자신의 곁을 가리켰다.

"이리 오렴."

나는 잠시 망설이다 마릴린 옆에 앉았다. 달빛이 번진 밤하늘과 빨갛고 노란 불빛들이 흩뿌려진 밤거리가 맞닿은 풍경은 언제 보아도 가슴이 설렜다. 마릴린의 목소리가 속삭이는 것처럼 들렸다.

"그래서 알에게 혼났니?"

"아니요. 알은 내가 그랬는지 아직 몰라요. 하지만 누군지 알면 가만두지 않겠대요."

"넌 괜찮을 거야."

"정말이요?"

"물론이지. 알 그놈이 똥을 땅에 묻지 않는 이유는 자신의 힘을 과시하기 위해서야. 덤빌 테면 덤비라는 뜻이지. 그런데 누가 그 똥을 파묻었다? 알은 그걸 도전으로 받아들일 게다. 그럼 누구를 의심할까? 당연히 자신에게 도전할 만한 고양이부터 의심하겠지. 너 같은 꼬맹이가 아니라."

사실 나는 마릴린 옆에 앉은 뒤로 알을 전혀 신경쓰지 않았다. 그녀와 나란히 앉아 함께 달빛을 받는 기쁨에 가슴이 벅차 딴생각할 겨를이 없었다. 알이 진상을 알아내고 내가 곤욕을 치르더라도 그것은 훗날의 일일 뿐이었다.

"마릴린. 알이 마릴린도 가만두지 않겠다던데요."

"그놈이 왜 나를?"

"집회에 오지 않았다고요. 자기를 무시한다고 그러던데."

마릴린이 코웃음을 쳤다.

"흥. 몇 번이나 추근대는 걸 거절했더니 앙심을 품었나 보네. 역시 그놈은 암고양이나 협박하는 치졸한 놈이었어."

달이 밤하늘로 떠오르며 공영주차장 지붕이 달빛으로 윤이 났다. 지붕 밑에서 인간들이 달빛에 생긴 건물 그림자를 지나갔다. 그 인간들보다 높은 곳에 있는 내가 먼저 달빛을 받는다고 생각하자 그 순간이 더욱 신비롭게 느껴졌다.

"마릴린은 왜 지붕을 좋아해요?"

"이사벨, 그 할망구가 뭐라고 그러든?"

"아니요. 그냥 마릴린이 지붕을 좋아하는 것 같아서요."

마릴린은 답이라도 가리키듯이 달을 올려다보았다. 그때

그녀의 얼굴에 떠오른 표정을 나는 다른 어떤 고양이에게서도 보지 못했다. 눈은 초점이 맞지 않아 멍한데도 반짝거리고 입은 살짝 열린, 그것은 매혹된 표정이었다. 저런 표정을 짓는 마릴린이 정말로 버려진 것일까. 표정만 봐서는 스스로 버렸다고 생각할 수밖에 없었다.
"마릴린."
"왜?"
"마릴린은 정말 버려졌어요?"
마릴린의 눈빛이 차갑게 가라앉았다. 얼굴을 밝혔던 매혹의 빛은 사라지고 그 자리에 서늘한 그늘이 드리워졌다. 그녀의 상처를 건드렸다고 뒤늦게 깨달았지만 사과할 틈은 주어지지 않았다. 마릴린이 몸을 옆으로 틀어 나를 외면했기 때문이었다. 입안을 바짝 마르게 하는 침묵이 우리 둘 사이에 내려앉았다. 흙과 풀과 나무 냄새를 품은 바람이 그 침묵을 쓸며 지나갔다. 잠시 후 마릴린이 입을 열었다.
"너, 저 건물 보이니?"
그 건물은 멀리 언덕 위에 서있는 아파트 단지였다.
"네…."
"저 아파트 단지에 갔다 올 수 있겠니?"
나는 숨을 들이켰다.
"저기를요?"
"맞아 저기. 그래서 저곳이 어떤지를 말해준다면 네 질문에 대답해주지. 어때? 할 수 있겠니?"

 공영주차장과 그 아파트 단지 사이에는 낮은 건물들이 도심을 이루며 밀집해 있었다. 그곳을 지나 아파트 단지에 다녀온 고양이는 없었다. 당연히 그곳까지 거리가 얼마나 되는지, 그 길에 어떤 위험이 도사리고 있는지 알려지지 않았다. 영역 바깥으로 단 한 걸음도 나간 적 없는 내가 저 먼 아파트 단지에 무사히 다녀올 수 있을까. 대답을 머뭇거리자 마릴린이 몸을 일으켰다.

 "시시한 남자로군."

 시시한 남자. 순찰하는 도중 그 말이 떠오르면 영역이 사치로 느껴져 맥이 빠졌다. 억지로 순찰을 계속해도 오줌을 뿌리려고 꼿꼿이 세웠던 꼬리가 힘없이 처졌다. 입에 머금은 사료를 씹는 것도 잊고 그 말을 곱씹으며 멍하니 서있기도 했다. 나는 그 말을 떨쳐내려고 뒷발로 귀를 긁었지만 소용없었다. 그 말은 귓속 깊숙한 곳에 가시처럼 박혀서 발이 닿지 않았다. 이러지도 저러지도 못해 급기야 울화가 끓어오르면 나는 그 말로부터 도망치듯이 골목을 뛰쳐나왔다.

 그날도 그 말에 쫓겨 무작정 거리를 돌아다녔다. 길바닥을 보며 걷는데 시야 위쪽에서 회녹색이 어른거렸다. 고개를 들자 공영주차장 벽이 앞을 가로막고 있었다. 시시한 남자란 말로부터 달아난다고 달아난 곳이 공영주차장이라니.

그런데 발길이 나를 그곳으로 데려온 이유가 있을 것 같았다. 어쩌면 그 말을 떨쳐낼 방법은 그 말이 시작된 곳에서 찾아야 할지도 몰랐다. 다행히 용마루 끝에 마릴린의 앞발은 보이지 않았다. 나는 시시한 남자로 전락하고 처음으로 그곳의 지붕에 올랐다. 마릴린도 그 후로 오지 않았는지 용마루에서 그녀의 냄새는 거의 지워져 있었다. 용마루를 그녀 자리로 두고 나는 지붕 끝에 앉았다. 붉은 띠를 두른 주황색 태양이 서쪽 도심에 위아래가 짓눌린 모양으로 걸쳐져 있었다. 아파트 단지 한쪽은 석양으로 밝았고 반대쪽은 그림자에 잠겨 어두웠다. 빛과 어둠의 대비가 뚜렷해 오히려 한낮보다 가까워 보였다. 계절을 앞선 서늘한 바람이 아파트 단지에서 불어왔다. 평소 그 바람이 몰아오던 냄새에 이번에는 물비린내가 섞여 있었다. 이 물비린내는 어디에서 온 것일까. 주택 옥상 너머로 보이는 공원일까. 그러나 공원 냄새는 자동차 기름과 공장의 쇳가루와 콘크리트와 아스팔트와 인간의 냄새 등이 섞여 탁했지만 바람에는 흙과 나무와 풀 냄새만 담겨 있었다. 나는 물비린내까지 더해져 더욱 생생한 그 냄새를 가슴 깊숙이 들이마셨다.

"설마 거기에 가려는 거냐?"

아파트 단지로 가는 길과 그곳까지의 거리를 물었을 때 알레한드로는 대답하는 대신 그렇게 물었다. 이사벨은 스티로폼 박스 안에서 앞발을 밖으로 내밀고 엎드려 있었다. 졸음이 가득했던 그녀의 눈이 언제 그랬냐는 듯이 초롱초롱했다. 이사벨이 말했다.

"나비야. 너도 참 뜬금없다. 그걸 왜 묻는 거냐?"

나는 바람이 냄새를 실어오는 곳을 보고 싶다고 대답했다. 마릴린을 뺀 이유는 그녀가 나를 부추겼다고 의심받을 수도 있기 때문이었다. 만약 내가 털어놓은 말이 원인이 되어 이사벨이 자신을 의심한다는 것을 마릴린이 알게 된다면 그때는 시시한 남자로 끝나지 않을 것이다. 나는 시시한 데다 고자질쟁이인 남자를 뭐라고 부르는지 알고 싶지 않았다. 조용히 귀를 기울이던 이사벨이 말했다.

"피는 못 속인다더니, 애비가 떠돌이 아니랄까 봐…"

알레한드로가 소리쳤다.

"이사벨!"

"흥. 말이 그렇다는 거지. 그나저나 그 냄새 말이군."

나는 깜짝 놀랐다.

"이사벨도 그 냄새를 알아요?"

"그럼 나도 알고, 알레한드로도 알고, 모두 알지."

이사벨은 스티로폼 박스를 나와 끙 소리를 내며 엉덩이를 들고 앞다리를 쭉 뻗었다. 그녀는 상체를 앞으로 끌어당겨 뒷다리까지 편 뒤에 내 맞은편에 앉았다.

"그래도 그 냄새 때문에 그 먼 곳까지 가는 고양이는 없어. 왜 그런지 아니?"

이사벨은 내 대답을 기다리지 않았다.

"가봐야 뻔하기 때문이지."

"뻔해요?"

"그래, 뻔해. 넌 여기서만 살아서 아직 모르지만 이 세상은 도시로 뒤덮여 있단다. 어딜 가도 도시지. 그럼 그 냄새가 뭐냐고? 너 이 앞 공원 알지? 그 아파트 단지 너머에도 그런 공원이 있는 거야. 그 냄새는 그 공원에서 왔고. 그래서 뻔하다고 한 거란다."

알레한드로가 끼어들었다.

"그건 사실이 아닌데."

이사벨이 알레한드로를 흘겨보았다.

"뭐가 아닌데?"

알레한드로가 이사벨의 눈치를 보며 대답했다.

"세상이 도시로 뒤덮여 있다는 거 말이야. 그건 사실이 아니야. 모든 것에는 끝이 있으니까. 달을 봐. 한없이 커지지 않잖아? 달도 끝이 있는데 도시야 말할 것도 없지."

이사벨이 이마로 알레한드로의 가슴을 밀쳤다.

"당신이 봤어? 도시에 끝이 있는지 봤냐고?"

알레한드로는 이사벨에게 밀려 주춤주춤 물러났다.

"아니, 본 건 아니고… 논리적으로 그렇다는 거지."

"논리는 개뿔. 보지도 않았으면서. 하지만 난 봤거든. 당신은 모르는 이야긴데 아주 오래전에 높은 산에 올라간 적이 있었어. 인간들은 그 산도 공원이라고 불렀지. 그 산꼭대기에서는 사방이 훤히 보였어. 그런데 눈길이 닿는 땅 전부를 도시가 뒤덮고 있는 거야. 중간에 작은 산이 몇 개 있었는데 인간들이 흙을 쌓고 나무를 심어 만든 거였지. 그때 알았어. 세상이 도시로 뒤덮였다는 걸."

이사벨이 나를 보았다.

"그러니 나비야. 그 냄새에 속아선 안 돼. 공원에서 나는 냄새일 뿐이야. 그래도 정 궁금하면 지금 주위를 둘러보렴. 네 눈에 보이는 것들이 바로 그 아파트 단지 너머에서 보게 될 것들이니까."

나는 그 바람에 실린 흙과 풀과 나무의 짙고 순수한 냄새를 공원에서는 맡지 못했다. 이사벨은 그 냄새들을 구별할 수 없는 것일까. 내 코와 이사벨의 말 중에서 어느 쪽을 믿어야 할지 혼란스러웠다. 알레한드로가 생각에 잠긴 나를 깨웠다.

"나비야. 나와 이사벨이 몇 가지 부분에서 의견이 다르지만 한 가지만큼은 일치한단다. 고작 냄새 때문에 그 먼 곳에 다녀오는 건 어리석다고 말이야. 너는 지금 코코의 영역을 네 것으로 만드는 중이라지? 그럴 때 영역을 비워보렴. 다른 고양이들은 네가 영영 사라진 줄 알고 냉큼 차지하려고 들 걸. 그러면 너는 돌아와서 처음부터 다시 시작해야 하지. 영역을 되찾던가. 새로운 영역을 찾던가. 그 둘 다 쉽지 않다는 건 잘 알지? 그러니 곰곰이 생각해 보렴. 지금까지 밤낮으로 노력해 얻은 영역을 고작 호기심의 대가로 날려버리는 게 합당한 지를."

그 뒤로 공영주차장을 멀리했다. 그곳의 뾰족한 지붕이 보이면 가까운 길을 놔두고 일부러 먼 길을 돌았다. 바람에 실린 냄새를 떠올리게 하는 공원도 발길을 끊었다. 물론 그것만으로는 그 냄새로부터 완벽하게 달아날 수 없었다. 석양에 때를 맞춰 부는 바람에 그 냄새가 실려 있기 때문이었다. 골목이 어둑해지고 바람이 수염 끝을 흔들면 나는 서둘러 보금자리인 창고로 숨었다. 창고 안에는 쓰다 만 페인트 통이 구석에 쌓여 있었고 오래전에 사라진 연탄이 한쪽 벽면에 줄무늬 모양의 탄가루로 남아 있었다. 페인트와 연탄의 지독한 냄새 덕분에 흙과 풀과 나무 냄새가 느껴지지 않았다.

9

 밤이 찾아오자 환풍구를 지나는 바람 소리가 잦아들었다. 창고를 나와 사료 그릇을 기웃거리는데 대문이 열린 틈으로 골목에 들어서는 얼룩이가 눈에 띄었다. 그는 득의양양한 표정으로 나를 똑바로 쳐다보며 걸어왔다. 그동안 악착같이 영역을 감췄는데 마침내 들킨 것이다. 어떻게 찾아냈을까. 낮에 얼룩이의 영역이었던 골목 급식소에 다녀올 때 미행이 붙은 낌새는 없었다. 설마 발자국 냄새를 따라온 것일까. 나는 당황한 나머지 인사할 생각도 못 하고 엉거주춤했다. 그 사이 얼룩이는 대문 앞에 다다랐다.
 "여기가 네 영역이었어?"
 나는 우물쭈물했다.
 "으, 으, 응."

얼룩이는 대문 안으로 성큼 들어와 사료에 코를 댔다.
"와. 냄새 죽이네. 좋은 사론데. 지금 배가 너무 고픈데 내가 먹어도 될까?"
"으, 응. 그래."
얼룩이가 사료를 씹는 음냐, 음냐 소리가 요란했다. 그 소리에 맞춰 흔들리는 그의 머리통을 보면서 사료 한 그릇으로 끝나지는 않을 것이란 불길한 예감이 들었다. 그릇을 깨끗이 비운 얼룩이가 앞발로 입 주변을 닦으며 주택과 마당을 둘러보았다.
"좋은 곳이네. 전에는 왜 몰랐을까? 그렇게 자주 지나다녔는데 말이야."
그 말이 귀에 거슬렸지만 나는 아무런 반응도 하지 않았다. 어떤 반응이든 꼬투리가 될 것 같았기 때문이었다. 나와 얼룩이가 서로에게 말을 떠넘기는 어색한 시간이 흘러갔다. 얼룩이는 별수 없다는 듯이 웃음을 흘리며 또 놀러 오겠다는 말을 남기고 대문으로 나갔다. 골목을 느긋하게 걸어가며 가로등 기둥과 자전거 바퀴에 코를 대고 냄새를 음미하는 모습이 꼭 자신의 영역을 순찰하는 것처럼 보였다.

얼룩이가 조만간 들이닥치리라 생각했지만 그날이 바로 다음 날일 줄은 미처 몰랐다. 골목을 순찰하고 바람이 불기 전에 서둘러 주택으로 돌아왔을 때였다. 평소보다 일찍 귀가한 여자가 계단에 앉아 담배를 피우고 있었다. 그녀는 나를 보며 손짓했다.
"까망아. 어디 갔다 온 거니? 네 친구가 놀러왔는데."
 여자에게 가려져 보이지 않는 곳에서 얼룩이가 사료 그릇에 머리를 처박고 있었다. 대문 기둥에서는 얼룩이의 오줌 냄새가 진하게 풍겼다. 내 영역의 한복판인 그곳에 오줌을 뿌렸다는 건 영역을 빼앗겠다고 선전포고한 것이나 다름없었다. 그토록 피했던, 친구와의 싸움이 임박한 것이다. 얼룩이와 공원에서 뛰놀던 시절이 떠올라 가슴이 눅눅해졌다. 그러나 그 순간 감정은 금물이었다. 얼룩이를 적으로 취급하지 않으면 영역을 잃게 될 것이었다. 고양이가 적을 상대하는 방법은 한 가지였다. 나는 귀를 옆으로 반쯤 접고 발톱과 송곳니를 드러내며 으르렁거렸다. 여자가 담배 연기를 공중에 내뿜고 손바닥으로 계단 바닥을 찰싹 쳤다.
"까망아. 그러면 못써. 친구랑 사이좋게 나눠 먹어야지."
 얼룩이가 그릇에서 머리를 쳐들고 나를 도발하려는 듯이 입꼬리를 씰룩거렸다. 다시 그릇으로 돌아간 얼룩이는 사료를 한 톨씩 천천히 씹었다. 그릇을 비운 뒤에는 앞다리를 쭉 뻗어 기지개를 켜고 침을 묻힌 앞발로 입 주변을 공들여 닦았다. 얼룩이가 여유를 부릴수록 나는 초조해졌다.
"너, 지금 내게 시비 거는 거지?
 얼룩이가 입을 크게 벌려 하품했다.

"시비라니. 그럴 리가 있나. 우린 친구잖아. 그런데 너 왜 그렇게 화났어? 허락도 없이 사료를 먹은 것 때문에 그래? 미안해. 배가 너무 고파서 널 기다릴 수 없었어."

"그 사료는 내 것이야. 네게 줄 건 없어."

"배고픈 친구가 먹은 사료 몇 알이 아까워? 그렇게 안 봤는데 인정머리가 없네. 여자가 한 말, 못 들었어? 친구끼리 사이좋게 나눠 먹어야지."

"헛소리 그만해. 사료는 네 골목에도 있잖아. 그 사료를 놔두고 네가 여기까지 오는 이유를 모를 줄 알아? 앞으로는 오지 않는 게 좋을 거야. 그때는 여자가 말려도 가만있지 않을 테니까."

얼룩이는 금방이라도 달려들 것처럼 몸을 웅크린 채 단단하게 조여진 눈으로 나를 쏘아보았다. 그러나 여자를 곁눈질하고는 내 어깨를 스치듯이 지나쳐 골목 입구로 걸어갔다. 지금 싸움을 벌였다간 여자가 방해할 것으로 판단한 모양이었다. 그런 속내를 모르는 여자는 얼룩이에게 손을 흔들었다.

"잘 가. 또 놀러와."

다음 날 나는 담장 기둥 위에서 골목과 주택 대문을 감시했다. 골목이 어둑해질 때까지 얼룩이는 모습을 보이지 않았다. 낮잠을 건너뛴 데다 긴장이 풀린 나는 꾸벅꾸벅 졸기 시작했다. 갑자기 얼룩이 오줌 냄새가 콧속을 찔러 눈을 떴다. 어느새 나타난 얼룩이가 주택의 대문 기둥에 오줌을 뿌리고 있었다. 나는 담장 위를 잔달음 쳐 얼룩이 앞에 뛰어내렸다. 얼룩이는 놀라거나 당황하지도 않고 나를 힐끔거리며 계속 오줌을 쌌다. 나는 차가운 목소리로 말했다.

"분명히 경고했을 텐데. 다시 오면 가만두지 않겠다고."

얼룩이가 마지막 오줌 방울을 떨구고 몸을 부르르 떨었다. 그는 대문 기둥에 코를 대고 만족스럽다는 듯이 고개를 끄덕인 뒤 몸을 돌렸다. 나를 노려보는 얼룩이의 두 눈이 싸움을 서두르고 있었다.

"미안. 그런데 어쩌나. 이미 와버린 걸."

"너, 지금 내 영역을 뺏으려는 거냐?"

얼룩이가 꽉 다문 잇새로 말을 내뱉었다.

"맞아. 네 영역을 뺏으려는 거야."

분노가 화르르 타올라 옆구리를 조였다. 눈이 초점을 맞춘 그곳에서 머리를 낮춘 얼룩이가 천천히 다가왔다. 나와 얼룩이를 잇는 보이지 않는 선이 팽팽해졌다. 내가 말했다.

"아직 늦지 않았어. 지금이라도 떠나. 친구로 남으려면."

얼룩이가 코웃음을 쳤다.

"흥. 웃기고 있네. 영역은 차지하는 고양이가 임자야. 임자가 따로 있는 게 아니라고. 그리고 너는 이곳의 임자라고 떠벌릴 자격이 없어. 요 며칠 지켜봤는데 영역에 거의 붙어 있질 않더라. 영역을 사료나 얻어먹는 곳쯤으로 생각하는 거냐? 틀렸어. 영역은 그런 게 아냐. 영역은 목숨이 달린 모든 것이야. 특히 우리 같은 수고양이에게는. 그리고 친구라니. 미안. 웃긴 건 아닌데 웃음이 나네. 맞아 우린 친구였지. 그러니까 네가 떠나. 원한 대로 우리가 친구로 남으려면 말이지."

얼마 전까지의 나를 두고 한 말이라면 옳았다. 기껏 차지한 영역을 내버려두고 멀고 먼 아파트 단지에 다녀올 생각이었으니까. 그러나 그 생각을 포기한 뒤로는 달랐다. 얼룩이 못지않게 영역을 열심히 순찰하며 눈에 잘 띄는 모든 곳에 냄새를 남겼고 지나가는 고양이라도 무작정 달려들어 내쫓았다. 이곳을 지키기 위해서라면 알조차 두렵지 않았다. 하물며 얼룩이야. 한 걸음 성큼 내딛자 얼룩이와 머리통이 맞닿을 만큼 가까워졌다. 얼룩이가 발끝으로 서서 등을 구부리고 털을 부풀렸다. 꼬리를 세차게 흔들며 주둥이를 내 목덜미에 대고 날카로운 울음소리를 냈다. 질 수 없었던 나는 더 큰 소리로 울었다. 우리는 경쟁적으로 내지른 울음소리를 약속이라도 한 것처럼 동시에 뚝 그쳤다. 그 순간 얼룩이가 앞발을 활짝 벌리며 달려들었다. 나는 앞발로 얼룩이를 안듯이 감싸 바닥에 내동댕이쳤다. 그 반격에 당황한 얼룩이가 어버버하며 일어나려고 버둥거렸다. 나는 그 틈을 놓치지 않고 앞발로 얼룩이의 몸통을 내려쳤다.

얼룩이는 아비인 알을 닮아 나보다 체격이 크고 힘도 셌다. 하지만 영역을 빼앗고 지키는 과정에서 제대로 먹지 못해 갈비뼈가 드러날 정도로 야위었다. 온 힘을 다해 휘두르는 앞발도 공원에서 사냥놀이를 할 때보다 약했다. 어느새 얼룩이가 바닥에 옆구리를 대고 누워 있었다. 그 자세에서 필사적으로 앞발을 휘둘렀지만 내게 타격을 주지 못했다.

"항복해."

"웃기지 마. 끝나려면 멀었어."

얼룩이가 내 가슴을 걷어차려고 뒷발을 내질렀다. 나는 몸을 틀어 피한 뒤 곧바로 앞발로 얼룩이의 머리통을 연달아 후려쳤다. 그는 눈만 끔뻑거리며 속수무책으로 얻어맞았다. 승패가 갈렸다. 나는 앞발을 거두고 몇 걸음 물러났다. 얼룩이는 맞은 충격이 컸는지 다리를 후들거리며 일어났다. 그러나 나를 쏘아보는 눈은 패배한 자의 것이 아니었다. 그 눈은 싸움이 아직 끝나지 않았다고, 자신은 더 싸울 수 있다고 부르짖었다. 얼룩이는 왜 저토록 간절한 것일까. 나는 오래전 비를 피해 숨었던 정자 밑에서 꿈을 말하던 얼룩이를 기억했다. 지금의 싸움은 그때 결판난 것이 아니었을까. 이 싸움에 이겨도 결국엔 져서 얼룩이에게 영역을 내주게 되지는 않을까. 그래서 이곳이 그 꿈의 또 다른 시작이 되는 것은 아닐까. 나는 귓속을 울리는 숨소리를 들으며 말없이 얼룩이를 바라보았다. 얼룩이도 내 눈을 똑바로 마주보며 숨을 몰아쉬었다. 우리 둘의 숨소리로 채워진 침묵 속에서 들리지 않는 말들이 오갔다. 마침내 나는 얼룩이에게 고개를 끄덕이고 내 영역이었던 골목을 떠났다.

영역을 포기한 내가 갈 만한 가장 가까운 곳은 공원이었다. 그곳의 풀숲은 싸움으로 지친 몸과 마음을 쉬기 좋았지만 곧 알이 순찰을 돌 시간이었다. 그다음으로 떠올린 곳은 공영주차장 지붕이었다. 그러나 석양에 물든 앞발 두 개가 용마루 바깥으로 튀어나와 있었다. 시시한 데다 이제 영역까지 잃은 수컷에게 붙일 이름은 무엇일까. 나는 한숨을 내쉬고 도롯가에서 발길을 돌려 골목으로 돌아왔다. 안쪽에서 인간의 말소리가 들려 담장 위로 뛰어올랐다. 주택 두 채의 처마가 나란한 틈으로 멀리 아파트 단지가 보였다. 그쪽에서 바람이 흙과 풀과 나무 냄새를 싣고 불어왔다. 기를 쓰고 피했던 냄새가 그 순간 나를 부르는 것처럼 느껴졌다. 영역은 이미 얼룩이에게 내주었다. 비록 선후가 바뀌었을지라도 알레한드로가 경고한 대로 그 영역이 대가가 되려면 나는 아파트 단지에 다녀와야만 했다. 그리고 바람이 냄새를 실어오는 곳이 또 다른 공원이라는 이사벨의 말을 눈으로 직접 확인한다면 더 이상 그 냄새에 들뜨지 않을 것이다. 마지막으로 시시한 남자란 부끄러운 이름을 씻을 수도 있을 것이었다. 나는 담장에서 뛰어내려 아파트 단지를 쳐다보며 잔달음을 쳤다.

알의 영역을 관통하는 도로가 왕복 육차선 도로와 만나는 교차로 모퉁이에 어린이집이 서있었다. 그 붉은 벽돌 건물은 영역의 북쪽 끝을 알리는 표지였다. 나는 어린이집 화단 앞에서 횡단보도 신호등이 바뀌기를 기다렸다. 도로 건너에 늘어선 건물들이 낯설었다. 나는 태어나서 죽 살아온 영역을 최초로 벗어날 순간을 앞두었다는 사실을 깨달았다. 아직 새끼인 내가 영역을 나가도 되는 것일까. 나중에 아무 탈 없이 이 도로를 건너올 수 있을까. 갑자기 도로가 넓어지며 건너편 건물들이 까마득히 멀어지는 것 같았다. 신호등에서 빨간색 불이 꺼지고 녹색 불이 켜졌다. 차량들이 도로에 그어진 흰색 선 앞에 일제히 멈추었고 인간들이 횡단보도를 건너기 시작했다. 나는 가슴을 두근거리며 인간들을 뒤쫓아 횡단보도에 발을 들였다.

"나비야. 뭐 하는 거니?"

엄마가 어린이집 계단 밑에 서있었다. 나는 소스라치게 놀라 대답할 말을 찾지 못했다. 엄마는 커다래진 눈으로 나와 차량들이 달리기 시작한 도로를 번갈아 보았다.

"너, 설마…"

엄마는 종종걸음으로 다가왔다.

"설마 떠나려던 거였니? 안 돼. 네 몸을 보렴. 이렇게 작은 몸으로는 영역 바깥에서 단 하루도 살 수 없을 거야. 정

떠나고 싶다면 다 자란 뒤에도 늦지 않아."

 엄마가 나를 데려간 곳은 고물상이었다. 코코의 영역을 차지하면서 떠난 뒤로 그곳에 돌아온 것은 그때가 처음이었다. 창고와 벽 사이의 보금자리에 들어서자 엄마와 그곳에서 살았던 기억이 새록새록 했다. 마당 끝에서 누렁이가 쇠사슬을 차르락거리며 귀찮은 게 돌아왔다고 투덜거렸지만 그 목소리에 담긴 감정은 분명 반가움이었다. 나는 내 체취가 희미하게 남은 방석에 오랜만에 엄마랑 나란히 누웠다. 젖먹이 시절로 돌아가 엄마 품을 파고들었다. 엄마는 다 큰 녀석이 응석을 부린다고 혀를 차면서도 품을 열어주었다. 보금자리 앞 통로를 비추던 불빛이 꺼지고 사무실 남자가 출입문을 닫고 떠났다. 남자를 뒤쫓던 쇠사슬 소리가 조용해지자 나는 아빠를 만난 이야기를 들려달라고 졸랐다. 엄마는 "또?"라고 귀찮아하면서도 "귀 끝이 얼어붙을 정도로 추운 날이었지."란 말로 이야기를 시작했다. 두 번째 듣는 그 이야기는 이제 내 모험과 사랑에 관한 이야기로 바뀌어 들렸다. 어린이집 앞 도로를 건너고 낯선 거리를 탐험하고 언덕을 올라 아파트 단지를 구경하고 온갖 꽃이 만발한 꽃밭에서 뒹굴고 엄마만큼이나 예쁜 암컷을 만나 사랑을 나누는. 이야기를 마친 엄마는 내 뒤통수와 등을 핥아주었다. 내 몸 깊은 곳에서 울리는 가르랑 소리를 들으며 나는 머릿속으로 그 이야기를 계속 써나갔다.

그다음 날부터 다리만이라도 편히 뻗을 곳을 찾아 다시 거리로 나섰으나 당연히 소득은 없었다. 기운이 빠져서 눈길을 길바닥에 떨어뜨린 채 걷던 나를 발길이 옛 영역으로 이끌었다. 익숙하면서도 이상한 느낌에 머리를 들었을 때는 이미 골목에 들어선 뒤였다. 나를 다른 수컷으로 오인한 얼룩이가 대문 안에서 으르렁거리며 뛰쳐나왔다. 내 얼굴을 보며 허탈해하는 얼룩이의 눈에 핏발이 서있었다. 오른쪽 어깨에 새로 생긴 선홍빛 상처가 눈에 띄었다. 얼룩이는 최근 그 골목에 눈독을 들인 수컷과의 싸움에서 그 상처를 얻었다고 했다. 그가 열띤 목소리로 그 싸움에 대해 떠드는 동안 나는 어린이집 앞에서 엄마의 만류를 뿌리쳤더라면 어땠을까 생각했다. 횡단보도를 건너 얼마 가지도 못하고 돌아왔을지라도. 그랬다면 그것을 말하는 내가 얼룩이처럼 빛나 보였을까. 얼룩이와 헤어져 고물상으로 돌아가는 내내 나는 그 질문에 시달렸다.

10

 얼룩이에게 다녀온 그날 밤부터 사흘간 비가 내렸다. 끝없이 쏟아질 것 같던 비는 어느 순간 뚝 그쳤다. 빗소리가 멈추고 급작스레 찾아온 고요에 나는 잠에서 깼다. 구름이 벗겨진 서쪽 하늘에 말간 노을이 번져 있었다. 사료 그릇은 텅 빈 채 보금자리 앞에 나동그라져 있었다. 가까운 주민자치센터 급식소로 달려갔지만 그곳의 그릇에는 사료 대신 빗물만 가득했다. 다행히 반지하방 여자는 비가 들이치지 않는 처마 밑에 그릇을 두었다. 나는 그릇에 머리를 묻고 사료를 정신없이 먹었다. 그런데 그릇을 비울 때까지 얼룩이가 나타나지 않았다. 주택 마당도 전과 달리 휑한 느낌이었다. 나는 입가에 묻은 사료를 털어내는 것도 잊고 얼룩이를 찾아 나섰다. 얼룩이가 망을 보는 전봇대 뒤와 담장 기둥

위, 그리고 자주 앉아 쉬는 의류 수거함 밑은 비어 있었다. 나는 수색 범위를 넓히다 골목 바닥에서 얼룩이 냄새를 찾아냈다. 그 냄새는 보이지 않는 발자국을 따라 다음 골목으로, 그리고 벽에 기대 세워진 리어카로 이어졌다.

얼룩이는 리어카와 벽 사이 틈에 누워 있었다. 네 다리를 옆으로 쭉 뻗은 채 머리를 바닥에 내려놓고 눈을 감은 모습이 마치 잠든 것처럼 보였다. 이름을 부르며 다가가자 얼룩이는 힘겹게 눈을 뜨고 발작하듯이 숨을 몰아쉬었다. 그의 코끝은 말라 있었고 콧구멍에서는 끈끈한 누런 콧물이 흘렀다. 몸 전체에서 오래전에 맡았던 냄새가 났다. 눈꺼풀이 열리기 전의 일이었다. 내 옆에 누운 형제의 몸에서 갑자기 열이 끓어오르며 이상한 냄새가 피어났다. 그때까지 맡았던 모든 냄새와 너무나 달라 이상하다 말고는 달리 표현할 수 없는 냄새였다. 엄마가 쉬지 않고 형제를 핥았지만 열은 내리지 않았고 냄새는 갈수록 진해졌다. 형제는 하룻밤을 넘기지 못하고 숨을 멈췄다. 엄마가 형제를 입에 물고 보금자리를 떠나자 냄새도 같이 사라졌다. 나는 얼룩이의 콧잔등을 핥으며 그 냄새의 정체를 알 수 있었다. 바로 죽음의 냄새였다.

"얼룩아, 괜찮아?"

얼룩이는 갈라진 목소리로 대답했다.

"몸이 좀 뜨겁지만 괜찮아질 거야."

"어떻게 된 거야? 무슨 일이 있었어?"

가쁜 숨소리와 간간이 터지는 기침 때문에 얼룩이의 말은 알아듣기 쉽지 않았다. 몇 번이나 물은 끝에 겨우 알아낸 사실은 어떤 수컷을 상대하느라 오랫동안 비를 맞았으며 어제저녁에 몸이 으슬으슬하고 열이 나기 시작해 그곳으로 왔다는 것이었다. 얼룩이는 말을 마치자마자 축 늘어졌다.

"그럼 거기에 있지. 왜 여기까지 왔어?"

"한가한 소리하지 마. 이 모습을 그 수컷이 봐봐. 가만히 있을 거 같아? 당장 영역을 뺏으려고 덤빌걸. 난 그렇게 두지 않아. 다시는 영역을 뺏기지 않을 거야."

얼룩이는 죽음의 냄새를 풍기면서도 싸우고 있었다. 내가 간단히 내어준 영역을 지키려고. 수컷에게 영역이란 정말로 목숨이 달린 모든 것일까. 가슴속에서 불덩어리처럼 뜨거운 것이 치밀었다. 묵묵히 얼룩이를 내려다보는 동안에도 죽음의 냄새는 점점 짙어졌다. 나는 얼룩이에게 조금만 더 버티라고 말하고 식당가를 향해 뛰어갔다. 죽음의 냄새를 흐트러뜨릴 방법을 알고 있을 고양이는 알레한드로뿐이었다.

내가 숨을 헉헉거리느라 횡설수설한 말을 알레한드로는 단번에 알아들었다. 내 말이 끝나기도 전에 서두르자며 골목의 입구로 향했다. 이사벨은 사건이 벌어진 모든 곳에 앞장서는 평소와 달리 미적거렸다. 내가 얼룩이를 살려달라고 간청하고 알레한드로가 거듭 재촉한 뒤에야 그녀는 내키지 않는 표정으로 따라나섰다. 자리를 비운 사이 얼룩이는 상태가 더욱 악화되어 있었다. 눈꺼풀이 열린 틈으로 알레한드로와 이사벨을 보면서도 고개를 들지 못했다. 알레한드로가 혀를 찼다.

"쯧쯧쯧. 어쩌다가 이리됐을꼬."

알레한드로가 얼룩이에게 다가갔다. 이사벨이 외쳤다.

"안 돼!"

알레한드로는 걸음을 멈추고 놀란 눈으로 이사벨을 쳐다보았다. 이사벨이 깊은 한숨을 내쉬었다.

"이럴 줄 알았지. 그래서 오지 않으려고 했던 건데. 얼룩이는 병에 걸렸어. 불쌍하게도. 그러니 가까이 가선 안 돼. 병을 옮았다가는 큰일이니까."

나는 애가 탔다.

"알레한드로. 얼룩이를 살려주세요. 어서요."

알레한드로는 무거운 표정으로 다시 얼룩이에게 다가들었지만 이사벨의 어깨에 떠밀렸다. 처음에는 버티는 듯했으나 이사벨과 눈빛을 교환하고 머리를 절레절레하며 물러났다. 이사벨이 슬픈 목소리로 말했다.

"틀렸어. 이미 늦었어."

그녀가 하늘을 올려다보았다. 전선 수십 가닥이 거미줄처럼 뒤엉킨 밤하늘에 반달이 떠 있었다.

"얼룩이는 죽을 거야. 저 달이 지기 전에. 불쌍한 것."

이사벨이 내게 고개를 돌렸다.

"너도 가까이 가지 않는 게 좋아. 얼룩이야 돌이킬 수 없지만 산 고양이는 살아야지."

이사벨은 작별 인사하는 눈으로 얼룩이를 보고 몸을 돌렸다. 알레한드로가 이사벨을 따라가다 걸음을 멈추고 뒤돌아봤다.

"나비야. 이사벨 말이 맞아. 안타깝지만 얼룩이는 가망이 없어."

"그럼 어떻게 해요? 그냥 보고만 있어야 하나요?"

"그래, 네가 할 수 있는 건 기적을 기다리는 것뿐이지. 기적만이 얼룩이를 살릴 수 있으니까."

알레한드로는 발이 떨어지지 않는지 골목을 빠져나가는 동안 몇 번이나 돌아보았다. 나는 이사벨과 알레한드로가 마음을 바꾸기를 바라며 그들이 사라진 모퉁이에서 눈을 떼지 못했다. 그러나 시간이 흘러도 그들은 돌아오지 않았다. 멍해 있던 나는 기침 소리에 정신을 차리고 얼룩이에게 달려갔다. 얼룩이의 가슴이 오르내리는 속도가 느려져 있었다.

"얼룩아. 괜찮아?"

얼룩이는 입술을 겨우 달싹였다.

"나, 너무 힘들어."

나는 얼룩이 머리맡에 앉아 눈곱과 콧물과 입가에 흐른 침을 혀로 닦아주었다. 그것이 죽어가는 친구를 위해 내가 할 수 있는 전부였다. 도로에서 갑자기 앰뷸런스 사이렌과 인간들의 딱딱한 발소리가 들렸다. 알레한드로가 말한 기적일까 싶어 귀를 쫑긋거렸지만 그 소리는 삽시간에 멀어졌다. 얼룩이의 쌕쌕거리던 숨소리가 작아져 가슴에 귀를 대는데 갑자기 주위가 어두워졌다. 커다란 고양이가 가로등 불빛을 가리고 서서 얼룩이를 내려다보고 있었다. 나는 벌떡 일어나 얼룩이를 지키려고 그 앞을 막아섰다.

"알. 당신이 어떻게…."

알은 대답은커녕 내게 눈길도 주지 않고 리어카와 벽 사이로 들어왔다. 나는 가까이오지 말라고 발톱을 내비치며 하악거렸지만 알에게 밀려 주춤주춤 뒷걸음질을 쳤다. 알은 얼룩이의 얼굴에 코를 댔다.

"이사벨 말이 맞았군."

알이 주둥이로 얼룩이의 옆구리를 밀어 올렸다.

"일어나라. 어서!"

얼룩이의 몸이 들썩이다 다시 늘어졌다. 얼룩이가 얼굴을 찡그리며 신음했지만 알은 멈추지 않았다. 나는 발을 구르며 소리쳤다.

"그만해요. 얼룩이가 아프다잖아요."

알이 외쳤다.

"멍청한 놈. 이놈이 살길은 일어나는 것뿐이야."

얼룩이는 눈꺼풀을 몇 번 들썩이다 겨우 눈을 떴다. 알은 강압적인 목소리로 죽기 싫으면 어서 일어나라고 명령했다. 얼룩이가 숨을 헐떡이며 누군지를 살피는 눈으로 알을 쳐다보고 천천히 몸을 일으켰다. 다리를 부들부들 떨며 간신히 서자 알이 흡족한 목소리로 말했다.

"좋아."

알은 리어카와 벽 사이를 빠져나갔다.

"나를 따라와라."

골목의 다른 쪽 끝이 도로와 만나는 곳에 매일 석양 무렵부터 저녁까지 트럭 한 대가 서있었다. 그 트럭 짐칸에는 유리문이 달린 화덕과 장작이 실려 있었다. 트럭 주인인 남자가 화덕 안에 장작으로 불을 피우고 쇠꼬챙이에 꿴 닭을 빙글빙글 돌려가며 구웠다. 장작이 타고 닭이 익어가는 냄새가 저녁 바람에 실려 골목까지 흘러들곤 했다. 알은 몸을 던지듯이 걷는 얼룩이를 데리고 그 바람과 냄새를 거슬러 갔다. 얼룩이는 도중에 몇 번이나 앞다리가 접혀 고꾸라졌다. 그때마다 모든 게 귀찮으니 그만 쉬고 싶다고 웅얼거리는 얼룩이를 알이 억지로 일으켜 세웠다. 알과 얼룩이, 그리고 그들을 뒤따른 나는 골목 끝에 도착해 버려진 서랍장 뒤에 숨었다. 도롯가에 주차된 트럭이 횡단보도와 인도에 장작이 타는 불빛을 드리우고 있었다. 남자는 트럭 옆에 접이식 의자를 펼치고 앉아 스마트폰을 쳐다보며 히죽거렸다.

알이 고갯짓으로 남자를 가리켰다.

"잘 들어. 저 인간 보이지? 너는 이제 저 인간에게 도움을 청할 거야. 그런 멍청한 표정 짓지 마. 위험에 빠뜨리려는 게 아니니까. 인간만이 너를 살릴 수 있어."

얼룩이는 힘없이 벌어진 입으로 가쁜 숨을 몰아쉬며 알과 남자를 번갈아 보았다. 결심이 섰는지 입을 다물고 서랍장 뒤에서 나가 남자를 향해 인도를 건너갔다. 남자는 스마트폰에 정신이 팔려 다가오는 얼룩이를 알아차리지 못했다. 나는 남자가 인정이 많기를, 그래서 모든 것을 제쳐놓고 얼룩이를 구하는 기적이 되어주기를 바라고 또 바랐다. 숨 막히도록 느린 걸음 끝에 얼룩이는 의자 밑에 도착해 옆으로 쓰러졌다. 그리고 목청껏 살려달라고 울기 시작했다. 남자가 어리둥절한 표정으로 상체를 숙여 의자 밑을 들여다보았다. 얼룩이의 울음소리가 왈칵 커졌다. 남자는 질겁해 펄쩍 뛰며 일어섰다.

"뭐야? 깜짝 놀랐네."

남자가 쪼그려 앉아 손가락으로 얼룩이의 배를 찔렀다.

"어디 아픈가? 야. 눈 떠 봐."

얼룩이가 비명을 지르며 몸을 뒤틀었다. 남자는 인상을 찌푸리며 일어나 두 손을 허리에 짚고 바닥에 침을 뱉었다.

"퉤. 장사도 안돼서 죽겠는데, 뭐야 이건. 재수가 없으려니까 별게 다 꼬이네."

남자는 살피는 눈으로 인도 양쪽을 두리번거렸다. 횡단보도 신호등이 빨간색으로 바뀐 뒤라 행인은 보이지 않았다. 남자는 발 안쪽으로 얼룩이를 밀며 게걸음을 쳤다. 얼룩이는 발버둥을 쳤지만 가로수인 은행나무 밑까지 일방적으로 밀려갔다. 남자가 차듯이 내지른 발길질에 얼룩이는 나무뿌리와 경계석 사이 움푹한 곳으로 떨어졌다. 남자는 제자리로 돌아와 못마땅한 눈으로 얼룩이를 힐끔거리고 의자에 앉았다. 나는 얼룩이가 걱정돼 가만있을 수 없었다.

"얼룩아!"

알이 얼룩이에게 달려가려는 나를 막았다.

"이 멍청한 놈아. 네까짓 게 뭘 할 수 있는데. 한 번 더 말하지만 저놈을 살릴 수 있는 건 인간이야. 네놈이 아니라. 저 인간이 몰인정한 건 안타까운 일이야. 그렇다고 끝은 아니지. 다행히 저곳은 인간들이 수시로 오가지. 그러니 쓸데없이 나서지 말고 저놈이 길고양이를 동정하는 인간 눈에 띄기를 빌기나 해."

얼룩이가 바들바들 떨며 경계석 위로 머리를 들었다. 콧구멍을 벌름거려 방향을 찾은 얼룩이는 가까스로 경계석에 올라와 다시 남자 쪽으로 기어갔다. 배로 바닥을 쓸며 한 걸음씩 몸을 끌어갔다. 겨우 남자의 발밑에 도착해 마지막 힘을 쥐어짜서 울었다. 남자가 얼룩이를 굽어보고 혀를 찼다. 그는 의자를 들고 일어나 몇 걸음 떨어진 곳으로 자리를 옮겼다.

횡단보도 신호등 색깔이 바뀔 때마다 많은 인간이 얼룩이를 스쳐갔다. 술에 취해 말다툼을 벌이는 남자들과 대파가 담긴 장바구니를 든 여자와 등산 스틱으로 보도블록을 찍으며 걷는 남녀와 헤드폰을 쓴 머리를 까닥이는 여학생 등이 얼룩이가 살려달라고 목이 찢어져라 우는 소리를 듣지 못했다. 곧 얼룩이의 울음소리는 귀를 기울여야 겨우 들을 수 있을 정도로 작아졌다. 그 소리에 맞춰 움찔거리던 다리도 움직이지 않았다. 내가 더 이상 참지 못하고 뛰쳐나가려던 그때 제 몸집만한 가방을 메고 뛰어가던 여자아이가 얼룩이 앞에서 멈췄다.

"고양이다."

아이가 두 손을 내밀고 얼룩이에게 다가갔다. 엄마로 보이는 여자가 뒤에서 아이의 가방을 잡아챘다.

"안 돼! 더러워."

여자는 고양이라고 외치며 떼쓰는 아이의 팔을 잡아끌고 멀어져갔다. 알이 긴 한숨을 내쉬고 달을 올려다보았다. 그 달이 지기 전에 얼룩이가 죽을 것이라던 이사벨처럼. 알은 마지막으로 얼룩이를 쳐다보고 몸을 돌려 골목 안으로 걸어갔다. 가로등 불빛이 담장에 막힌 곳에서 알은 어둠과 한덩어리가 되었다. 나는 애타게 불렀지만 그가 사라진 어둠에서는 아무 대답도 들리지 않았다. 알레한드로와 이사벨에

이어 알도 얼룩이를 포기한 것이다. 얼룩이는 정말로 죽게 될까. 인간이 곁에 있다면 얼룩이를 살렸을 텐데. 그 생각 끝에 한 인간의 얼굴이 떠올랐다. 내가 얼룩이를 위해 할 수 있는 한 가지가 남아 있었던 것이다. 나는 얼룩이를 돌아보며 그가 듣지 못할 말을 건넸다.

"얼룩아. 조금만 참고 기다려. 금방 돌아올게."

있는 힘껏 골목을 달리며 그 인간이라면 죽어가는 얼룩이를 위해 기꺼이 기적이 되어줄 것이란 말을 빌 듯이 되뇌었다. 모퉁이 세 개를 돌고 대문과 통로를 지나 도착한 곳은 반지하방이었다. 여자가 밖에서 돌아왔을 시간이 지났지만 그 방 유리창은 캄캄했다. 나는 벽 밑에 설치된 에어컨 실외기에 올라서서 유리창을 기웃거렸다. 유리창 안쪽에서 인기척이 느껴지지 않았다. 벌써 잠든 것일까. 나는 잠들었을지도 모를 여자를 깨우려고 앞발로 유리를 긁으며 제발 얼룩이를 살려달라고 외쳤다. 잠시 후 그 유리창 대신 등 뒤가 밝아졌다. 골목 건너에 있는 주택의 이 층에서 불이 켜진 것이다. 불빛을 등진 남자가 유리창 밖으로 상체를 내밀고 버럭 소리를 질렀다.

"이놈의 고양이 새끼. 조용히 좀 해!"

남자의 성난 목소리가 쩌렁쩌렁했다.

"아, 씨. 쥐약을 놓든지 해야지. 시끄러워 살 수가 없네."

남자는 혼잣말 몇 마디를 더 투덜거리고 몸을 돌렸다. 남자의 고함소리가 골목이 울릴 정도로 컸는데도 반지하방 유리창은 여전히 잠잠했다.

내가 반지하방에 다녀오는 동안 트럭은 떠나고 없었다. 장작이 타는 불빛이 사라져서 어두워진 인도에 얼룩이가 모로 누워 있었다. 코끝으로 건드리며 이름을 불러도 그는 꼼짝도 하지 않았다. 마지막까지 얼룩이가 살아있다고 알려주었던 배의 움직임도 멎었다. 눈꺼풀이 살짝 열려 있었지만 잿빛으로 묽어진 눈동자는 초점을 맺지 못했다. 나는 소용이 없다는 것을 알면서도 얼룩이의 콧잔등을 계속 핥았다. 등줄기가 서늘해지는 지독한 죽음의 냄새가 얼룩이를 뒤덮고 있었다. 그 냄새는 도로를 타고 불어온 강한 바람에도 흩어지지 않았다. 달이 건물 옥상에 서있는 간판 뒤로 넘어간 뒤에야 흐려지기 시작했다. 한번 흐려진 냄새는 기이할 정도로 금방 휘발되었다. 그 냄새를 따라 마지막 체온이 코끝에서 빠져나가자 얼룩이는 보도블록처럼 차가워졌다.

주택과 주변 골목에서 얼룩이 냄새는 빠르게 희미해졌다. 다른 고양이들이 얼룩이의 죽음을 눈치채는 것도 시간문제였다. 이제 그의 영역은 먼저 차지하는 쪽이 임자였다. 나는 서둘러 주택과 골목 여기저기에 오줌을 싸고 몸을 문질러 냄새를 남겼다. 그러다 가스 배관 덮개나 의류 수거함 뒤 등 구석진 곳에서 얼룩이 냄새를 맡으면 비를 피해 들어

갔던 정자 밑에서 꿈을 말하던 또랑또랑한 목소리를 다시 들었다. 그 순간 새끼들과 암컷들, 그리고 다 자라 알만큼이나 커다래진 얼룩이가 골목 저쪽에서 유령을 닮은 흐릿한 모습으로 나타났다. 얼룩이는 골목을 위풍당당하게 걸어가며 차량 바퀴에 코를 대고 냄새를 맡았다. 그를 닮아 얼룩무늬인 새끼들이 서로 장난을 치며 그 뒤를 따랐다. 암컷들은 차량 밑에 숨어 새침한 표정으로 그를 훔쳐보았다. 그들이 너무나 생생해 내 상상 속 환영이라곤 도무지 믿을 수 없었다. 마치 내가 서있는 골목과 똑같이 생긴 또 다른 골목에서 얼룩이가 그 환영처럼 자신의 꿈을 이루고 살아있는 것 같았다. 가슴이 뭉클해지며 눈가가 뜨거워졌지만 반지하 방 여자가 흘린 눈물 같은 것은 나지 않았다. 환영은 오래 가지 못했다. 골목으로 몰려든 바람에 얼룩이의 냄새와 함께 쓸려가듯이 사라져 버렸다.

저녁 어스름이 깔린 골목을 순찰하다 회색 정장 차림인 여자와 마주쳤다. 나를 본 여자는 피곤한 얼굴 위에 그린 듯한 미소를 지었다. 곧 헐렁한 옷으로 갈아입고 돌아와 사료와 물이 담긴 그릇들을 계단 밑에 내려놓았다. 여자는 계단에 엉덩이를 걸치고 앉아 사료를 먹는 나를 물끄러미 쳐다보았다.

"까망아. 네 친구는? 얼룩덜룩한 녀석 말이야. 요 며칠

안 보이네."

나는 사료를 입에 머금은 채 고개를 들었다. 미소를 짓는 여자의 표정이 해맑았다. 나는 사료를 꿀꺽 삼키고 말했다.

"얼룩이는 죽었어요."

여자가 상체를 내 쪽으로 기울였다.

"까망아. 왜 안 먹어? 맛없어? 그 사료 비싼 거야."

나는 목이 메었다.

"그날 당신이 있었다면… 얼룩이는 죽지 않았을 거예요. 알이 그랬거든요. 인간만이 얼룩이를 살릴 수 있다고. 물론 당신을 탓하는 건 아니에요. 얼룩이가 운이 없었을 뿐이니까. 만약 얼룩이가 운이 있었다면 당신은 그 시간에 평소처럼 집에 있었겠죠. 그랬다면…"

멍청하게 여자는 계속 미소를 짓고 있었다. 여자에게는 내 모든 말이 야옹 소리로 들렸을 것이다. 나는 말이 통하지 않는 여자가 답답해 머리를 잘래잘래 흔들고 다시 사료를 먹기 시작했다. 여자는 팔짱을 낀 두 팔을 무릎 위에 올렸다. 그렇게 웅크린 자세에서 고개만 돌려 나를 바라보았는데 할말을 곱씹으며 망설이는 표정이었다. 여자가 짧게 헛기침한 후 입을 열었다.

"큼. 까망아. 할말이 있는데… 나랑 같이 살지 않을래?"

여자의 목소리는 작았다. 그러나 그 목소리에 실린 말은 그동안 여자가 했던 그 어떤 말보다 크게 들렸다. 나는 앞발을 핥다 말고 휘둥그레진 눈으로 여자를 쳐다보았다. 여자는 떨리는 목소리로 말을 이었다.

"사실은 말이야. 전에 너랑 똑 닮는 고양이랑 살았어. 이름도 너처럼 까망이였지. 까망이는 첫 고양이였어. 새끼였던 녀석을 길에서 데려다 5년을 키웠는데 작년에 뭐가 그리 급했는지 서둘러 제 별로 돌아가 버렸지 뭐니. 그때 얼마나 울었는지 몰라. 고등어만 봐도 눈물이 났으니까. 앞발로 고등어를 훔치던 까망이가 생각났거든. 다른 고양이를 키울까도 생각했어. 근데 까망이가 잊히지 않는 거야. 그 새끼가 고양이를 질색하기도 했고. 그러다 널 보게 됐지."

여자가 양손으로 무릎을 짚고 일어나 엉덩이를 털었다. 나는 대문으로 들어가는 그녀를 멀거니 바라보았다. 여자는 대문 손잡이를 잡고 길을 터주듯이 옆으로 비켜섰다.

"까망아. 이리 들어와. 그러면 나랑 같이 사는 거야."

여자 뒤로 돌계단에 일부가 가려진 반지하방 벽과 유리창이 보였다. 여자가 터준 길로 들어서면 나는 그 반지하방에서 살게 될 터였다. 즉 집고양이가 되는 것이다. 알레한드로의 수업에서 집고양이들은 주기적으로 목욕을 당한다고 배웠다. 우리 고양이들은 틈이 날 때마다 몸을 닦는 청결한 동물이었다. 인간은 그것을 알면서도 자신의 냄새를 우리에게 씌우려고 목욕을 강제했다. 나는 다른 고양이들처럼 몸에 물이 닿는 것을 무척 싫어했다. 거기다 인간 냄새까지 뒤집어쓴다니. 그 생각만으로 몸서리가 쳐졌다. 그러니 어서 들어오라며 미소 짓는 여자가 내 눈에는 목욕을 시킬 꿍꿍이를 감춘 것으로 보였다. 나는 그녀의 눈을 마주보면서 뒷걸음질을 쳐 골목 중간에서 몸을 돌려 달아났다. 여자가 소리쳤다.

"까망아. 어디 가니?"

알레한드로는 여자의 제안을 전해 듣고 눈살을 찌푸렸다.
"검은 고양이를 좋아하다니, 흔치 않은 인간이군. 편견이 없는 인간이 있다는 건 반가운 일이지. 그런데 그 제안을 받아들이는 건 전혀 다른 문제야. 목욕? 물론 싫지. 몸이 물에 젖는 것도, 몸에서 이상한 냄새가 나는 것도 짜증이나. 하지만 인간의 집에서 편안하게 살기 위해 치러야 할 대가는 목욕만이 아니야. 다른 것 중에는 목욕이 새끼들의 놀이로 느껴질 만큼 끔찍한 것도 있단다. 그게 뭐냐면 인간과 사는 수고양이 대부분이 수컷이 아니게 된다는 거야."
"수컷이 아니라니요? 그게 무슨 말이에요?"
"수컷이 아닌, 그렇다고 암컷도 아니게 된단다. 그렇게 되면 암컷에게 제 새끼를 낳게 할 수 없어. 수컷의 숙명을 이룰 수 없게 되는 거지."

스티로폼 박스 안에 엎드려 있던 이사벨이 큰소리로 콧방귀를 뀌었다.

"흥. 숙명 같은 소리하고 있네. 여기 사는 수컷들을 봐봐. 그놈들 대부분이 우두머리가 되지도 못하고 죽어. 그런 판에 숙명 따위가 무슨 소용이야. 그리고 목욕? 그게 뭐 어때서. 식당 여자가 목욕시켜 주면 나는 좋기만 하던데. 가렵지 않지, 끝나고 맛있는 간식도 얻어먹지."

이사벨이 스티로폼 박스를 나와 기지개를 켜고 말했다.

"이 영감 말은 듣지 마. 아무짝에도 쓸모없으니까. 잘 들어. 나비야. 너는 지금 네게 찾아온 기회가 기회인 줄 모르고 있어. 너도 이젠 알지? 길에서 산다는 게 어떤 건지. 당장 얼룩이를 봐. 다시 봄이 오는 것도 보지 못했잖아. 나는 늙어서 죽는 길고양이는 한 마리도 못 봤어. 다들 그 전에 병에 걸리거나 차에 치여 죽었지. 나랑 알레한드로도 여기 식당 여자가 없었다면 진즉에 죽었을 거야. 그런데 집고양이는 어떤지 아니? 좋은 인간을 만나면 다들 늙어 죽는단다. 나보다 훨씬 오래 산다는 말이야. 영양가 높은 먹이가 풍부하고 물이 깨끗해서 병에 걸리지 않아. 설령 병에 걸려도 금방 낫고. 인간은 그럴 힘을 가졌으니까. 만약 얼룩이가 집고양이였다면 콧물을 흘리는 따위로 죽지는 않았을 거야. 그리고 너도 느꼈을 테지. 겨울이 다가오고 있다는 걸. 겨울에는 수많은 길고양이가 죽어. 네가 아는 몇은 이번 겨울을 넘기지 못할 거야. 네 말을 들으니 그 여자 착한 인간 같던데, 맞니? 그럼 그 여자 집에 들어가. 얼룩이처럼 죽지 말고."

　화단에서 자라는 나무의 이파리가 붉어지고 며칠 후 공원 잔디밭에 서리가 내렸다. 태양의 고도가 낮아지면서 보일러실 지붕이 그늘져 한낮의 잠독대로 옮겼다. 햇볕으로 달궈진 항아리 뚜껑에 몸을 말고 누우면 금방 나른해져서 잠이 쏟아졌다. 석양 무렵 찬 바람이 불면 몸을 떨며 일어났다. 그리고 그 바람을 뒤따르고 있을 겨울을 생각했다. 이사벨 말대로 여자의 집에 들어가면 겨울을 두려워하지 않아도 될 것이다. 모든 게 얼어붙는 한겨울에도 인간의 집은 여름처럼 따듯하다고 알려져 있었다. 물론 수컷이 아니게 되고 목욕을 당하는 건 끔찍이 싫었다. 그러나 죽어가던 얼룩이를 떠올리면 그까짓 게 대수일까 싶었다.

　갑자기 차가워진 바람에 눈알이 시리던 저녁 나는 반지하방으로 갔다. 철문 중간에 달린 희뿌연 유리창에 여자의 그림자가 어른거렸다. 내가 야옹거리면 여자는 반가운 얼굴로 철문을 열고 나타나 옆으로 비켜설 터였다. 집고양이의 안락한 삶이 그 한 번의 울음에 달려 있었다. 그러나 나는 울지 못했다. 통로로 몰려든 저녁 바람에서 풀과 나무 냄새가 느껴졌기 때문이었다. 그 냄새는 담장에 막혀 보이지 않는 곳에 아파트 단지가 있다고 알려주었다. 아직 여린 내 발로는 엄두가 나지 않을 정도로 멀었던 그곳은 어린이집 앞에서 엄마를 만나 발길을 돌린 뒤로 더 멀어졌다. 이제 철문이 열려 그 안으로 들어간다면 영원히 멀어질 것이다. 저 방의 창문이 열린 틈으로 바람이 냄새를 몰아올 때면 떠오를 후회를 견딜 수 있을까. 시시한 남자란 이름에 갇힌 그 삶을. 철문을 기웃대며 망설이는데 유리창에 비친 여자의 그림자가 커졌다. 철문이 금방이라도 열릴 것 같아 나는 몸을 움츠렸다. 그러나 여자는 철문 손잡이로 뻗던 손으로 벽을 짚었다. 그녀가 어깨를 떨며 왈칵 울음을 터뜨렸다.

"개새끼."

울음은 잦아들어 이를 악문 흐느낌으로 변했다. 그 소리에 가슴속이 또다시 몽글거렸다. 여자가 허리를 펴고 숨을 크게 들이마신 뒤 유리창 밖으로 사라졌다. 곧 벽에 가려진 곳에서 코를 푸는 소리가 들렸다. 나는 그녀를 혼자 두는 게 나을 듯해 조용히 통로를 빠져나왔다.

공원 잔디밭에서 바람에 쓸려가는 낙엽을 사냥감처럼 뒤쫓는 동안에도 같이 살자는 여자의 말이 귓가에 울려 생각은 반지하방 철문 앞을 맴돌았다. 그런데 멀리서 고양이들이 신경전을 벌이는 소리가 들렸다. 한쪽은 알이 분명한데 다른 쪽이 누군지는 목소리만으로는 알 수 없었다. 그 목소리들을 쫓아간 곳은 자동차 수리 공장이었다. 자동차 차체와 부속들이 널린 마당 한가운데에서 알과 온몸이 잿빛인 낯선 수고양이가 대치하고 있었다. 그들은 서로 몸을 부풀린 채 꼬리를 세차게 흔들며 거리를 좁혔다. 잿빛 고양이는 덩치는 평범했지만 사나운 눈빛과 으르렁거릴 때의 기세가 알에 전혀 밀리지 않았다. 나는 그들 몰래 공장 건물의 층계참으로 올라가 모퉁이에 숨었다. 알이 말했다.

"덤벼라. 떨거지."

잿빛 고양이가 웃음을 터뜨렸다.

"크크크. 떨거지라니, 어이가 없군. 알려주지. 나 역시 우두머리였다는 걸."

잿빛 고양이가 뒷발로 일어서며 달려들었다. 알은 머리를 노리고 날아드는 발톱을 자세를 낮춰 피했다. 그가 상체를 당기며 앞발을 휘두르자 순식간에 싸움이 격렬해졌다. 그러나 싸움은 금세 일방적인 양상으로 변했다. 과연 알은 강했다. 엄마와 알레한드로가 말한 그대로였다. 잿빛 고양이 역시 한 영역의 정점에 선 우두머리였지만 상대가 되지 않았다. 알이 연달아 휘두른 앞발에 얻어맞기만 할 뿐 좀처럼 반격할 틈을 찾지 못했다. 얼룩이는 저토록 강한 알을 쓰러뜨리고 그의 모든 것을 차지하겠다고 꿈꾼 것일까. 얼룩이가 살아있어도 알이 병에 걸리거나 불의의 사고를 당하지 않는 한 그 꿈을 이루기는 쉽지 않았을 것이다.

알은 결판이 났다고 생각했는지 공격을 멈추고 서너 걸음 물러섰다. 잿빛 고양이는 계속 싸우겠다고 송곳니를 내비치며 하악거렸다. 그러나 두 귀는 납작하게 접혔고 눈알은 불안하게 흔들렸으며 목소리는 점점 작아졌다. 누가 봐도 이미 기가 꺾인 뒤였다. 알이 싸늘한 목소리로 말했다.

"꺼져라."

잿빛 고양이는 시선을 알에게 고정하고 뒷걸음질을 쳤다. 알과의 거리가 충분히 벌어지자 몸을 틀어 공장 건물과 담장 사이로 줄행랑을 쳤다. 알은 꼿꼿이 서서 달아나는 적을 쫓아 고개만을 돌렸다. 우두머리라면 마땅히 그래야 할, 알이란 이름에 어울리는 당당한 모습이었다. 잿빛 고양이의 발소리가 멀어지자 알은 반대 방향으로 마당을 가로질렀다. 그가 한숨을 내쉬며 고개를 내저었다.

"벌써 몇 번째지? 정말 지긋지긋하네."

그 말의 의미를 나는 그날 밤 이사벨을 만나 알게 되었다. 그녀는 얼마 전부터 퍼진 소문을 들려주었다. 그 소문에 의하면 아랫동네에 엄청 강한 수컷이 나타나 일대의 우두머리들을 죄다 쫓아냈다고 했다. 갈 곳을 잃은 우두머리들이 밀리고 밀려 우리가 사는 영역까지 침범했는데 잿빛 고양이는 그중 하나였다. 이사벨이 눈빛을 반짝이며 신이 난 목소리로 말했다.

"그 강하다는 수컷이랑 알이 싸우면 어떻게 될까? 너도 궁금하지? 그렇지?"

11

 인간들이 토요일이라고 부르는 날 새벽에 여자는 술 냄새를 풍기며 귀가했다. 사료 그릇은 전날 오후부터 계속 비어 있었다. 햇빛이 마당에 내려앉았는데도 반지하방에서는 우렁차게 코고는 소리가 들렸다. 여자가 금방 일어날 것 같지 않아 나는 식당가 맞은편 골목에 있는 급식소를 찾아갔다. 다른 길고양이들이 벌써 휩쓸고 지나가 그릇이 뒤집어져 있었다. 주민자치센터 급식소도 사정은 마찬가지였다. 바닥에 나동그라진 빈 그릇을 앞발로 톡톡 치며 먹이가 있을 만한 곳을 머릿속 그물에서 찾고 있을 때 생선과 채소 냄새가 코를 스쳤다. 골목 두 개를 지난 곳에 있는 음식물 쓰레기장 냄새였다.
 그날따라 음식물 쓰레기장에는 평소 손수레에 채소나 생

선 찌꺼기 등을 싣고 드나들던 인간들이 보이지 않았다. 나는 바닥으로 번져오는 생선 냄새를 쫓아 쓰레기장 안으로 들어섰다. 음식물 쓰레기가 쌓여 만들어진 언덕 아랫부분에 고등어 대가리가 박혀 있었다. 나는 그 대가리를 입에 물고 담장 밑으로 달려갔다. 살점을 떼어내려고 고등어 대가리를 세차게 흔드는데 어디선가 비닐이 부스럭거리는 소리가 들렸다. 출입구 기둥 옆에 놓인 음식물 쓰레기봉투가 찢어지는 소리였다. 그 틈으로 시궁쥐가 머리를 내밀었다. 그 시궁쥐에게서 쥐 특유의 시큼한 냄새와 썩은 음식 냄새와 오물 냄새, 그리고 날고기 냄새가 퍼져왔다. 오래전 그곳에서 맡았던 개의 냄새가 떠올라 나는 몸이 굳었다. 겁에 질렸을 때 몸이 내뿜는 냄새를 막으려고 숨을 멈췄지만 이미 늦었다. 시궁쥐가 콧구멍을 벌름거리더니 머리를 돌려 나를 쏘아보았다. 붉은빛이 번들거리는 그 눈에는 겁쟁이인 천적에 대한 적의와 경멸이 담겨 있었다. 시궁쥐는 비닐을 비집고 나와 매 걸음마다 몸을 한층 더 부풀리며 다가왔다. 나는 공황 상태에 빠져 나도 모르게 주춤거리며 뒷걸음질을 쳤다. 그때 머리 위에서 단호한 목소리가 들렸다.

"물러서지 마."

나와 시궁쥐가 소리가 난 곳을 동시에 올려다보았다. 낯선 수고양이가 담장 위에 서있었다. 그 고양이는 두 눈에서부터 꼬리까지는 주황색 줄무늬가 섞인 마른 잔디 색깔인 털로, 주둥이와 아랫배와 네 발끝은 하얀 털로 덮여 있었다. 전체적인 털색이 치즈와 비슷했는데 줄무늬 색깔은 더 진하고 간격은 더 촘촘했다. 황갈색에 둘러싸인 검은색 눈동자와 눈 주변을 감싼 갈색 테두리가 만드는 인상이 강인했다. 그 고양이가 인상에 어울리는 목소리로 말했다.

"넌 고양이야. 네 앞에 있는 건 쥐새끼고. 고양이가 쥐새끼 앞에서 물러서면 쓰나. 당연히 얼른 달려들어 잡아먹어야지."

시궁쥐는 낯선 고양이를 향해 코끝을 씰룩대다 소스라치게 놀랐다. 나를 흘겨보며 아쉽다는 듯이 뾰족한 혀를 날름거리고 하수구로 달아났다. 나는 다리에서 힘이 풀려 엉덩방아를 찧듯이 주저앉았다. 낯선 고양이가 담장에서 뛰어내려 내 앞으로 걸어왔다.

"괜찮니?"

나는 부끄러워서 벌떡 일어났지만 고개를 들 수 없었다.

"네."

그는 수염을 흔들며 부드러운 목소리로 놀렸다.

"너, 이제 고양이 노릇은 다했네. 쥐들 사이에 소문이 쫙 퍼질 테니까. 까만 고양이가 겁쟁이라고 말이야. 어? 그런데 네 표정이… 설마 내 말을 믿는 거니? 물론 농담이지. 사실을 말하자면 누구나 처음에는 다 그래. 나 역시 생쥐에게서 도망쳤는걸. 그때는 쪽팔려서 죽고 싶었는데 지나고 나니까 아무것도 아니더라고. 금방 생쥐는 물론 시궁쥐도 잡게 됐지. 그러니 부끄러워하지 않아도 돼. 다음에는 지금보다 잘할 테니까."

나는 눈을 들어 낯선 고양이를 바라보았다. 가까이에서 본 그는 알보다 체구는 작았지만 훨씬 다부진 느낌이었다. 마치 알을 그 체구에 꾹꾹 눌러 담은 것 같았다. 그 고양이는 알만큼 고약하지는 않지만 더 날카롭고 생생한 수컷 냄새와 여러 동물의 피 냄새를 풍겼다. 그 냄새들에 반응해 온몸의 털이 곤두섰다. 낯선 고양이가 말했다.

"그렇게 긴장할 필요 없어. 해치지 않으니까. 지나가다 우연히 너와 시궁쥐를 보게 된 것뿐이야."

그 말에 나는 본 적이 없는 아빠를 떠올렸다.

"그럼 아저씨도 떠돌인가요?"

그는 재미있다는 듯이 눈빛을 반짝거렸다.

"대체 그 떠돌이란 말은 누가 가르치는 거냐? 다들 떠돌이라고 그러게. 하지만 난 떠돌이가 아니야. 어디론가 가는 중이거든. 그러니 떠돌이보다는 여행자라고 불러주렴. 그나저나 네 이름은 뭐냐?"

"나, 나비예요."

낯선 고양이가 웃었다.

"너도 나비냐? 와, 이 세상에는 나비가 정말 많네. 내가 만난 나비만 해도 족히 서른 마리가 넘으니 말이야. 인간들은 왜 그 많은 고양이를 몽땅 나비라고 부르는 걸까. 다 다르게 생겼던데. 말이 통했다면 인간에게 진즉에 물어봤을 거야. 내 이름은 세자르. 세자르란다."

"세자르요?"

"응, 세자르. 아주 오래전에 살았던 인간의 이름이야. 그 인간은 가장 위대한 우두머리로 알려져 있지."

세자르의 뻐기는 말투에 나는 오히려 마음이 놓였다.

"아저씨는 알레한드로와 잘 통하겠네요."

"알레… 뭐?"

"알레한드로란 고양인데 말하는 게 아저씨랑 비슷하거든요. 알레한드로도 맨날 자기 이름이 인간 왕족에게서 유래됐다고 자랑해요."

"난 자랑한 게 아니야. 사실을 말했을 뿐이지. 참, 이럴 때가 아니지. 너 혹시 동물원이라고 아냐? 동물원이 이 근처에 있다고 들어서 말이야."

"동물원이요? 그게 뭔데요?"

"동물원은 온갖 동물이 모여 사는 곳이야."

나는 고개를 갸우뚱거렸다.

"저는 몰라요. 동물원이란 말도 처음 듣는걸요. 어쩌면 알레한드로는 알 수도 있어요. 알레한드로는 모르는 게 없거든요."

"그럼 그분께 안내를 부탁할까? 그리고 아저씨 말고 세자르라고 불러주렴."

 기겁한 알레한드로는 등을 구부린 채 뒤로 폴짝 뛰었다. 그 자세 그대로 땅에 닿자마자 총총 뛰어 이사벨 앞을 지키듯이 막아섰다. 이사벨은 알레한드로 옆으로 얼굴을 내밀고 호기심이 가득한 눈으로 세자르를 살펴보았다. 알레한드로가 끝이 뭉툭한 송곳니를 내비치며 말했다.
 "누군지 모르지만 거기 서. 더 다가오면 나도 가만있지 않을 거야."
 세자르가 걸음을 멈추고 네 발을 모아 앉았다.
 "원하신다면 그렇게 하지요."
 나는 알레한드로에게 다가갔다.
 "알레한드로. 제가 데려온 거예요. 물어볼 게 있대요."
 "네. 여쭐 게 있어 찾아뵀습니다. 나비가 그러더군요. 어르신이 여기서 가장 똑똑한 분으로 모르시는 게 없다고."
 세자르는 공격하지 않겠다는 뜻으로 눈을 천천히 감았다 떴다. 잠시 멍했던 알레한드로 역시 눈을 끔벅거려 화답했다. 그는 몸을 원래대로 되돌리고 세자르와 마주앉았다.
 "이 늙은이가 아는 게 뭐가 있다고. 그래, 알고 싶은 게 뭔가?"
 세자르가 한 걸음 앞으로 나섰다.
 "그 전에 소개부터 하는 게 예의겠지요. 제 이름은 세자르입니다."

"세자르라면… 왕의 이름이 아닌가?"

"똑똑한 분이라더니 역시 알아주시는군요. 하지만 우연히 얻은 이름일 뿐입니다. 특별한 의미는 없습니다."

"우리 모두는 우연히 이름을 얻지. 그럼에도 왕의 이름을 얻었다는 건 대단한 일이야. 인간이 자네를 인정했다는 뜻이니까. 내 이름은 알레한드로. 아주 오래전에 서쪽 땅 대부분을 영역으로 삼았던 인간의 이름이라네. 그 이름으로 불러주게."

"알레한드로. 어르신과 잘 어울리는 이름이군요. 말씀하신 대로 그 이름으로 부르겠습니다."

알레한드로가 헛기침했다.

"흠흠. 그런데 자네는 어디에서 왔나?"

"아주 먼 남쪽입니다. 태양이 높이 뜨는 곳으로 한낮에는 수염이 타들어 갈 만큼 뜨겁답니다. 저는 그곳에서 달이 열 번 뜨고 지는 동안 쉬지 않고 걸어왔어요. 그러니 제가 떠나온 곳을 설명해도 알레한드로는 모르실 겁니다."

"달이 열 번이나 뜨고 졌다니… 그렇게 먼 거리를? 대단하군. 그런데 자네는 왜 떠난 겐가?"

"여행을 떠났습니다. 가야만 할 곳이 있거든요."

알레한드로가 인상을 찌푸렸다.

"여행 중이라… 그럼 자네는 떠돌인가?"

세자르가 나를 보며 미소를 지었다.

"여기서는 한곳에 매여 있지 않으면 무조건 떠돌이 취급이군요. 하지만 전 떠돌이가 아닙니다. 떠돌이는 목적지가 없지만 전 있으니까요. 되도록 여행자라고 불러주십시오."

이사벨이 알레한드로 곁으로 다가와 세자르를 향해 코를 내밀었다.

"이런 냄새는 처음인걸. 고약하지는 않지만 코를 후벼파는 것처럼 날카로워. 알, 고 못된 녀석과 붙어볼 만한 냄새야. 세자르라고 했나? 여행자를 자처한 고양이가 요 아랫동네에서 우두머리들을 죄다 쫓아냈다는데, 그 고양이가 혹시 자네 아닌가?"

"우두머리라구요? 믿을 수가 없군요. 그 멍청한 놈들이 우두머리라니. 전 그저 길을 물어봤을 뿐인데 전부 쥐약이라도 처먹었는지 말이 끝나기도 전에 다짜고짜 덤비더군요. 남의 말이라면 귀부터 막는 놈들이었습니다."

세자르가 오른쪽 앞발을 들어 날카로운 발톱을 내보였다.

"결국 다들 교훈을 얻었죠."

알레한드로가 엄중한 목소리로 말했다.

"나는 소란을 원치 않네. 소란은 질서를 망가뜨리지. 모든 것이 예측불허인 이 길바닥에서 질서야말로 우리를 지켜주지. 나는 질서를 신봉한다네. 그러니 이곳에 있는 동안에는 소란을 피우지 말아 주게. 약속할 수 있겠나?"

"저도 소란을 좋아하지 않습니다. 귀찮거든요. 그놈들과 싸운 건 놈들이 먼저 건드렸기 때문입니다. 그렇지 않다면 제가 나서서 소란을 피울 이유는 없습니다. 하지만 알레한드로가 원하시니 소란을 피우지 않겠다고 약속하겠습니다."

알레한드로가 고개를 끄덕였다.

"좋아. 그럼 내게 묻고자 하는 게 뭔가?"

"동물원에 가는 길을 알고 싶습니다."

알레한드로가 한쪽 눈을 치켜떴다.

"동물원? 동물원이 뭔가?"

"동물원은 말 그대로 동물들이 모여 사는 곳입니다. 인간들이 여러 땅에 사는 동물들을 모아 그곳에 살게 했지요."

알레한드로가 콧방귀를 뀌었다.

"흥. 동물원이라니, 말도 안 되는 소리일세. 생각해 보게. 어떻게 천적과 같이 살 수 있단 말인가. 쥐가 고양이와 살기를 원하겠는가. 어찌어찌 그렇게 하더라도 고양이가 쥐를 가만두겠는가. 눈앞에서 먹이가 알짱거리는데? 그러니 동물원은 존재할 수 없네."

그런 반응이 익숙한지 세자르의 표정은 담담했다.

"알레한드로도 모르시다니. 나비 말처럼 똑똑한 분이라면 아실 줄 알았는데. 생각해 보면 당연할 수도 있겠네요. 평생 여기서만 살았을 테니 누군가 동물원에 대해 알려주지 않는다면 모르실 수밖에. 동물원이 존재할 수 없는 이유가 천적과 함께 살지 못하기 때문이라고 하셨나요? 그러나 동물원에서는 가능합니다. 인간들이 그렇게 했으니까요."

알레한드로가 한숨을 내쉬었다.

"그래, 그렇다 치고. 자네는 어째서 그 동물원이란 곳에 가려는 겐가?"

"호랑이를 만날 생각입니다. 호랑이가 그곳에 있거든요."

알레한드로의 눈동자가 커다래졌다.

"자네, 제정신인가? 그 무서운 호랑이를 만나겠다니."

이사벨이 끼어들었다.

"내 살다 살다 자네 같은 엉뚱한 고양이는 처음일세. 그간 떠돌이는 여럿 봤지만 호랑이를 만나겠다고 동물원을 찾아다니는 고양이는 자네가 유일하네. 자네 말마따나 동물원이 진짜로 있다면 아마 내가 먼저 찾아다녔을 거야. 얼마나 멋진 곳일까. 여러 동물이 한자리에 모여 있다니 신기한 동물도 엄청 많겠지? 생각만으로도 가슴이 두근거려. 하지만 나는 이곳에서 누구보다 오래 살았지만 안타깝게도 동물원에 대해서는 듣지 못했네."

"혹시 그곳을 알 만한 고양이나 다른 동물이 있을까요?"

"흠. 만약 동물원이 있다면 인간들은 알겠지. 자네 말이 맞다면 그들이 만들었을 테니. 불행히도 인간들과는 말이 통하지 않으니 물어볼 수가 없지. 아, 까마귀 녀석들이라면 알 수도 있겠군. 녀석들은 워낙 넓은 곳을 돌아다니니까.

하지만 깃털만큼이나 속이 검은 놈들이지. 하는 말은 몽땅 거짓말이고. 비둘기들도 알 가능성이 있지만 입을 닫을 걸세. 녀석들은 고양이라면 치를 떠니까."

"동물원이 이 근처에 있다고 알려준 것도 까마귀였습니다. 그 녀석이 교활하긴 해도 거짓말할 것 같지는 않았습니다. 그래서 녀석의 말을 믿고 여기까지 온 건데, 역시 쉬운 일이 없군요. 아무튼 말씀 감사드립니다. 이제 다른 방법을 찾아보겠습니다."

이사벨이 눈빛을 반짝였다.

"그런데 자네. 알이라고 아나? 알은 이 동네 우두머리지. 내 평생 그놈같이 강한 수컷을 본 적이 없다네. 그 압도적인 체구와 힘이라니. 그간 제법 강하다는 수컷들이 수없이 덤볐지만 모두 알에게 처맞고 쥐새끼처럼 나자빠졌지. 눈에 있는 흉터도 독수리랑 맞장을 뜨다가 생겼다는 소문이 돌 정도니까. 성질도 사나워서 자기에게 덤빌 만한 수컷이라면 새끼라도 봐주는 법이 없다네. 그러니 자네가 눈에 띈다면 가만있지 않을 걸세."

이사벨이 세자르의 귀에 대고 은근한 목소리로 말했다.

"그래서 말인데, 자네 혹시 알 그놈과 싸울 생각이 있나? 자네의 그 냄새라면 놈과 겨룰 만할 텐데. 만약 둘이 싸운다면 나는 자네에게 사료 한 그릇을 걸 걸세."

알레한드로가 쏘아붙였다.

"이사벨! 왜 쓸데없이 싸움을 부추기고 그래?"

이사벨이 알레한드로에게 눈을 흘겼다.

"알과 겨룰 만한 수컷이 나타났는데, 당연히 부추겨야지. 둘 사이에 벌어질 싸움을 생각해 봐. 신나지 않아?"

세자르가 말했다.

"제게 걸어주셔서 감사합니다. 물론 저는 싸움을 마다하지 않습니다. 여기까지 오는 도중에도 꽤 많은 싸움을 치렀지요. 알이라고 하셨나요? 제가 만약 알과 싸운다면 지금 건 사료 한 그릇을 잃으시지는 않을 겁니다. 그러나 알 그 친구와 싸울 일은 없습니다. 지금은 그럴 때가 아니거든요. 겨울이 오기 전에 서둘러야만 하니까요. 동물원에 가는 길만 알게 되면 곧바로 떠날 겁니다."

이사벨이 실망한 표정으로 입맛을 다셨다.

"그것 참 아쉽군. 정말 볼만했을 텐데."

세자르는 알레한드로와 이사벨과 작별한 뒤 동물원을 알 만한 동물들을 찾아 나섰다. 나는 안내를 자처해 먼저 비둘기들이 둥지를 튼 주민자치센터로 그를 데려갔다. 도중에 만난 고양이들은 세자르의 냄새를 맡기 무섭게 기겁하며 달아나 말을 걸 틈조차 없었다. 우리가 주민자치센터 뒷마당에 도착하자 급식소에서 사료를 훔쳐 먹던 비둘기들이 황급히 날아올랐다. 그들은 마당을 한 바퀴 선회하고 이 층 테라스 난간에 쪼르르 앉았다. 세자르는 그 밑에서 동물원을 아냐고 물었지만 비둘기들은 들은 척도 하지 않는 채 자기들끼리 피 냄새가 지독하다고 조잘거렸다. 그다음으로 안내한 성당에는 이 도시에서 인간을 제외하고 가장 나이가 많은 동물로 알려진 까마귀가 살았다. 그런데 매일 십자가에서 졸던 늙은 까마귀가 그날따라 보이지 않았다. 성당 마당에서 돌아서는 세자르의 얼굴에 실망한 기색이 역력했다. 도로를 건너 골목에 들어섰을 때 나는 세자르에게 호랑이를 만나려는 이유를 물었다. 세자르는 새라도 찾는지 하늘을 올려다보며 대답했다.

"보고 싶어서. 이때껏 말로만 들었거든. 시베리아에 관해서 물어볼 것도 있고. 시베리아는 호랑이의 고향이니까."

"시베리아요? 어디에 있는 곳인데요?"

"아주 먼 북쪽에 있어. 네가 지금 생각하는 가장 먼 곳보다 훨씬 멀지. 음, 어떻게 설명할 수 있을까. 내가 아까 달이 열 번 바뀔 동안 여기까지 걸어왔다고 말한 거 기억하지? 너무나 먼 거리였어. 하지만 그것도 시베리아까지 남은 거리에 비하면 겨우 한 걸음을 뗀 정도에 불과해."

세자르가 화단으로 뛰어올라 그 위를 걸어갔다.

"검독수리를 아니? 검독수리는 날개를 펼치면 이 골목을 덮을 만큼 거대한 새야. 하지만 덩치에 어울리지 않게 겁이 많아서 죽은 동물이나 뜯어 먹는 녀석이지. 내게 시베리아를 알려준 게 검독수리야. 녀석의 고향도 시베리아거든. 녀석이 말하길 시베리아에는 숲이 끝없이 펼쳐져 있대. 가도 가도 숲이라는 거야. 그래서 가끔 새들이 하늘에서 떨어진다고 해. 비슷한 풍경을 날다 보면 어느 순간 날갯짓을 잊어버린다는데, 믿기지 않지? 하늘에서 새가 후드득 떨어진다니. 물론 나도 처음에는 허풍이라고 생각했지. 그런데 넓은 들판을 가로지를 때 허풍만은 아니란 걸 알게 됐어. 가도 가도 똑같은 풍경이니까 제자리걸음하는 것 같더라고. 나중에는 걷고 있다는 사실까지 잊게 되었지."

끝없이 넓은 숲이라니…. 콧물을 흘리며 죽어간 얼룩이가 떠올랐다. 시베리아가 세자르 말대로라면 그곳에 사는 고양이는 비를 쫄딱 맞으면서까지 영역을 지키지 않아도 될 것이다. 모든 고양이가 그 끝이 없다는 숲을 공평하게 나눠 가졌을 테니까. 그러나 이사벨은 이 세상이 도시로 뒤덮여 있다고 했다. 세자르와 이사벨, 누구의 말이 옳은 걸까. 끝없는 숲과 끝없는 도시, 어느 쪽이든 상상하기가 쉽지 않았다. 나는 종종걸음을 쳐서 세자르 뒤에 바짝 붙었다.

"세자르. 근데 이사벨이 그랬어요. 이 세상은 거대한 도시라고."

세자르가 걸음을 멈추고 뒤돌아봤다.

"어이가 없네. 어떻게 그런 헛소리를 믿지? 나비야. 잘 들어라. 쥐구멍 속 쥐새끼들은 세상이 어둡고 좁다고 생각한단다. 쥐 굴이 그렇게 생겼으니까. 이사벨도 마찬가지야. 도시에서만 살아서 도시가 세상의 전부라고 믿는 거지."

세자르는 골목을 둘러싼 담장과 주택들을 휘둘러보았다.

"지금 네게도 그렇겠지. 하지만 세상은 네가 생각하는 것보다 훨씬 커. 그 끝이 없다는 시베리아조차 세상의 일부일 뿐이지. 나는 여기까지 오면서 수많은 산을 넘고 들판과 강을 지났어. 도시는 점처럼 작았지. 세상을 밤하늘에 비유하자면 도시는 별에 지나지 않았단다. 산과 들판과 강은 밤하늘의 어둠인 셈이었지. 그러니 점으로 반짝이는 작은 별에 살면서 그 빛에 눈이 멀어버린다면 별을 둘러싼 광활한 어둠을 볼 수 없을 게다."

담장을 타넘은 대추나무 가지를 바람이 흔들었다. 세자르는 바람 냄새를 음미하듯이 코를 씰룩거리고 화단에서 뛰어내려 골목 입구로 향했다. 화단이 끝나고 골목이 넓어진 곳에서부터 나는 세자르와 나란히 걸었다.

"세자르. 그런데 그 먼 시베리아에는 왜 가려는 거예요?"

세자르가 골목 끝에서 도로를 내다보았다.

"그건 내가 호랑이기 때문이지."

알레한드로의 수업에서 고양이의 모든 일족 중에 호랑이가 가장 거대하고 흉포하다고 배웠다. 알레한드로는 모든 짐승을 잡아먹는 짐승이 바로 호랑이라고 했다. 그러나 세자르는 모퉁이에 숨어 오토바이가 지나가길 기다리는 작은 고양이에 지나지 않았다.

"세자르. 하지만…."

"네가 무슨 말을 하려는지 알아. 누가 봐도 고양인데 어떻게 호랑이냐는 거지? 당연히 그렇게 생각할 수밖에. 맞아. 나는 고양이란다. 지금은 말이지. 하지만 눈에 보이는 것만이 다가 아니야."

세자르는 검독수리를 만나고 여행을 시작한 이야기 전부를 들려주었다. 지난겨울 첫눈이 내린 직후였다. 세자르는 눈 덮인 들판에서 족제비 발자국을 쫓다가 짚가리에 숨어 있던 낯선 새와 마주쳤다. 새는 지치고 굶주려 세자르가 다가가도 힘없이 날개를 퍼덕일 뿐 날아오르지 못했다. 그 새가 자신을 검독수리라고 소개했다. 그는 고향인 시베리아를 떠나 남쪽으로 가던 중이었다. 검독수리는 오랫동안 지평선 너머로 사라지는 새들을 관찰한 끝에 땅이 둥글다는 결론을 내렸다고 했다. 그 결론이 옳다면 한 방향으로만 계속 날아가도 둥근 땅을 한 바퀴 돌아 시베리아로 돌아올 수 있었다. 그것을 증명하려고 검독수리는 매년 찾던 월동지를 넘어 긴 여행에 나선 것이었다. 그는 세자르가 자신의 고향 시베리아에 사는 호랑이를 닮았다고 말했다. 세자르는 그때 처음으로 호랑이를 알게 되었다. 검독수리로부터 호랑이의 생김새와 습성, 그리고 모든 동물이 벌벌 떤다는 사냥 실력에 대해 듣는 동안 기이하게도 가슴이 두근거렸다. 이야기가 끝나자 세자르는 자신도 호랑이가 될 수 있냐고 농담조로 물었다. 그런데 검독수리는 진지한 목소리로 시베리아의 깊은 숲속에서 몇몇 동물이 인간으로 변했다는 소문을 들었다며 고양이가 호랑이로 변하는 것도 가능할 것이라고 대답했다. 세자르는 궁지에 몰린 수다쟁이의 허무맹랑한 소리로 치부하고 웃어넘겼다. 그렇지만 시베리아와 호랑이 이야기를 듣는 순간은 즐거웠다. 호랑이가 되어 끝없이 넓은 땅을 거침없이 질주하는 꿈을 꿀 수 있다면 그것으로 족했다. 검독수리는 배가 고프다고 자주 뻗대듯이 이야기를 멈췄고 그때마다 세자르는 들쥐와 산비둘기 등을 잡아다 주었다. 며칠 후 기력을 회복한 검독수리는 한낮의 태양을 향해 날아갔다. 그는 언젠가 시베리아에 돌아갈 테니 그곳에서 만날 수 있기를 바란다는 말을 남겼다.

 세자르의 보금자리인 농막 앞에는 너른 들판이 펼쳐져 있었다. 들판의 북쪽 끝에는 높은 산이 이쪽과 저쪽의 경계로 서있었다. 새끼 때부터 봤던 터라 관심을 두지 않았던 그 산이 검독수리를 만난 뒤로는 신경 쓰였다. 산 너머는 어떤 곳일까. 그곳엔 무엇이 있을까. 어느 날 그 질문들을 떠올린 세자르는 산을 향해 걷기 시작했다. 산꼭대기에 올라 그 너머를 보고 답을 찾은 뒤 곧바로 돌아올 생각이었다. 세자르는 밤새 들판을 가로질러 막 떠오른 태양이 산꼭대기를 비췄을 때 그곳에 올랐다. 그의 눈앞에 펼쳐진 것은 아침 햇살에 물든 또 다른 들판과 산이었다. 뒤에 있는 풍경과 크게 다르지 않았지만 세자르는 실망하지 않았다. 첫걸음에 그곳까지 온 자신이 대견했고 다음 산꼭대기 너머는 다를 수도 있다는 새로운 희망에 부풀었기 때문이었다. 세자르는 들판을 훑으며 불어오는 바람을 가슴 깊숙이 들이마시고 산비탈을 내려갔다.

세자르가 최초로 포효를 들은 곳은 기둥이 쓰러질 것처럼 기운 폐가였다. 바람이 기와를 들추는 소리가 귀신들이 수런거리는 소리로 들렸다. 세자르가 마루 밑에서 그 소리에 자다 깨기를 반복하는데 어디선가 짐승이 큰소리로 울부짖었다. 소스라치게 놀란 그는 벌떡 일어나 그 짐승을 찾아 두리번거렸다. 마루 밑과 마당과 대문 밖까지, 그 포효를 터뜨렸을 만한 짐승은 보이지 않았다. 세자르는 언덕 밑에 자리한 마을에서 개가 짖은 소리를 잠결에 착각했다고 지레짐작했다. 그러나 그곳을 떠난 뒤에도 포효는 계속됐다. 잘 때는 물론이고 깨어 있을 때도 들렸다. 앞발로 귀를 덮어도 막을 수 없었다. 오랜 생각 끝에 세자르는 그 포효가 자신의 내부에서 들린다고 결론지었다.

"지금도 그런가요?"

세자르는 깍깍 소리가 난 하늘을 올려다보며 대답했다.

"가끔. 그런데 북쪽으로 올라올수록 더 커지더라. 서두르라고 재촉하듯이 말이지. 그래서 시베리아에 도착하면 어떻게 될까 궁금하기도 해."

까치가 주택 너머에서 날아와 도로 건너에 서있는 전봇대 위에 앉았다. 전봇대 밑으로 달려가 까치에게 말을 거는 세자르를 보며 나는 생각했다. 검독수리의 말은 사실일까. 시베리아에서 고양이는 호랑이가 될 수 있을까. 그런데 속으로 시베리아를 발음할 때마다 몸 안쪽이 커졌다가 줄어드는 박동이 느껴졌다. 몸안에 있는 또 다른 내가 답답함을 견디지 못해 내벽을 밀쳐 대는 느낌이었다. 나는 오른쪽 앞발을 들어 눈앞으로 가져왔다. 솜털이 드문드문 남은 발은 여전히 작고 연약했다. 그러나 그 발로 끝없는 숲을 마음껏 달리면 호랑이가 된 것처럼 무엇도 두렵지 않을 것 같았다.

까치는 가보지 않은 곳이 없다고 떠벌렸지만 동물원만은 알지 못했다. 세자르는 실망한 표정으로 돌아섰다.

"여기가 아닌가…"

그때 우리 앞쪽에 있는 문방구 문이 벌컥 열렸다. 그 안에서 어린 인간 세 명이 밖으로 나와 손에 쥔 모형 권총을 서로에게 보여주며 재잘거렸다. 검은 고양이는 재수가 없다며 내게 유리 조각을 던졌던 그 아이들이었다. 나는 유리 파편에 맞은 기억이 떠올라 그 자리에 멈췄다. 이상한 낌새를 눈치챈 세자르의 눈이 나와 아이들을 바삐 오갔다. 한 아이가 권총으로 이곳저곳을 겨누다 나를 보았다.

"어, 그 고양이다."

다른 두 아이의 눈길도 내게 쏠렸다.

"어, 진짜네?"

"노란 고양이도 있는데?"

첫 번째 아이가 신경질적인 목소리로 말했다.

"아, 씨. 또 째려보네. 존나 재수 없게. 야, 누가 맞추는지 내기할래?"

"콜."

"좋아. 마빡 한가운데에 박아주지."

아이들이 모형 권총을 내게 겨누고 방아쇠를 당기자 탁탁탁 소리가 났다. 총알은 속도가 너무 빨라서 공중에 죽죽 그어지는 흰 선으로만 보였다. 나를 지나친 총알들이 도로에 떨어져 톡톡 튕길 때 비로소 그 둥근 모양이 드러났. 세자르가 말했다.

"플라스틱 총알이군. 그래도 맞으면 제법 아프겠는걸."

"세자르. 전에 유리 조각을 던졌던 아이들이에요. 도망치는 게 좋겠어요."

"흠. 그랬단 말이지. 아주 못된 녀석들인걸. 저런 녀석들에겐 교훈이 필요하지. 길고양이를 만만히 여기지 않도록. 잘 보렴. 녀석들을 어떻게 다루는지."

세자르가 불현듯 아이들을 향해 걷기 시작했다. 나는 다급한 목소리로 외쳤다.

"세자르. 지금 뭐 하는 거예요?"

세자르는 대답하지 않고 느긋하게 계속 걸었다. 아이들이 내게 그랬듯이 세자르를 공격할까 봐 나는 마음을 졸였다. 아이들은 권총을 가슴께로 내리고 어안이 벙벙한 표정으로 세자르를 쳐다보았다. 세자르가 점점 가까워지자 아이들의 눈동자가 불안하게 흔들렸다. 한 아이가 말했다.

"뭐야? 저 새끼."

그 말을 알아들었다는 듯이 세자르가 우뚝 멈춰 섰다. 아이들이 딱딱했던 표정을 풀고 실실거렸다.

"존나 어이없네."

"저런 새끼는 혼을 내줘야 해. 도둑고양이 주제에 감히."

아이들은 짓궂게 히죽거리고 모형 권총을 들어 세자르에게 겨누었다. 아이들과 세자르의 거리가 가까워 이번에는 총알이 빗나가지 않을 것이다. 내가 조심하라고 소리치려는 그때 세자르가 느닷없이 괴성을 지르며 아이들에게 달려들었다. 인간처럼 뒷발로 뛰며 앞발을 마구 휘둘렀는데 광기에 사로잡힌 것 같았다. 내가 보기에도 겁이 날 정도였다. 가늠좌 뒤에서 세자르를 노리던 눈들이 휘둥그레졌다.

"으아아악!"

"엄마!"

"우아아아악!"

누구를 가릴 것 없이 혼비백산한 아이들이 비명을 지르

며 달아났다. 세자르는 달려들던 기세와 달리 아이들을 몇 걸음 뒤쫓다 걸음을 멈췄다. 그가 네 다리를 벌리고 서서 머리를 꼿꼿이 든 채 부릅뜬 눈으로 아이들을 쳐다보는 모습이 잿빛 고양이를 이긴 직후의 알에게 결코 뒤지지 않았다. 아이들은 편의점 모퉁이 뒤에서 몸을 들썩이며 손등으로 입가를 훔쳤다. 숨을 돌린 아이들이 권총으로 세자르를 가리키며 미친 고양이 운운했다. 나는 종종걸음으로 세자르에게 다가갔다.

"세자르. 어떻게 그럴 수 있어요? 세자르처럼 인간을 달아나게 만든 고양이는 들어본 적도 없어요. 아마 이사벨도 그럴걸요. 세자르는 인간이 무섭지 않아요?"

"내가 누구랬지? 바로 동물의 왕, 호랑이야. 그 왕이 저 코흘리개들을 무서워한다면 그거야말로 웃긴 일이지. 내 아직은 고양이라 코흘리개들이나 겁주는 정도지만 시베리아에서는 다를 거야. 그때는 모든 인간이 벌벌 떨겠지."

세자르가 내게 머리를 기울이며 얄궂은 미소를 지었다.

"실은 네가 생각한 것만큼 대단한 게 아니야. 저 아이들은 너와 다르지 않거든. 어리단 말이지. 네가 어리기 때문에 약하다고 믿듯이 저 아이들도 그래. 그 믿음이 자신들보다 체구가 훨씬 작은 내게 겁먹게 한 거야. 나는 그 믿음을 파고들었을 뿐이지. 어쩌면 너도 할 수 있을 거야. 물론 네가 먼저 겁먹지 않아야겠지만."

아이들은 스스로를 어떻게 믿든 결코 약하지 않았다. 우리 고양이보다 덩치가 크고 힘이 세서가 아니라 바로 어른 인간들의 보호를 받기 때문이었다. 그 이름도 무서운 미친 개가 아이를 공격했다는 이유로 어른 인간들의 손에 죽을 뻔했다. 아이들을 건드리는 것은 어른 인간들을 건드리는 것과 매한가지였다. 세자르는 어른 인간들이 두렵지 않은 것일까. 대체 어떤 일을 겪었기에 저 작은 몸에 그런 대담함이 깃들었을까. 나는 세자르와 그의 여행이 궁금해졌다.

세자르와 함께 영역을 한 바퀴 돌았지만 동물원에 대한 정보는 실마리조차 얻을 수 없었다. 우리는 말귀가 어두운 암고양이를 마지막으로 소득 없는 탐문을 끝내고 근처인 식당가 맞은편 골목 급식소에서 배를 채웠다. 식후 몸단장을 마친 세자르는 북쪽을 향해 수염을 뻗었다. 그의 수염 끝이 파르르 떨며 떠오르다 가라앉았다. 세자르가 짜증난 얼굴로 전선을 올려다보았다.

"아, 저게 계속 걸리적거리네. 이래서 도시는 싫다니까."

그는 내게 말했다.

"나비야. 이제 헤어질 시간이네. 잘 있으렴."

나는 세자르가 그렇게 빨리 떠날 것이라고 예상하지 못했다. 눈을 깜빡이며 멍해 있다가 뒤늦게 정신을 차리고 골목 안쪽으로 걸어가는 세자르를 따라붙었다.

"세자르. 좀 더 머물면 안 돼요?"

세자르는 나를 쳐다보지 않고 대답했다.

"볼일이 끝났으니 떠나야지."

"동물원은요? 동물원을 찾는다면서요. 개들은 알지도 몰라요. 개한테는 물어보지 않았잖아요."

"개? 까치도 모르는데 갇혀 사는 녀석들이 알 리가 있나. 그 녀석들이 맨날 하는 소리라곤 우리 주인님이 나를 얼마나 사랑하는 줄 알아 따위지."

"그럼 까마귀를 찾아보는 건 어때요? 까마귀라면 동물원을 알 거라면서요."

세자르는 콧방귀를 뀌고 골목 끝에서 도로를 건넜다. 그 도로 한쪽에 서있는 장미 울타리를 뚫고 나가면 인간들이 버리고 떠난 공장이었다. 그 공장 뒤에 있는 왕복 사차선 도로를 경계로 그 너머는 망치란 이름을 가진 수고양이의 영역이었다. 그곳의 일원이 아닌 나로선 도로를 건넌 세자르를 쫓아갈 수 없었다. 세자르가 장미 울타리를 비집고 들어가자 나는 조급해졌다.

"세자르. 며칠만 더 머물면 마릴린을 소개해 줄게요. 마릴린은 엄청 예쁜 암컷이거든요."

급한 마음에 되는대로 지껄인 말이 효과가 있었다. 세자르가 걸음을 멈췄다.

"오호. 지금까지 네가 한 제안 중에서 가장 끌리네."

"정말이요? 그럼 더 머물 건가요?"

"아니. 그럴 수 없어."

세자르가 하늘을 올려다보았다. 쐐기꼴로 늘어선 새들이 북쪽에서 날아오고 있었다.

"겨울이 가까워지고 있어. 하루라도 서둘러야 해."

나는 애가 탔다.

"그럼 겨울을 여기서 나는 건 어때요?"

세자르가 눈을 들었다.

"떠나야 할 다른 이유가 나타난 것 같군."

세자르의 시선을 쫓아 뒤를 돌아봤다. 공장 건물들 사이에서 알이 걸어오고 있었다. 그의 걸음을 따라 어깨와 등과 꼬리가 차례로 일렁거렸지만 머리만은 움직이지 않고 세자르에게 고정되어 있었다. 왼쪽 눈꺼풀 위아래로 나뉜 흉터가 합쳐져 보일 만큼 눈이 가늘었다. 치즈와 까미는 재밋거리를 기대하는 들뜬 표정으로 알을 뒤따랐다. 알은 대여섯 걸음 떨어진 곳에서 멈춰 섰다. 그는 콧바람을 내뿜고 나를 노려보았다.

"흥. 분명히 죽은 듯이 지내라고 경고했을 텐데, 떨거지나 쫓아다니다니. 죽고 싶어서 환장을 했군."

알이 세자르에게 눈을 돌렸다.

"네놈이냐? 촌놈 냄새를 뿌리고 다니는 놈이."

세자르가 오른쪽 앞발을 들고 겨드랑이에 코를 들이댔다.

"아무 냄새도 안 나는데?"

알의 눈이 더욱 가늘어졌다.

"허세 부리기는. 네놈이 할 수 있는 게 그것뿐이겠지만."

"나같이 진실한 고양이에게 허세라니, 그거 실례야."

"입만 살았군. 건방진 자식."

세자르의 표정은 차분했다.

"네가 알이로군. 이곳의 우두머리라는."

"맞아. 내가 우두머리지. 그러는 네놈은 어디서 온 떨거지지?"

"떨거지라니, 그것도 실례야. 동물원을 찾아왔을 뿐이니까. 이 근처에 있다고 들어서. 혹시 동물원에 대해 알아?"

알이 고개를 저었다.

"동물원이라, 처음 듣는군."

"하긴 네가 알 리가 없지. 우두머리란 놈들은 자기 영역이 전부인 줄 아는 멍청이들이니까. 동물원은 동물들이 모여 사는 곳이야. 그곳에 있는 호랑이에게 볼일이 있거든."

"헛소리. 호랑이는 결코 다른 동물이랑 살지 않아. 잡아먹을 뿐이지."

알이 머리를 낮추고 세자르를 향해 한 걸음 내디뎠다.

"동물들이 모여 산다니, 말이 되는 소리를 해야지. 있지도 않은 걸 찾는다는데 내가 믿을 거 같아? 동물원이니, 호랑이니 다 핑계겠지. 네놈도 내 영역을 노리는 떨거지가 틀림없어."

세자르가 한숨을 내쉬었다.

"우두머리들은 이놈이나 저놈이나 다 똑같군. 남의 말은 아예 듣지를 않으니. 휴, 이래서 얼른 떠나려고 했던 건데 귀찮게 됐군. 네놈 말이 맞다면 어쩔 건데?"

"그동안 수많은 떨거지가 내 영역을 노렸지. 내가 그놈들을 어떻게 했을 거 같아? 그래, 반쯤 죽여 놓았지."

졸개들이 뒤로 물러났다.

"두목. 저 촌놈에게 본때를 보여줘."

"어이, 떨거지. 넌 끝장난 거야. 네까짓 게 두목한테 상대나 될 거 같아?"

치즈는 엉덩이를 바닥에 붙여 앉고 까미는 앞다리를 쭉 뻗은 자세로 배를 깔고 엎드렸다. 그들은 승부가 빤한 싸움의 구경꾼들처럼 보였다. 나는 같은 이유로 마음이 조마조마했다. 알은 모든 싸움에서 이겼다니 이번에도 그럴 것이다. 알의 승리를 의심할 수 없었던 다른 이유는 둘의 체구 때문이었다. 고양이들의 싸움은 체구의 차이가 승패를 갈랐다. 싸움에 앞서 등을 들어올리고 털을 부풀리는 것도 체구가 커 보이게 해 기선을 제압하기 위해서였다. 그런데 세자르는 똑바로 서있는데도 귀 끝이 알의 귀뿌리에 닿을락 말락했다. 세자르의 다부진 몸도 알과 한눈에 담아 비교하자 어딘가 부족한 느낌이었다. 세자르가 제아무리 노련한 사냥꾼 냄새를 풍기고 어린 인간들을 달아나게 할 만큼 대담해도 체구 차이를 극복하기는 어려웠다. 나는 싸움이 시작되기도 전에 정해진 세자르의 패배가 안타까웠다.

"세자르…."

세자르는 알에게서 눈을 떼지 않았다.

"걱정하지 마라. 덩치 빼고는 아무것도 없는 놈이니까."

알이 머리와 몸을 낮췄다.

"걱정해야 할걸."

알은 앞발을 뻗으면 닿을 정도까지 세자르와의 거리를 좁혔다. 알의 입에서 신경을 긁는 날카로운 울음소리가 흘러나왔다. 세자르의 눈은 음식물 쓰레기장에서 시궁쥐를 보던 그때처럼 단단했다.

"그 지겨운 노래는 언제까지 부를 거지?"

알의 울음소리가 뚝 그쳤다.

"시건방진 놈."

내가 숨을 들이켜자마자 알이 뒷다리로 튕기듯이 뛰쳐나왔다. 세자르는 침착하게 어깨를 틀어 알의 발톱을 흘려보냈다. 그 순간 드러난 빈틈으로 세자르가 앞발을 날렸다. 알의 가슴에서 뜯긴 흰털이 둘의 머리 위에서 흩날렸다. 싸움은 금방 격렬해져서 나는 눈을 깜빡이는 것조차 잊었다. 그럼에도 세자르가 앞발로 알을 감싸 패대기친 후로는 제대로 보지 못했다. 둘이 치고받는 움직임을 눈이 쫓아갈 수 없었기 때문이었다. 내가 본 것이라곤 세자르와 알이 서로에게 날린 앞발의 잔영들뿐이었다. 그 잔영들이 사라지고 흩날리던 털이 바닥에 내려앉자 싸움이 멈췄다. 알이 드러눕다시피 등을 바닥에 대고 있었다. 세자르는 그 곁에서 언제라도 내리칠 듯이 앞발을 들고 알을 내려다보았다. 둘은 그 찰나에 붙들린 것처럼 미동이 없었다. 치즈와 까미는 여유롭게 구경하던 모습 그대로 굳어 눈을 부릅뜬 채 입을 딱 벌리고 있었다. 모르긴 몰라도 내 표정 또한 그들과 다르지 않았을 것이다. 치즈와 까미와 나, 그리고 알까지도 어떤 상황인지 몰라 멍했던 잠깐이 지나갔다. 알이 낮은 목소리로 웅얼거리더니 뒷발을 마구 내질렀다. 무적이라고 불렸던 알이 세자르에게 져서 몸부림을 치고 있었다. 내 가슴에서 화르르한 열기가 온몸으로 퍼져 갔다. 세자르의 표정은 변함없이 차분했다. 승패를 진지하게 받아들인 얼굴이었다.

"끝난 거 같은데. 더 할 테냐?"

알은 세자르를 노려보았지만 그 눈에 싸울 의지는 남아 있지 않았다. 세자르는 앞발을 내리고 한 걸음 물러났다.

"좋아."

알은 세자르가 공격 범위 바깥으로 물러나기를 기다렸다가 천천히 일어났다. 가슴에 고였던 피가 바닥에 떨어졌지만 알은 그것도 모를 정도로 넋이 나가 있었다. 어찌 보면 패배한 뒤에 지어야 할 표정을 알지 못하는 것 같기도 했다. 알은 세자르와 나를 차례로 쳐다본 뒤 몸을 돌려 걸어갔다. 치즈와 까미는 당황한 표정으로 알과 세자르를 번갈아 보다가 쭈뼛거리며 알을 따라갔다. 그들이 공장 건물 모퉁이를 돌자 세자르가 한숨을 내쉬었다.

"휴, 역시 보통 놈은 아니었어."

나는 세자르에게 뛰어갔다.

"세자르. 알을 이기다니, 믿기지 않아요."

세자르가 미소를 지었다.

"내가 그랬잖아. 걱정하지 말라고. 설마 너, 내가 질 줄 알았던 거냐?"

"알은 지금까지 한 번도 진 적이 없었거든요. 저뿐만 아니라 누구라도 알이 이길 거라고 생각했을 거예요."

"덩치를 봐서는 나라도 그렇게 생각했을 거야. 덩치만 빼면 아무것도 아니라고 했지만 사실 녀석은 제법 강했어. 그래서 나중에 골치가 아플 수도 있을 거 같아."

"네?"

세자르는 알이 사라진 모퉁이를 바라보았다.

"그놈이 처음 졌다고 했지? 아마 충격이 컸을 거야. 그놈처럼 한 번도 진 적이 없는 수컷들은 첫 패배의 충격에서 쉽게 벗어나지 못해. 패배를 부정하거나 상대가 비겁한 수를 썼다면서 현실을 회피하지. 어느 경우나 놈들은 복수를 하려고 들어. 그때 물불 가리지 않는 놈을 여럿 봤단다. 나는 알이 그렇게 되지 않기를 바라지만 떠나는 놈의 표정을 보니…. 만약 놈이 복수에 나선다면 나는 이곳에 없을 테니까 그 불똥이 튈 곳은 너지. 그래서 골치가 아플 수도 있다고 한 거야."

세자르에게 패배한 알은 더 이상 무적이 아니었다. 당장은 어렵겠지만 언젠가 내 힘으로 알을 이기는 것이 터무니없지는 않을 것이었다. 알이 두렵지 않다고 말하려는데 이사벨이 장미 울타리를 뚫고 나타났다. 이사벨은 울타리에 뒷다리를 묻고 서서 기대가 가득한 눈으로 마당을 둘러보았다. 알레한드로가 이사벨 옆으로 얼굴을 내밀었다.

"거봐. 늦었다니까."

이사벨이 울타리를 빠져나와 세자르에게 다가왔다.

"벌써 끝난 거야?"

세자르가 이사벨을 맞아들이듯이 한 걸음 나섰다.

"싸움을 보려고 오신 건가요? 그렇다면 안타깝군요. 싸움은 이미 끝났습니다. 이사벨이 오실 줄 알았다면 기다렸다가 싸울 걸 그랬군요."

"그래? 아이고, 아까워라. 볼만했을 텐데."

이사벨이 알레한드로에게 눈을 흘겼다.

"하여간 저 느림보 영감탱이. 그렇게 꾸물거리더니 결국 좋은 구경거리를 놓쳤네, 그려."

이사벨이 다시 세자르에게 물었다.

"그래, 누가 이겼어?"

"내기는 아직 유효한가요? 축하드립니다. 사료 한 그릇을 버셨군요."

알레한드로가 바닥에 떨어진 알의 핏방울에 코를 대고 말했다.

"이럴 수가. 믿을 수 없는걸."

나는 외쳤다.

"세자르요. 세자르가 이겼어요."

이사벨이 물었다.

"어떻게 이긴 거야?"

나는 목격자임을 뽐내며 알이 주차장을 가로질러 오는 장면부터 이야기했다. 어느새 내 이야기에 심취해 싸움을 몸으로 재연했다. 알이 앞발을 날리는 장면에서는 알을, 세자르가 알의 공격을 피하고 반격하는 장면에서는 자리를 바꿔 세자르를 연기했다. 승패가 갈린 장면에서는 마치 내가 싸움에서 이긴 것처럼 거만한 눈으로 보이지 않는 알을 내려다보았다. 알이 꼬리를 질질 끌면서 달아나는 모습을 마지막으로 재연을 마치자 이사벨이 탄성을 터뜨렸다.

"대단하군. 대단해. 알을 이기다니. 놈은 여태 적수가 없었는데 말이지."

"강하긴 하더군요. 하지만 적수가 없는 정도는 아니었습니다. 이곳만 벗어나도 알보다 강한 동물은 널리고 널렸으니까요. 말씀하신 소문도 아마 헛소문일 겁니다. 녀석이 정말로 독수리와 싸워서 흉터나 얻고 끝날 정도라면 지금보다는 훨씬 강해야 하거든요."

잠자코 듣던 알레한드로가 입을 열었다.

"이제 우리는 우두머리를 잃었군. 세자르, 자네가 새로운 우두머리가 될 텐가?"

"싫습니다. 코딱지만한 영역을 뺏길까 두려워 맨날 순찰하는 짓은 따분하기만 합니다. 암컷들을 쫓아다니며 엉덩이 냄새나 맡고 새끼들을 재미 삼아 겁주는 짓도 체질에 맞지 않구요. 저는 무엇에도 얽매이지 않고 자유롭게 여행하는 게 좋습니다. 우두머리에는 저보다 알레한드로가 더 잘 어울릴 겁니다."

"제 발로 얻은 우두머리보다 떠돌이가 좋다니, 어처구니가 없군. 자네에겐 숙명이란 게 있기는 한가?"

세자르는 머리를 좌우로 돌려 뭔가를 찾는 시늉을 했다.

"숙명이 어디에 있더라. 여기에 있나? 아니, 이쪽인가?"

알레한드로는 기가 막힌다는 듯이 헛웃음을 터뜨렸다. 세자르가 말했다.

"이곳엔 없군요. 어쩌면 아예 없을지도 모릅니다. 전 숙명이란 자신의 발로 만드는 것이라고 믿습니다. 제가 가는 길이 숙명이라고요. 그런데 알레한드로가 말씀하신 정해진 숙명이 실재한다면 제 숙명은 이곳이 아닌 다른 곳에 있을 겁니다. 여기서 아주 먼 곳이죠. 저는 그 숙명을 찾아 그곳으로 가야만 하죠. 그러니 우두머리 같은 쓸데없는 것에 쏟을 시간이 없습니다."

나는 소리쳤다.

"세자르!"

"나비야. 네 마음은 알지만 어쩔 수 없어. 여기는 동물원을 찾느라 잠시 들렀을 뿐이니까."

이사벨이 세자르의 앞발을 살펴보았다.

"지금 떠나는 건 무리일 텐데."

"네?"

"자네 앞발 말이야. 피가 흐르잖아. 상처를 입은 겐가?"

세자르의 발톱에서 피가 흘러 오른쪽 앞발이 빨갛게 물들어 있었다. 나는 말했다.

"세자르. 피가 나요. 언제 다친 거예요?"

세자르는 혀로 상처를 할짝거렸다.

"별거 아냐. 이까짓 상처는 침 바르면 나아."

이사벨의 눈이 가느스름해졌다.

"쉽게 생각할 상처가 아닌 거 같은데. 발을 휘둘러보게."

세자르는 상처를 입은 앞발을 휘두르다 인상을 찡그리며 신음을 내뱉었다. 이사벨이 고개를 끄덕였다.

"거 보게나. 상처가 생각보다 깊지. 젊은 수컷들은 상처를 곧잘 무시하지. 그 탓에 죽음을 자초하고 말아. 여기서 머무르게나. 이곳은 먹이가 풍부하고 안전해서 상처를 치료하기 좋을 걸세.

"하지만 저는…."

이사벨이 세자르의 말을 끊었다.

"자네는 아랫동네 우두머리들은 물론 알까지 이길 정도로 용맹하지. 하지만 상처를 입은 채 길을 나서는 건 용맹이 아니야. 그것은 무모한 짓이지. 나는 아주 오래 살았다네. 그 세월 동안 무모한 수컷들이 가장 먼저 죽었지. 명심하게. 용맹함과 무모함은 비슷해 보여도 전혀 다른 것이라네.

12

 세자르는 창고 안에 있는 내 보금자리에서 잠을 자며 한낮을 보냈다. 환풍구로 흘러든 노을이 벽을 타고 올라가 천장 밑에서 사라지면 잠에서 깨 상처가 난 앞발을 정성껏 핥았다. 그 뒤에는 여자가 준 사료를 나와 나눠 먹고 산책에 나섰다. 그는 저녁이면 거대한 불덩어리로 변하는 식당가를 좋아했다. 형형색색으로 휘황한 간판과 불빛들을 신기한 양 둘러보는 모습이 자신을 소개한 그대로 딱 여행자였다. 구불구불한 골목들과 공영주차장 지붕과 참새 떼가 들락거리는 주택의 처마를 기억을 들추는 눈으로 보며 여행 이야기를 들려주기도 했다. 도마뱀을 추적하다 들어간 동굴에서 거대한 황금박쥐와 싸우고 지평선으로 뚝 떨어지는 해를 향해 달리다 늪 괴물에 걸려 죽을 뻔하고 하늘에서 군무를 추는 수만 마리의 오리를 쫓던 중 기괴하게 날아다니는 은빛 쟁반을 보았다는 이야기였다. 나는 그 이야기를 들을 때면 세자르와 함께 모험하는 기분이었다.

며칠이 흘러 세자르는 상처를 입었던 앞발로 나뭇가지를 후려쳐도 더 이상 얼굴을 찡그리지 않았다. 잔디밭을 힘껏 달리다 새를 낚아채듯이 공중으로 풀쩍 뛸 수도 있었다. 공원의 느티나무를 한달음에 올라갔다가 내려오는 마지막 시험을 치르고 흡족한 표정으로 둥글게 말아 쥔 앞발을 혀로 할짝거렸다. 그 순간을 기다렸던 나는 싸우는 법을 가르쳐 달라고 부탁했다. 세자르가 내 얼굴을 빤히 보았다.

"설마 알과 싸우려는 거니?"

"저번에 세자르가 그랬잖아요. 알이 복수할 거라고."

"그랬지. 틀림없을 거야. 그놈은 그럴 놈이니까. 나도 그 싸움 이후 줄곧 생각했어. 언젠가 놈이 돌아올 텐데 그때 놈의 분풀이를 네가 감당할 수 있을지 말이야. 그래서 말인데 납작 엎드려서 복종하겠다고 빌면 어떨까? 놈이 봐주지 않을까?"

나는 결연한 목소리로 대답했다.

"그럴 수는 없어요."

"자존심이 살려주지는 않아."

"알아요. 하지만…"

세자르가 미소를 지었다

"그 대신 살아있을 이유를 주지. 불행인지 다행인지 몰라도 알 그놈은 자존심을 굽힌다고 봐줄 놈이 아니야. 그러니 맞서 싸워야겠지. 그런데 혹시 싸워본 적 있니?"

"얼룩이랑요. 얼룩이는 친구였는데 제 영역을 뺏으려고 해서 싸워야만 했어요."

"누가 이겼니?"

"제가요. 그런데 싸움이라고 할 수 있을지 모르겠어요. 원래 얼룩이는 저보다 훨씬 강한데 그때는 너무 지쳐 있었거든요. 먹이를 먹지 못해 빼빼 마르기도 했구요. 너무 일방적이어서 아예 싸움이 되질 못했어요."

"그래도 싸움은 싸움이다. 경험이 전혀 없는 것과는 다르지. 하지만 알 그놈은 네 친구와 달라. 친구는 선을 넘지 않겠지만 알은 그럴 리 없으니까. 알과 싸우다간 자칫 죽을 수도 있어. 당연히 싸우는 법을 알면 도움이 될 거야. 적어도 반격할 수는 있을 테지. 그런데 이를 어쩌나. 싸움을 배우는 방법은 따로 없거든. 싸움은 오직 사냥을 통해서만 배울 수 있어."

"사냥이요?"

"우리 고양이들은 사냥하면서 싸우는 방법을 터득해. 상대를 사냥감으로 보면 그게 곧 사냥이니까. 알 그놈이랑 싸울 때 나 역시 그랬어. 놈을 고양이가 아니라 주제도 모르고 달려드는 갖잖은 생쥐로 보았어. 그 순간 싸움은 단순해졌지. 이때껏 해왔던 대로 사냥하면 되니까. 그리고 사냥을 할 줄 아는 건 나중에 네게 도움이 될지도 몰라. 누가 알겠니? 네가 사냥으로 먹이를 구해야 할 날이 올지."

사냥에 능숙해진다고 세자르처럼 싸울 수 있을까. 나는 알을 눈앞에 세운 뒤 생쥐라고 상상하려 애썼다. 눈알에 힘을 줄수록 조금씩 쪼그라진 알은 시궁쥐 크기까지 줄어들었다. 하지만 갑자기 부들부들 떨더니 폭발하듯이 부풀어 오히려 전보다 커졌다. 알을 생쥐로 여기는 건 상상으로도 가능하지 않았다. 그럼에도 사냥하는 법을 배운다면 적어도 시궁쥐에게 겁먹지는 않을 것이었다.

세자르가 사냥을 가르칠 장소로 고른 곳은 음식물 쓰레기장 옆 골목이었다. 그 골목에서 음식물 쓰레기장으로 연결된 하수구에 쥐가 우글거렸다. 세자르는 바닥에 뚫린 하수구 구멍에 코를 대 냄새를 맡고 흡족한 미소를 흘렸다.

"딱 좋군."

세자르가 사냥에서 가장 중요하다고 강조한 것은 인내였다. 기척과 냄새를 지우고 때를 기다리는 것이야말로 사냥의 시작이자 끝이라고 했다. 생선뼈를 쥐구멍 앞에 두어 쥐를 꾀어내고 나무나 벽을 등져 자신의 냄새가 퍼지는 것을 막고 땅바닥을 뒹굴어 냄새를 감추는 등 세자르가 가르친 모든 사냥술도 그 바탕에는 인내가 있었다.

나는 생선을 먹은 뒤 세자르의 지시를 따라 하수구 구멍에 입바람을 불어넣고 그 앞에서 기다렸다. 세자르는 담장 기둥 위에 앉아 나를 지켜보았다. 얼마나 지났을까. 하수구에서 쥐가 찍찍거리고 작은 발을 종종거리며 다가오는 소리가 들렸다. 공기가 일렁이며 수염 끝이 흔들렸다. 곧 하수구 구멍에서 뾰족한 주둥이가 튀어나왔다. 그 끝에 뚫린 두 개의 콧구멍이 생선을 찾아 벌름거렸다. 그 순간 내 몸이 본능적으로 먹잇감에게 달려들려고 움찔거렸다. 나는 인내하라는 말을 머릿속으로 되뇌며 흥분을 가라앉혔다. 실제보다 훨씬 긴 시간이 흐르고 마침내 쥐가 하수구 구멍 바깥으로 모습을 드러냈다. 몸집이 내 머리통만한 생쥐였다. 그 생쥐가 음식물 쓰레기장에서 마주쳤던 시궁쥐만큼이나 커 보였다. 날고기 냄새도 느껴지는 듯해 나는 나도 모르게 몸을 틀며 엉덩이를 뒤로 뺐다.

"물러나지 마!"

그 호통이 나를 깨웠다. 나는 엉덩이를 당기고 다리에 힘을 끌어모았다. 생쥐는 무언가 잘못됐다는 것을 깨닫고 황급히 뒤돌아섰다. 나는 한달음에 뛰어 하수구로 달아나려는 생쥐에게 앞발을 휘둘렀다. 생쥐는 짧은 비명을 내지르며 날아가 벽에 부딪혀 바닥에 떨어졌다. 나는 지체 없이 달려가서 충격으로 굳은 생쥐를 앞발로 붙들었다. 뒤늦게 정신을 차린 생쥐가 찍찍거리며 죽을힘을 다해 발버둥을 쳤다. 세자르가 담장에서 뛰어내렸다.

"잘했다."

나는 얼떨떨한 눈으로 생쥐를 내려다보았다. 내가 그 생쥐를 잡았다는 사실을 실감할 수 없었다. 불운한 생쥐가 우연히 내 발밑에 낀 것만 같았다. 세자르가 말했다.

"자, 이제 마무리해야지. 어서 죽이렴. 반드시 단번에 죽여야 한다. 그것이 네가 생쥐에게 베푸는 자비니까."

생쥐는 발버둥을 멈추고 애절한 눈으로 살려달라고 빌었다. 그때까지 내가 죽인 동물이라곤 고물상에 들끓던 바퀴벌레 몇 마리가 였다. 나는 생쥐의 헐떡이는 목을 물어뜯을 용기가 나지 않았다. 게다가 그곳에서 골목 몇 개만 지나면 주민자치센터 급식소였다. 먹지도 않을 생쥐를 굳이 죽일 필요가 있을까 생각한 그때 세자르가 꾸짖었다.

"나약한 녀석 같으니라구. 그 생쥐가 족제비였다면 오히려 네가 위태로웠을 거야. 사냥은 놀이가 아니야. 네 목숨을 걸고 상대의 목숨을 빼앗는 게 사냥이지. 그러니 애처럼 굴지 말고 어서 생쥐를 죽여."

나는 세자르를 힐끔거리며 망설이다 생쥐 목에 송곳니를 박았다. 위아래 송곳니가 맞물리자 찍 소리가 나며 생쥐의 숨이 끊어졌다. 뜨듯하고 끈끈한 피가 입안으로 흘러들었다. 피맛을 본 목구멍이 갈증으로 타들어 가며 더 많은 피를 원했다. 나는 생쥐를 털 듯이 흔들어 뜯어낸 살점을 씹었다. 사료에서는 맛보지 못한, 피가 밴 고기의 생생한 맛이 느껴졌다. 그때부터 정신없이 음냐, 음냐 소리를 내며 생쥐를 먹었다. 생쥐는 금방 대가리와 뼈와 꼬리와 발톱만 남았다. 나는 맹수가 된 뿌듯함을 느끼며 혀를 내둘러 입가에 묻은 피를 닦아냈다. 세자르가 미소를 지었다.

"어때? 맛있지? 그게 사냥의 맛이란다."

오래전 음식물 쓰레기장에서 날고기를 먹는 개의 냄새를 맡았던 기억이 떠올랐다.

"근데 세자르. 궁금한 게 있는데요. 만약 개랑 싸우게 된다면 어떻게 해야 하나요?"

세자르가 고개를 갸우뚱거렸다.

"개? 네가 개랑 싸울 일이 있을까?"

나는 이사벨이 미친개에 관해 한 말을 그대로 들려주었다. 내 이야기가 끝나자 세자르의 표정이 심각해졌다.

"그놈한테 물리면 물을 두고도 목이 말라 죽는다고? 생각만 해도 끔찍하군. 그런 놈을 마주치면 대처할 방법은 오직 하나지."

나는 침을 꼴깍 삼켰다. 세자르가 빙그레 웃었다.

"곧바로 도망치는 거야. 뒤도 돌아보지 말고. 그런 놈에게서 도망치는 건 절대 부끄러운 게 아냐. 도리어 칭찬받을 일이지. 목숨보다 소중한 것은 없으니까."

"세자르도 도망칠 건가요?"
"그럼 당연하지. 난 제일 먼저 도망칠 거야."

13

 내가 사냥에 눈을 뜨고 얼마 지나지 않아 골목에서 생쥐들이 자취를 감췄다. 음식물 쓰레기장으로 달아난 생쥐들을 잡고 싶은 마음이 굴뚝같았지만 시궁쥐가 두려워 담장을 넘을 엄두를 내지 못했다. 도롯가 하수구에서 작은 생쥐 몇 마리를 잡았지만 그것으로는 성이 차지 않았다. 나는 주민자치센터 옆 골목으로 사냥터를 옮겼다. 그곳도 인간들이 자주 쥐덫과 쥐약을 놓는 통에 잡을 만한 쥐가 거의 없었다. 쓰레기봉투 뒤에서 다리가 저릴 때까지 하수구 구멍을 지켜봤지만 허탕을 친 날이었다. 창고로 돌아오자 세자르가 종이상자 위에 늘어져서 몽상에 잠겨 있었다. 나는 앞발을 핥으며 사냥터를 식당가 근처로 옮겨야 하나, 그곳은 수고양이들이 수시로 드나들어 여의치 않을 것이라는 둥의 혼잣

말을 했다. 세자르가 재밌는 생각을 떠올렸는지 눈빛을 반짝거리고 머리를 들었다.

"그래? 그렇다면 사냥의 응용을 배울 때가 됐군."

세자르의 얄궂은 웃음과 들뜬 목소리가 의뭉스러웠다. 그런데 응용이 뭘까. 내가 물어볼 틈도 없이 세자르는 앞장서 창고를 빠져나갔다. 신난 듯이 꼬리를 흔들며 사뿐사뿐 걷는 세자르를 쫓아 도착한 곳은 음식물 쓰레기장 앞이었다. 설마 시궁쥐라도 잡으려는 걸까. 그러나 세자르는 도로를 건너다보았다.

"저기다. 사냥의 응용을 배울 곳이."

그의 눈길이 건물 두 동의 틈에 씌워진 둥근 지붕을 가리켰다. 비닐봉지나 장바구니를 든 인간들이 그 지붕을 향해 골목을 걸어갔다. 그 지붕 밑은 바로 시장이었다. 시장은 그곳에서 흘러나온 생선 찌꺼기만으로 일대의 길고양이들이 배고픔을 모른다는 풍요로운 곳으로 널리 알려져 있었다. 이사벨은 지금 사는 곳에 만족하면서도 시장만큼은 늘 아쉬워했는데 음식물 쓰레기장과 도로 하나를 사이에 두었지만 영역이 달랐기 때문이었다. 시장과 그 주변은 마루란 이름의 수고양이가 지배했다. 마루는 알처럼 욕심이 많고 성격이 불같았으며 불청객에게 적대적인 것으로 악명이 높았다. 그 사실을 세자르가 알았다면 사냥의 응용을 가르칠 곳으로 시장을 고르지는 않았을 것이다. 나는 마루나 그의 졸개들이 튀어나와 시비를 걸까 봐 가슴을 졸이며 세자르를 뒤따라 도로를 건넜다. 가로등 불빛으로 환한 골목 끝에 시장 이름이 적힌 아치가 서있었다. 아치 쇠기둥 뒤에 검은 줄무늬 수고양이 한 마리가 엎드려 있었다. 마루의 명령으로 불청객들로부터 시장을 지키는 파수꾼이었다. 그 고양이가 세자르와 나를 발견하고 벌떡 일어났다. 그런데 가는 씨앗 모양이었던 그의 눈동자가 별안간 확 커졌다. 그는 세자르에게 눈을 붙박은 채 뒷걸음질을 쳐 나무상자들 틈으로 달아났다. 나는 세자르 곁에 섰다.

"어떻게 된 거예요?"

"글쎄, 전에 싸웠던 녀석일까?"

아치 뒤에서 시작된, 건물과 건물 사이 도로에 자리를 잡은 시장에는 온갖 물건을 파는 좌판들이 두 줄로 늘어서 있었다. 시장은 하늘과 양옆이 지붕과 건물들로 막혔는데 출입구만 뚫린 모양이 쥐 굴을 닮았다. 바람이 반대쪽 출입구에서 인간들과 축축하거나 마른 물고기와 기름에 튀긴 닭과 삶은 돼지고기와 끓는 기름과 불에 그슬린 가죽과 각종 채소와 여러 약재와 갖가지 꽃과 벌레를 쫓으려고 피운 향초 등의 냄새를 몰아왔다. 나는 한꺼번에 들이닥친 그 냄새들에 압도되어 좌판 앞에 얼떨떨하니 서있었다. 어떤 인간이 손바닥으로 좌판을 때리며 소리쳤다.

"저리 꺼져! 쌍놈의 고양이 새끼."

어물전에 앉은 남자가 나를 향해 파리채를 휘두르며 눈알을 부라렸다. 세자르가 채소가 쌓인 좌판 밑에서 나를 불렀다.

"나비야. 거기서 뭐 해? 이리 와. 어서."

나는 한달음에 세자르에게 달려갔다.

"왜 그렇게 멍청하게 서있어? 조심하지 않으면 네가 사냥감이 될 거야."

"죄송해요. 냄새에 놀라서 그랬어요."

세자르는 어물전을 쳐다보았다. 나는 세자르 옆으로 머리를 내밀었다.

"뭘 보는 거예요?"

"사냥감."

"네?"

세자르가 눈짓으로 어물전을 가리켰다.

"저 물고기들 보이지? 소리를 지른 저 인간 앞에 있는 거 말이야. 우리는 지금부터 저 물고기들을 사냥할 거야."

"네?"

세자르가 나를 돌아보고 웃었다.

"그렇게 놀랄 거 없어. 어렵지는 않을 테니까."

세자르는 생선 사냥의 방법을 설명했다. 나는 속삭였다.

"세자르. 이건 사냥이 아니라 도둑질이잖아요."

세자르는 딱하다고 혀를 차더니 어느 항구에서 만난 고

양이들에 대해 들려주었다. 식량을 축내고 밧줄을 갉아 대는 쥐를 잡으려고 인간들이 새끼 때부터 배에서 키운 고양이들이었다. 그들은 바다에서 산다는 자부심이 대단해 스스로를 바다고양이라고 불렀다. 배에서 내리기를 몹시 싫어했는데 요동치는 바다에 너무 익숙해진 나머지 흔들리지 않는 땅에서 외려 멀미를 했기 때문이었다.

"그 고양이들이 그러는데, 인간들은 바다에서 물고기를 그냥 잡아들인대. 아무 대가도 없이 말이야. 그거야말로 도둑질이지. 바다가 키운 걸 그냥 가져가니까. 그런데 인간들은 결코 도둑질이라고 생각하지 않아. 왜 그런지 알아? 맞아. 사냥이라고 생각하는 거야. 우리가 쥐를 사냥하듯이 말이지. 그러니까 저 물고기를 빼앗는 것도 도둑질이 아니야. 인간들이 사냥한 물고기를 다시 사냥하는 것뿐이지."

나는 바다가 뭔지 몰랐으므로 세자르의 말 전부를 이해할 수 없었다. 그렇지만 세자르와 곧 하게 될 행위가 사냥이란 결론은 반가웠다. 만약 도둑질이라면 그 사실을 알게 된 알레한드로가 가만있지 않을 것이었다. 나는 세자르의 지시를 따라 발소리를 죽이고 걸어가 어물전 옆에 있는 과일 좌판 그림자 속에 숨었다. 어물전 남자는 파리채를 휘두르는데 온 신경이 쏠려 있었다.

"겨울이 내일모렌데 뭔 놈의 파리가 이리도 많아."

어물전 반대쪽에서 세자르의 울음소리가 들렸다. 그 소리가 사냥의 시작을 알렸다. 나는 머리를 낮추고 엉덩이를 씰룩씰룩 흔들며 생쥐를 사냥한 순간을 기억했다. 어물전을 하수구 구멍으로, 좌판 모서리에 쌓인 조기를 생쥐라고 생각했다. 두 귀가 안으로 닫히며 인간들의 발소리와 냉장고 돌아가는 소리와 파리채가 허공을 가르는 소리가 작아졌다. 발밑에서 어물전 좌판까지 이어진 길만 남고 나머지는 흐릿해졌다. 어물전 남자가 의자에서 일어섰다.

"이젠 하다 하다 도둑고양이까지 지랄이네."

남자가 세자르의 울음소리가 들린 쪽으로 몸을 돌렸다. 숨죽인 채 그 순간을 기다렸던 나는 그림자에서 튀어 나갔다. 몇 걸음 만에 어물전 좌판에 도착해 조기 한 마리를 입에 물었다. 그리고 앞발로 가자미 그릇을 뒤엎고 아치를 향해 내달렸다. 그 소란에 남자가 좌판에서 뛰쳐나왔다.

"저, 저, 저 쳐죽일 고양이 새끼가!"

다음은 세자르 차례였다. 뒤에서 남자가 고함을 지르고 뭔가에 발이 걸려 넘어지는 소리가 들렸다. 나는 아치 기둥을 지나자마자 좌회전해 시장 건물과 붙은 주택의 담장으로 뛰어올랐다. 조기가 무거워서 하마터면 미끄러질 뻔했지만 벽돌 틈에 발톱을 박아 가까스로 몸과 조기를 끌어올렸다. 담장 너머는 주택 뒷마당이었다. 바닥에 조기를 내려놓고 가쁜 숨을 몰아쉬는데 세자르가 도착했다. 세자르의 입에는 제 몸의 절반만한 고등어가 물려 있었다. 각자 생선을 훔쳐 주택 뒷마당까지, 모든 과정이 세자르의 계획에서 벗어나지 않았다. 어물전에서 달아날 때 내가 가자미 그릇을 뒤덮은 것도 그 계획의 일부였다. 어물전 남자는 내게 주의를 돌렸고 세자르는 그 틈에 고등어를 물고 도망쳐온 것이다. 나는 위험을 무릅쓴 모험 끝에 인간을 따돌리고 차지한 전리품을 내려다보았다. 가슴속에서 전율이 불꽃처럼 튀어 온몸으로 퍼졌다.

"세자르. 정말 굉장했어요. 인간의 생선을 사냥하다니, 아직도 믿기지 않아요."

"어때? 재밌지? 난 쥐를 잡는 것보다 이게 더 재밌더라. 스릴이 넘치거든. 특히 우리를 도둑고양이라고 부르며 무시하는 인간의 생선을 사냥할 때는 짜릿하기까지 해. 한 방 먹인 것 같거든. 자, 이제 만찬을 즐겨야지. 어서 먹자."

조기의 부드러운 뱃살을 먼저 뜯어먹었다. 뱃살에서는 고소한 조기 살과 햇빛에 잘 마른 비린내와 해초의 씁쓸한 냄새가 났다. 나는 조기를 뼈까지 먹어 치운 뒤 세자르의 고등어를 힐끔거렸다. 평소와 달리 식욕이 왕성해져서 조기 한 마리로는 양이 차지 않았다. 세자르가 그럴 줄 알았다는 듯이 웃으며 남은 고등어를 앞발로 밀어주었다.

그렇게 평소의 두 배를 먹었는데도 다음 날 아침 다시 배가 고팠다. 그때까지 남은 모험의 흥분이 식욕을 부추기는 모양이었다. 다행히 여자가 전날 저녁에 사료를 채우고 물을 갈아놓은 그릇이 그대로였다. 코끝을 씰룩거리며 사료 그릇에 다가가던 나는 우뚝 걸음을 멈췄다. 그릇들이 놓인 곳 뒷벽에서 알레한드로의 오줌 냄새가 났기 때문이었다. 나이가 많은 알레한드로는 오래전에 영역에 대한 욕심을 버렸다. 그는 식당가 뒷골목에 있는 스티로폼 박스에 만족하며 이사벨과 평화롭게 늙어가기를 원했다. 그래서 그가 남긴 오줌은 영역을 빼앗겠다는 선전포고가 아니라 나를 부르는 신호였다. 그것도 내게만 전하는. 만약 세자르와 같이 보길 원했다면 번거롭게 오줌을 남기기보다는 곧장 창고로 찾아왔을 것이다. 그래도 세자르에게 말해야 하지 않을까. 나는 세자르를 따돌리고 비밀을 만드는 게 마음에 걸렸다. 그러나 알레한드로가 은밀히 나만을 부른 이유가 있을 듯해 잠깐 다녀오겠다고만 말했다. 사료 그릇을 기웃대던 세자르는 목적지를 묻지 않고 가만히 고개를 끄덕였다.

나는 혀를 차는 짧은 울음소리로 인사했다. 이사벨은 스티로폼 박스 안에서 얼굴을 내밀고 꼬리로 안쪽 벽을 탁탁 쳐서 나를 반겼다. 바닥에 엎드려 있던 알레한드로는 머리를 들었을 뿐 인사는 받지 않았다.

"왔느냐?"

알레한드로의 목소리가 무거웠다. 나는 네 발을 공손히 모으고 앉았다.

"네. 오줌을 남기셨길래. 무슨 일인가요?"

"네게 할말이 있기 때문이지. 세자르 몰래 말이야. 내가 전해 듣기론 어젯밤에 네가 세자르랑 시장에서 생선을 훔쳤다던데, 맞느냐?"

"훔친 게 아니에요. 그건 사냥이었어요."

알레한드로가 버럭 소리를 질렀다.

"이 녀석아. 그게 어떻게 사냥이더냐? 도둑질이지."

나는 인간이 사냥한 생선을 다시 사냥했을 뿐이라고 항변하려다 알레한드로의 언짢은 표정을 보고 입을 다물었다. 알레한드로가 혀를 찼다.

"쯧쯧. 결국 소란을 피웠군. 역시 떠돌이는 어쩔 수가 없어. 제 입으로 한 약속도 지키질 않으니. 나비야. 네가 아는지 모르겠다만, 떠돌이들은 소란을 피워도 책임을 지지 않는단다. 떠나면 그만이니까. 하지만 이곳에 사는 우리는 달라. 소란의 대가를 대신 걸머져야 하지. 생각해 보렴. 어젯밤 생선을 도둑맞은 인간이 앙심을 품고 쥐약을 뿌리는 최악의 상황을. 그 쥐약에 누가 희생되겠느냐. 세자르일까? 우리일까?"

어물전에는 주변 길고양이들 모두가 배를 채우고도 남을 생선이 쌓여 있었다. 그중에서 고작 두 마리를 잃은 것 때문에 쥐약을 놓을 인간이라면 더 당해도 싸다고 나는 생각했다. 물론 그 생각을 입 밖에 낼 만큼 어리석지는 않았다.

알레한드로가 눈에서 노기를 거두었다.

"세자르는 곧 떠날 게다. 하지만 너는 남는다. 이 영역의 질서 안에서 계속 살아야 하지. 떠돌이를 흉내 내는 객기는 그 질서를 해칠 뿐이야. 그러니 더 이상 세자르를 따라다니지 말거라. 그것이 이 영역과 우리, 그리고 너를 위해서 바람직하다. 알았느냐?"

알레한드로의 질서는 알을 거역하지 마라, 소란을 피우지 마라, 시장에서 생선을 훔치지 마라 등 하지 말라는 것투성이었다. 거기에 이제 '세자르를 쫓아다니지 마라.'가 추가된 것이다. 나는 그 질서가 갑갑하다 못해 반발심이 불쑥 솟구쳐 허락되는 것은 있는지 따지고 싶었다. 내가 그렇게 하지 않은 이유는 대답 대신 꾸지람이 떨어지고 뒤이어 질서에 관한 지긋지긋한 연설이 시작될 것이 뻔했기 때문이었다. 알레한드로가 다그쳤다.

"어서 대답하거라!"

이사벨이 스티로폼 박스에서 나오며 말했다.

"그만해. 그 정도면 알아들었겠지. 실은 내가 알레한드로를 시켜서 너를 불렀단다. 소문을 들어서 말이야."

"소문이요?"

"그래, 세자르에 관한 건데, 너도 알아야 할 거 같아서."

세자르가 전에 거쳤던 아랫동네에서 퍼져온 소문이었다. 그 소문에 따르면 세자르는 그곳에서도 시베리아에는 숲이 끝없이 펼쳐져 있다고 떠벌렸다. 우두머리에게 밀려 영역을 가질 희망조차 없었던 젊은 수컷들이 열광했다. 그들은 자신만의 영역을 개척하겠다고 의기투합하고는 시베리아를 향해 떠났다. 다른 고양이들이 이제 숲은 없다고 말렸지만 들은 척도 하지 않았다. 며칠 후 그들은 온몸에 땟국이 줄줄 흐르는 꼬질꼬질한 몰골로 돌아왔다. 그리고 피곤에 지친 목소리로 밤이 세 번 바뀔 동안 걸었지만 세자르가 말한 숲은 나타나지 않았으며 도시만 계속됐다고 털어놓았다. 다른 고양이들이 그것 보라며 실컷 비웃었다. 젊은 수컷들은 속았다고 분통을 터뜨렸지만 세자르는 이미 그곳을 떠난 뒤였다. 여기까지 이야기한 이사벨이 내게 물었다.

"혹시 세자르가 자신이 호랑이라고 말한 적 있니?"

"네. 세자르가 그랬어요. 자기가 실은 호랑이라고."

이사벨이 콧방귀를 뀌었다.

"흥. 그럴 줄 알았지. 아랫동네에서도 그렇게 말하고 다녔나 보더라. 그래서 거기서는 세자르를 허풍쟁이라고 부른대. 그도 그럴 것이, 도시 밖에 숲이 있다는 건 그렇다 쳐도 고양이가 호랑이라는 게 말이 돼? 고양이는 고양이일 뿐이지. 안 그래, 영감?"

"그거야 당연하지."

이사벨이 만족스러운 미소를 짓고는 내게 말했다.

"그러니까 너도 조심해. 허풍쟁이가 한 말을 곧이곧대로

믿다가는 아랫동네 수컷들 꼴이 날 수도 있어. 알레한드로가 말한 대로 멀리하면 더 좋고. 그나저나 그 허풍쟁이는 언제 떠난다니? 아예 눌러살 건가?"

세자르는 납작하게 짓눌린 종이상자 위에 잠들어 있었다. 입을 힘없이 벌린 채 침을 흘리는 모습이 무척이나 곤해 보였다. 내가 알레한드로와 이사벨에게 다녀오는 동안 거리로 나가 동물원에 대해 알아본 듯했다. 어느 누구도 알지 못하는 동물원은 결국 허풍이 아닐까. 검독수리에서부터 시베리아까지, 그 이야기들 전부가 그럴까. 세자르는 그 소문처럼 허풍쟁이일까. 나는 세자르를 깨우려고 들었던 앞발을 조용히 내려놓았다. 그 질문 중 하나라도 꺼내는 순간 세자르와의 관계에서 중요한 무언가를 영원히 잃을 것이란 예감이 들었기 때문이었다. 나는 나직이 한숨을 내쉬고 세자르와 등을 맞대고 누웠다. 호흡과 함께 부풀었다가 줄어드는 세자르의 몸이 등으로 느껴졌다.

"세자르."

세자르가 숨을 크게 들이마셨다.

"왜?"

나는 잠든 줄 알았던 세자르가 대답하자 당황했다.

"아, 아니요. 주무시나 해서요."

"싱거운 녀석. 그만 자렴."

창고 안이 다시 고요해졌지만 내 머릿속은 이사벨이 전한 소문으로 시끄러웠다. 내가 앞발을 쥐었다가 펴며 꼼지락거리자 세자르가 입을 열었다.

"알레한드로가 뭐라든?"

나는 화들짝 놀라 발을 경련하듯이 떨었다. 그러나 내가 몰래 알레한드로를 만난 사실을 세자르가 모르려야 모를 수 없었다. 느닷없이 벽에 뿌려져 있는 알레한드로의 오줌과 목적지를 밝히지 않은 내 외출로부터 누구라도 우리의 만남을 짐작할 터였다. 나는 알레한드로의 말을 전하는 게 꺼림칙했지만 당장 둘러댈 말이 떠오르지 않았다.

"세자르를 만나지 말래요."

"그래? 이번에는 꽤 오래 걸렸네. 전에 있던 곳에서는 하루 만이었는데."

세자르의 목소리에서 짓궂은 기쁨이 묻어났다.

"그리고 또 뭐라고 하시든?"

나는 그 외 다른 말은 하지 않기로 마음먹었다. 우리가 시장에서 벌인 모험 때문에 다른 길고양이들이 위험해질 수도 있다는 것을 알게 되면 세자르는 책임을 느끼고 당장 떠나려 할 것이다. 나는 벌어지지도 않은 일로 세자르를 잃고 싶지 않았다.

"아시잖아요. 알레한드로가 어떤지."

세자르가 몸을 뒤척였다.

"그 어른이야 뻔하지. 질서가 어쩌고저쩌고하셨겠지."

알은 세자르에게 진 뒤로 종적이 묘연했다. 길고양이들의 소식에 누구보다 밝은 이사벨도 알의 정확한 근황은 물론 그가 살아있는지조차 알지 못했다. 그녀는 알 이야기만 나오면 말을 아꼈는데 그가 죽었을지도 모른다고 생각하는 듯했다. 알이 소리 소문 없이 사라진 탓에 그에 관한 온갖 소문이 돌았다. 그 소문 중에서 알이 세자르에게 입은 상처가 악화돼 살이 썩어가는 고통에 울부짖다 죽었다거나 복수심에 정신이 나가 길거리에서 소란을 피운 끝에 인간들에게 잡혀갔다는 소문은 평범한 축에 속했다. 뼈만 남은 꼴로 두 눈에서 검붉은 피를 흘리며 세자르를 찾아 헤매는 알을 까마귀가 보았다는 해괴한 소문도 있었다. 이사벨마저도 고개를 절레절레한 그 소문들은 말하기를 좋아하는 길고양이들의 입을 거쳐 사실인 양 퍼져 나갔다. 물론 나는 그 소문들을 믿지 않았다. 내가 아는 알은 맥없이 죽거나 황당한 짓을 벌일 고양이가 아니었다. 원한을 곱씹고 송곳니와 발톱을 갈며 복수를 꿈꾸는 쪽이었다. 그래서 나는 그가 멀쩡한 모습으로 그 소문들을 비웃으며 세자르를 노리고 흉계를 꾸미고 있을 것만 같았다. 그런데 치즈와 까미가 알과 결별했다는 소문만은 사실이었다. 새로운 사냥터인 골목으로 가려고 주민자치센터 뒷마당을 지날 때였다. 치즈와 까미가 양

지바른 화단에 나란히 누워 있었다. 둘의 표정이 알을 졸졸 따라다닐 때보다 한결 편안해 보였다. 나를 알아본 치즈는 쾌활한 목소리로 새 두목은 잘 있냐고 물었다. 알이 사라지고 고작 달이 한 번 떴다 졌을 뿐이었다. 그 짧은 시간에 두목을 바꾼 그가 능청스러워서 나는 할말을 잃었다. 내가 주민자치센터를 벗어나 그들의 목소리를 듣지 못할 때까지 치즈와 까미는 세자르를 언급하며 숙덕거렸다.

그로부터 얼마 후 나는 뜻밖의 장소에서 알과 마주쳤다. 세자르가 동물원을 알 만한 동물들을 찾아다니느라 지쳐서 일찍 곯아떨어진 날이었다. 잠이 오지 않았던 나는 생쥐라도 사냥할 생각으로 홀로 창고를 나섰다. 저녁 거리는 인간들로 북적였고 그 소리에 놀란 생쥐들은 하수구 깊숙이 숨었다. 나는 생쥐들을 뒤쫓다 음식을 기름에 튀긴 냄새가 진동하는 골목에 들어섰다. 하수구에 가득 찬 느끼한 기름 냄새에 진저리를 치며 머리를 들었다. 골목 입구에 눈에 익은 얼룩 고양이가 서있었는데 바로 알이었다. 그는 소문들과 달리 죽지도, 인간들에게 잡혀가지도, 눈에서 피를 흘리지도 않았다. 오히려 편하게 지냈는지 양 볼과 옆구리가 불룩하니 살이 올라 있었다. 날벼락 같은 그의 등장에 나는 반사적으로 송곳니를 드러내며 하악거렸다. 세자르가 곁에 없는 지금 하필이면 저놈과 마주치다니, 세자르를 겨눈 복수의 불똥이 내게 튈 것이다, 나는 그 불똥을 감당할 수 있을까 따위의 생각들이 머릿속에서 마구잡이로 뒤엉켰다. 그러나 알은 자신의 긴 그림자 끝에서 나를 쳐다보고만 있었다. 분노가 차분히 가라앉은 눈이었다. 그 눈이 눈알을 부라리며 을러댈 때보다 더 위협적으로 느껴졌다. 그런데도 나는 뒤돌아 도망칠 수 없었다. 눈길을 돌린 순간 알의 눈에서 불똥이 쏟아져서 나를 불태울 것만 같았기 때문이었다. 내가 달아나지도, 그렇다고 맞서지도 못하던 그때 옆 골목에서 인간의 말소리가 들렸다. 알이 그 소리를 쫓아 내게서 눈을 떼고 고개를 돌렸다. 그 소리가 멀어지자 알은 나를 흘깃거린 뒤 골목 안쪽의 더 좁은 골목으로, 그리고 그 골목의 짙은 어둠으로 사라졌다.

14

"나비야. 일어나. 어서!"

외출에서 돌아온 세자르가 나를 흔들어 깨웠다.

"왜, 왜요?

나는 누운 채 늘어지게 하품을 하며 네 다리를 쭉 뻗었다. 세자르가 코끝으로 내 어깨를 밀쳤다.

"어서 일어나라니까. 동물원을 찾았단 말이야."

나는 벌떡 일어났다.

"정말이요?"

"카페 앞에 개가 묶여 있길래 혹시나 해서 물어봤어. 어이없게도 그 개가 알고 있더라고. 인간의 집에 갇혀 살아서 당연히 모를 줄 알았는데 말이지. 그 개가 그러는데 주인에게 억지로 끌려간 곳에 동물들이 잔뜩 모여 있었대. 거기서 호랑이도 봤는데 멀리서 냄새만 맡았는데도 저절로 오줌이 지려지더래. 너무 무서워서 목줄만 아니었다면 주인이고 나발이고 그냥 달아나고 싶었대."

"이 근처래요?"

"근처는 아냐. 하지만 그렇게 멀지도 않대. 그래서 지금 가보려고. 같이 갈래?"

저녁을 앞둔 하늘은 검다 싶을 만큼 짙은 보라색이었다. 그 시간이면 거리로 쏟아지는 인간들을 피해 우리는 길가에 주차된 차량들 밑을 걸었다. 공장 거리가 끝나는 삼거리에서 영역의 동쪽 경계인 왕복 사차선 도로를 만났다. 우리는 인간들 뒤에서 신호등 색깔이 바뀌고 차량들이 멈추기를 기다렸다. 내가 최초로 영역을 벗어난 건 생선을 사냥하려고 세자르와 함께 시장에 갔을 때였다. 그 기억이 남아 있는 한 기념해야 할 순간이었지만 그때는 마루에게 들킬까 봐 잔뜩 쫄아서 그것을 의식하지 못했다. 눈앞에 있는 횡단보도를 건너며 맞게 될, 영역 바깥으로 나가는 순간이 처음이 아님에도 처음이라고 느낀 건 그런 이유였다. 이 앞에는 어떤 위험이 도사리고 있을까. 가슴을 두근거리며 도로 건너 낯선 풍경을 쳐다보았다. 건물들 사이에 박힌 어두운 골목이 안쪽에 송곳니를 감춘 채 나를 집어삼키려고 입을 벌린 것처럼 느껴졌다. 세자르의 목소리가 들렸다.

"뭐해? 안 오고?"

세자르가 횡단보도 중간에서 의아한 표정으로 나를 보고 있었다. 어느새 차량들이 흰 줄 앞에 정지해 있었다. 횡단보도 건너편 신호등에서 녹색 불이 재촉하듯이 깜빡거렸다. 나는 신호등 색깔이 바뀐 줄도 모르고 생각에 푹 빠져 있었던 것이다. 숨을 크게 들이켜 기합을 넣은 뒤 잰걸음으로 세자르를 따라잡았다. 맞은편 인도에 도착하자마자 뒤돌아 보았다. 공장 굴뚝과 주민자치센터 옥상 정원과 공원에서 자라는 플라타너스와 공영주차장의 뾰족한 지붕 등이 보였다. 영역 안에서는 한눈에 담을 수 없는 것들이었다. 이전에 한 번도 보지 못한 그 풍경을 보며 나는 영역 바깥에 서있다는 사실을 실감했다.

검은 입 같던 골목에 들어서자 송곳니 대신 상가 건물들이 줄줄이 서있었다. 마지막 상가 건물과 이어진 벽돌 담장 밑을 걷는데 초등학교 시계탑 위로 반달이 떠올랐다. 세자르는 그 달이 목적지라는 듯이 그쪽으로 방향을 잡았다. 달이 건물에 가려져 보이지 않거나 막다른 곳에 다다랐을 때는 수염을 뻗어 길을 찾았다. 수염 끝이 파들거리며 끌려가듯이 떠오르는 모습이 하늘로부터 어떤 신호를 수신하는 것 같았다. 횡단보도를 건넌 이후 벽과 경계석 모서리 등 눈에 띄는 곳에 남겨진 수고양이 냄새가 열 번 넘게 바뀌었다. 너무 멀리 왔다는 생각에 자꾸 뒤를 돌아보는데 갑자기 주택가가 끝나고 눈앞에 광장이 펼쳐졌다. 광장 한가운데에는 플라스틱으로 만들어진 나무가 온갖 색깔로 반짝이는 조명들을 주렁주렁 달고 서있었다. 인간들이 그 나무를 둘러싸고 깔깔거리며 사진을 찍었다. 세자르는 인간들을 피해 광장의 가장자리를 빙 둘러 갔다. 광장 끝에서 만난 도로를 건너자 높고 긴 담장이 앞을 가로막았다. 수많은 동물 냄새가 담장을 넘어왔다. 세자르는 가슴을 부풀려 그 냄새를 깊숙이 들이마셨다.

"다 왔다."

세자르는 담장 양쪽을 둘러보고 달이 치우쳐 있는 오른쪽을 택했다. 가로등 불빛 두 개를 지난 곳에서 담장 밑에 뚫린 빗물 구멍을 발견했다. 구멍 반대쪽은 벚나무가 듬성듬성 자라는 잔디밭이었다. 아스팔트로 포장된 산책로가 잔디밭을 가로질러 언덕으로 향했다. 숲으로 둘러싸인 그 언덕에 철망으로 만들어진 우리 몇 개가 자리를 잡고 있었다. 첫 번째 우리에는 몸집이 세자르만한 원숭이들이 살았다. 그들은 긴 팔과 짧은 다리로 철망에 달라붙어 거미처럼 움직였다. 그다음 우리에는 거대한 새가 날개를 펄럭이고 부리를 딱딱 맞부딪치며 우리를 위협했다. 이사벨이라면 눈을 떼지 못했을 그 원숭이와 새를 본숭만숭 지나쳐 세자르가 걸음을 멈춘 곳은 다른 곳보다 몇 배는 큰 우리였다. 나는 세자르에 뒤이어 철망 기둥이 박힌 콘크리트 기단으로 뛰어올랐다. 철망 안쪽에 기단과 바로 이어지는 넓고 깊은 해자가 파여 있었다. 해자 너머는 마른 땅이었는데 웅덩이를 파고 바위와 나무둥치 따위를 흩어놓아 작은 공원처럼 보였다. 그 땅 한쪽에 기둥에 지붕만 얹힌 건물 한 채가 서있었다. 건물 안에는 어둠에 묻혀 주황색과 흰색과 검은 줄무늬가 흐릿한 동물이 엎드려 있었다. 신선한 닭고기 냄새와 피 냄새와 우리 고양이의 오줌 냄새랑 비슷하면서도 훨씬 고약한 오줌 냄새, 그리고 온몸의 털이 한꺼번에 뜯겨 나갈 것 같은 무시무시한 냄새가 그 동물에게서 흘러나왔다. 그런 냄새를 풍길 만한 동물은 호랑이뿐이었다. 세자르는 부릅뜬 눈으로 호랑이를 보면서 웃었다.

"과연 듣던 대로야. 대단해. 정말 대단해."

호랑이가 둥근 귀를 두어 번 움직이고 머리를 들었다.

"누구냐?"

묵직한 목소리가 공기를 흔들며 땅과 해자를 건너 밀려왔다. 세자르가 그 목소리에 맞서듯이 침을 삼켰다.

"우리는 고양이야. 멀리서 왔어. 너를 만나려고."

호랑이가 고개를 갸웃거렸다.

"고양이?"

"우리를 모르나? 너와는 먼 친척인데. 물론 덩치가 조금 차이 나긴 하지만."

호랑이가 몸을 들썩이며 웃었다. 웃음소리는 포효가 되어 언덕과 숲에서 쩌렁쩌렁 울렸다. 우리 속 동물들이 잠에서 깨 울부짖고 숲에서는 비둘기와 참새들이 황급히 날아올랐다. 나는 머릿속이 뒤흔들려 비틀거리다 기단에서 떨어지기 직전에 간신히 중심을 잡았다. 호랑이가 말했다.

"놀랐다면 미안하군. 기분이 좋아서 웃은 것뿐이야. 인간이 아닌 손님은 아주 오랜만이거든. 아니, 처음인가? 그나저나 고양이라고? 나를 닮은 조그만 것들이 근처를 돌아다니길래 뭐라고 부르는지 내내 궁금했는데 고양이였나 보군. 가까이 오라고 해도 다들 도망가기 바빠서 알 수가 없었지. 그런데 너희들은 어떻게 바깥에서 돌아다니지? 우리 일족들은 전부 갇힌 줄 알았는데."

세자르가 대답했다.

"우리는 길에서 사는 고양이야. 아무리 인간이라도 우릴 마음대로 가둘 순 없어. 갇힐 것인가 말 것인가는 우리가 선택해. 만약 갇히기를 선택한다면 인간들 집에서 그들을 부리며 살지. 그 경우 인간들은 자신을 집사라고 일컫더군. 자기들이 세상에서 가장 잘난 줄 아는 인간들이 스스로 낮추는 모습을 봤다면 너도 꽤나 즐거울 텐데. 그런데 갇히지 않겠다고 선택한다면 인간들 근처에서 자유롭게 살아. 이 아이하고 나는 후자지."

"그럼 너희들은 사냥을 한다는 거냐?"

"그렇기도 하고 아니기도 해. 쥐나 새를 사냥할 때도 있지만 주로 인간들이 주는 먹이를 먹지. 그 먹이를 인간들은 사료라고 불러. 사료라니, 개나 좋아할 끔찍한 이름이지. 그런데 한번 맛을 들이면 웬만한 고기는 생각나지 않을 정도로 맛있어. 우리가 야옹야옹 울기만 하면 인간들은 무릎을 꿇고 그 사료를 갖다 바치지."

호랑이가 버럭 소리를 질렀다.

"인간들이 가두지도 않은 너희에게 먹이를 준다고? 그럴리가 없어. 여기를 봐. 수많은 동물이 갇혀 있지. 인간들은 이런 곳에 우리를 가두고 구경거리로 삼은 대가로 먹이를 줘. 그런데 너희는 자유롭게 살면서 먹이는 먹이대로 얻어먹는다고? 난 네 말을 믿지 않아."

바람에 휩쓸린 숲이 호랑이의 마지막 말을 스산한 메아리로 되풀이했다. 호랑이와 세자르는 말없이 서로를 응시하며 메아리가 가라앉기를 기다렸다. 먼저 침묵을 깬 쪽은 호랑이였다.

"이거 미안하군. 손님에게 소리를 지르다니, 나도 예의가 없네. 부러워서 그랬으니까 마음에 두지 않았으면 좋겠군."

"간단히 말해서 그렇다는 거야. 우리 역시 너희들과 다른 방식으로 치열하게 살아. 자유롭게 살고 별 노력 없이 먹이를 얻는 대신 여러 위험에 노출돼 있지. 지금은 그걸 설명할 시간이 없어서 안타깝군."

"그런데 무슨 일로 찾아왔지? 인간들처럼 구경이나 하러 온 것은 아닌 것 같은데."

"너를 보고 싶었어. 네 고향 시베리아에 대해서 듣고. 그리고 물어볼 것도 있거든."

호랑이의 두 눈이 어둠 속에서 노랗게 빛났다.

"시베리아라… 왜 거기가 궁금하지? 고양이가 말이야."

"그곳에 가려고."

"흥미롭군.

어두운 땅에서 호랑이의 몸이 솟아났다. 옅은 어둠을 두른 호랑이는 우리 고양이처럼 몸을 쭉 뻗어 앞다리와 뒷다리를 차례로 폈다. 호랑이가 걸음을 떼 건물을 벗어나자 가로등 불빛에 희고 노란 털가죽과 검은 줄무늬가 드러났다. 알레한드로가 가르친 대로 호랑이는 우리 일족이었다. 우리 고양이에 비해 얼굴은 넓고 귀는 둥글고 눈은 상대적으로 작지만 전체적인 생김새는 우리를 빼닮았다. 소리가 나지 않는 걸음걸이와 머리부터 꼬리까지 몸 전체가 일렁거리는 움직임도 비슷했다. 그러나 덩치는 전혀 달랐다. 나와 같은 일족이라고는 믿기지 않았다. 호랑이에 대해 처음 들었을 때 나는 고물상 누렁이의 덩치를 가진 고양이를 상상했었다. 그때까지 봤던 동물 중에서 누렁이가 가장 컸기 때문이었다. 하지만 호랑이를 눈으로 직접 보자 그 상상이 얼마나 빈약했는지를 깨달았다. 호랑이의 덩치를 실제에 맞게 상상하는 데 필요했던 것은 누렁이 따위의 개가 아니라 인간들이 모는 자동차였다. 놀랍게도 호랑이가 노려보며 다가올 때의 존재감은 그 덩치보다 훨씬 거대했다. 거리가 꽤 떨어져 있는데도 그 존재감이 시야를 꽉 채워 달아날 틈이 보이지 않았다. 그동안 정면으로 맞닥뜨린 생쥐가 도망치지 못하고 그 자리에서 얼어붙곤 했는데 그 이유가 두려움 때문만은 아니란 것을 나는 비로소 알았다.

호랑이가 웅덩이를 돌아 내 머리 위에서 비춘 가로등 불빛 속으로 들어왔다. 나는 온몸의 털이 정전기를 일으키며 곤두서는데도 진심으로 감탄했다. 호랑이는 실로 아름다운 동물이었다. 주황색과 흰색, 그리고 두 색깔을 꿰매듯이 가로지른 검은 줄무늬. 그 색깔들이 어두운 배경 위에 빛을 발하며 떠 있었다. 호랑이를 보기 전까지 그런 색깔을 가진, 내가 알았던 유일한 동물은 반지하방 여자였다. 저녁 무렵 밖에서 돌아온 그녀는 단색의 칙칙한 옷을 빨갛고 노란 조각들을 기운 옷으로 갈아입었다. 나는 지금의 검은색 일색인 털을 벗고 그 여자나 호랑이와 같은 화려한 털을 입을 수 있다면 정말 멋질 것이라고 생각했다. 세자르 역시 경탄하는 표정으로 호랑이의 걸음에 맞춰 갈수록 더 크게 숨을 들이켰다. 호랑이는 해자 끝에서 물웅덩이를 내려다보았다.

"아쉽군. 여기까지여서."

나는 고개를 든 호랑이와 눈을 마주쳤다. 그 눈앞에서 사냥감이 된 것 같아 오줌을 찔끔거렸다. 호랑이가 내 오줌 냄새를 맡듯이 코끝을 씰룩씰룩했다.

"크크크. 너희는 무슨 맛일까. 한번 맛보고 싶은데 이 해자와 철망이 막아서는군."

세자르가 차가운 목소리로 말했다.

"농담이 지나치군. 우리 일족은 결코 서로를 먹지 않아."

호랑이가 나를 보았다.

"미안. 저 작은 친구가 얼어 있어서 놀려주고 싶었어. 지금껏 너무 심심했거든."

세자르가 어깨로 내 몸통을 툭 쳤다. 나는 몸을 부르르 떨었다.

"내, 내 이름은 나비예요."

"난 아랑이란다."

세자르가 말했다.

"아랑. 좋은 이름이군. 난 세자르라고 해."

아랑이 고개를 끄덕였다.

"그래, 세자르. 시베리아에 가려는 이유가 뭐지?"

"난 호랑이가 될 거거든."

이사벨이 옳았다. 나는 아랑을 보고 깨달았다. 그녀의 말대로 고양이는 결코 호랑이가 되지 못한다. 세자르의 저 작은 몸에 아랑처럼 거대한 짐승이 들어 있을 수 없었다. 호랑이가 되는 방법은 호랑이로 태어나는 것뿐이었다. 아랑이

제정신이냐며 세자르를 비웃을 것 같아 나는 마음이 조마조마했다. 그러나 아랑은 차분한 눈으로 세자르를 뚫어져라 쳐다보고 콧김을 내뿜었다.

"흥. 고양이가 호랑이가 되겠다니, 그런 말은 처음 듣는군. 저 아래 원숭이가 이 말을 들었다면 인간이 되겠다고 설치겠는걸.

아랑은 잠시 생각에 잠겼다가 말을 꺼냈다.

"하지만 시베리아는 다르지. 곰과 독수리가 인간이 되는 곳이니까. 곰은 여자로 변해 이 땅에 사는 인간 무리의 시조를 낳았다지. 그러니 당연히 고양이도 호랑이가 될 수 있겠지. 그 깊은 숲속에서는 무슨 일이든 벌어진다니까. 시베리아라. 그 말을 듣는 것도, 하는 것도 오랜만이군."

아랑은 서쪽으로 기운 반달을 바라보았다.

"시베리아는 아주 멀어. 저 달만큼이나. 그곳까지는 내 걸음으로도 달이 몇 번은 바뀔 동안 걸어야 할 거야. 그 사이에 놓인 수많은 강과 산과 골짜기를 지나야겠지. 굶주린 천적들은 도처에서 목숨을 노릴 테고. 하지만 가장 두려운 것은 따로 있어. 바로 겨울이야. 겨울은 언제나 예상보다 빨리 들이닥쳐서 경솔한 영혼들부터 거두어 가지. 겨울을 견디며 그 멀고 험한 길을 지나 시베리아에 도착하기는 결코 쉽지 않을 거야."

"지금 네 눈에 나는 고양이겠지. 당연해. 그렇게 보일 테니까. 하지만 난 스스로를 호랑이라고 믿어. 그러니 네가 간다면 나도 갈 수 있어. 그리고 여기까지 오는 것도 만만치 않았어. 셀 수 없이 많은 산을 오르고 골짜기와 강을 건넜지. 겨울은 세 번 경험했지만 각오는 되어 있어."

"무시한 게 아니야. 걱정한 것뿐이지. 이런 곳에 오래 갇혀 있으면 오지랖만 늘 거든. 시베리아에 대해 듣고 싶다고 했지? 솔직히 말하면 난 시베리아에서 태어났지만 그곳을 거의 기억하지 못해. 젖먹이 때 인간에게 구조됐으니까. 엄마가 밀렵꾼에게 죽은 직후였지. 그 시절의 기억 대부분이 흐릿해졌지만 엄마가 죽던 순간만은 아직도 또렷이 기억해. 엄마랑 눈밭을 걸어갈 때였어. 어디선가 총소리가 나더군. 그때까지만 해도 나는 총이 뭔지도 몰랐지. 그런데 엄마가 갑자기 비틀거리는 거야. 엄마의 옆구리가 순식간에 빨개졌어. 엄마는 이빨을 꽉 깨물고 나를 풀숲에 감췄지. 절대로 뛰쳐나오거나 소리를 내면 안 된다고 몇 번이나 당부하고 눈밭을 뛰어갔어. 새끼인 나만이라도 살리려고 그랬을 테지. 엄마가 사라진 곳에서 총소리가 연달아 들렸어. 으르렁거리고 그르렁거리던 엄마의 목소리가 점점 작아졌지. 곧 그 소리는 더 이상 들리지 않았어. 그런데 내가 숨은 곳 앞에 하얀 나무들이 빽빽이 서있었어. 눈이 자라나 그 나무가 된 것만 같았지. 무척이나 아름다웠어. 기이하지? 엄마가 죽었는데도 고작 나무가 아름답다니. 하지만 지금도 그 당시를 떠올리면 귓전에서 총소리가 탕탕거리면서 그 나무들이 아름답다고만 느껴질 뿐이야. 그게 내가 기억하는 시베리아의 전부야. 나머지는 보호소에서 만난 어른 호랑이들로부터 들었지. 시베리아가 끝없이 넓다는 둥 겨우내 눈이 계속 내린다는 둥 곰과 늑대와 여우가 어떻다는 둥의 이야기였지. 그 이야기들도 이제는 거의 다 잊어버렸어. 말할 기회가 없었으니까."

조용히 먼 하늘을 보던 아랑이 고개를 돌렸다.

"그런데 물어볼 게 있다지 않았나?"

"혹시 물빛이 검은 강을 알아?"

"물빛이 검은 강?"

"응. 강물이 검다더군. 그래서 하늘에서는 검은 뱀이 기어가는 것처럼 보인대. 난 그 강이 얼마나 먼지 알고 싶어. 그 강 건너가 시베리아라고 들었거든."

아랑은 잠시 생각에 잠겼다가 입을 열었다.

"모르겠군. 아무것도 떠오르지 않아. 안타깝게도 시베리아에서의 기억은 아까 말한 게 전부야."

숲 뒤에서 먼동이 트고 있었다. 언덕 밑 원숭이들이 배가 고프다고 꽥꽥거리며 돌멩이 같은 딱딱한 걸로 철망을 때려댔다. 아랑이 그 소리가 들려온 곳을 쳐다보고 큰 입을 벌려 하품했다.

"자야 할 시간이야. 인간들이 오면 잘 시간이 없거든. 죽은 닭이라도 열심히 쫓아다니려면 지금 자둬야 해."

세자르가 일어섰다.

"고마워. 시간을 내주어서."

"도움이 못 된 것 같아 미안하군."

"아니, 도움이 됐어. 아랑, 널 본 것만으로도 충분해. 나는 내가 될 모습을 보았으니까."

아랑이 세자르를 응시하는 눈에 많은 말이 담겨 있었다. 나는 그 말을 듣고 싶었지만 아랑은 고개를 까닥인 후 몸을 돌렸다.

"시베리아까지 무사하기를 빌지. 그럼 잘 가게."

나는 말했다.

"저, 아랑. 질문이 있는데요."

아랑이 걸음을 멈추고 뒤돌아봤다.

"그래, 작은 친구. 뭐가 궁금하지?"

"아랑은 시베리아에 돌아가고 싶지 않나요? 시베리아가 고향이잖아요."

"고향이라… 시베리아를 떠날 때 난 너무 어렸어. 아까도 말했지만 그곳에서의 기억은 엄마가 죽던 날의 짧은 기억뿐이지. 그 외 시베리아를 고향이라고 느낄 만한 기억은 남아 있지 않아."

아랑이 어슴푸레한 동물원을 휘둘러보았다.

"이 동물원에서 훨씬 오래 살았지. 기억도 시베리아와는 비교도 할 수 없을 정도고. 오래 살고 기억이 많은 곳이 고향이라면 이곳이 내 고향일 거야. 그리고 여기서는 사냥할 필요가 없어. 끼니때가 되면 인간들이 알아서 신선한 생고기를 주니까. 또 여름에는 시원하고 겨울에는 따뜻하지. 다른 호랑이들과 영역을 다툴 필요도 없고. 마지막으로 가장 중요한 건 안전하다는 거야. 그 악독한 밀렵꾼들도 이곳까지는 오지 못하거든. 이 모든 걸 포기하고 고향이랍시고 기억도 나지 않는 시베리아로 돌아가는 건 어리석지."

길을 되돌아가는 동안 새벽빛이 우리를 뒤쫓듯이 밝아졌다. 바람이 노란 은행잎을 쓸어와 인도 턱과 벽 밑에 쌓았다. 그 바람에서 나무와 풀이 말라가는 냄새가 났다. 아파트 단지 너머에서 온 냄새일까. 내가 코를 킁킁거리자 세자르도 바람이 불어오는 곳으로 고개를 쳐들었다. 그 모습이 해자 건너에서 내 오줌 냄새를 맡던 아랑을 닮았다.

"세자르."

세자르의 검은 눈동자가 반짝거렸다.

"왜?"

"저도 호랑이가 될 수 있을까요?"

"당연히 될 수 있지. 그게 왜?"

"아랑은 노랗고 흰 털가죽을 가졌잖아요. 세자르가 보다시피 저는 온통 까맣거든요. 그래서 아랑을 보는 내내 궁금했어요. 나 같은 까만 고양이도 호랑이가 될 수 있을까."

"아랑이 그랬지. 시베리아의 숲속에서는 무슨 일이든 일어난다고. 그러니까 당연히 너도 아랑과 같은 호랑이가 될 수 있지. 그리고 그렇지 않더라고 괜찮아. 모든 호랑이가 아랑처럼 생긴 건 아니니까. 너같이 온몸이 새까만 호랑이도 있거든."

"정말이요? 정말로 그런 호랑이가 있어요?"

"예전에 인간이 티브이라고 부르는 기계에서 봤어. 그 호랑이는 온몸이 새까맸는데 어둠 속에서 나타나 악어를 한입에 삼켜버렸어. 어둠이 호랑이로 변한 것 같았지. 정말 멋졌어. 너도 그 모습을 봤다면 홀딱 반했을 거야. 넌 그 호랑이를 빼다박았어. 네가 아랑처럼 될 수 없다면 아마도 그 호랑이 쪽일 가능성이 크지. 그런데…."

세자르가 나를 향해 머리를 기울였다.

"너 혹시 시베리아에 갈 생각이니?"

나는 시베리아에 가겠다거나 가고 싶다는 생각을 한 적이 없었다. 시베리아는 내가 동경하는 세자르가 목표로 삼은 곳일 뿐이었다. 그런 면에서 마릴린의 달과 비슷했다. 그럼에도 나는 속마음을 들킨 것처럼 뜨끔했다.

"아, 아니에요. 그냥 궁금했어요."

"그래? 아쉽군. 네가 시베리아에 온다면 환영했을 텐데."

세자르는 고층 건물 앞에 넓게 펼쳐진 인도를 가로질렀

다. 나는 걸음을 재촉하며 조금 전에 나눈 대화를 생각했다. 검은 고양이도 시베리아에서 정말로 호랑이가 될 수 있을까. 하지만 세자르의 뒷모습 위로 이사벨이 떠오르며 허풍쟁이란 말이 귀에서 쟁쟁거렸다. 도로 건너에 줄지어 서 있는 은행나무 너머에 이삼 층 높이인 주택들이 빈틈없이 들어차 있었다. 고개를 돌리자 뒤쪽에도 눈이 닿는 곳까지 고층 건물이 빼곡했다. 아랫동네 수컷들이 사흘을 걸은 끝에 내린 결론처럼 이 세상은 하나의 거대한 도시이며 시베리아는 오래전에 콘크리트에 묻힌 것은 아닐까. 내가 뒤처지자 세자르가 돌아와 걱정스러운 목소리로 피곤하냐고 물었다. 나는 들끓는 의심을 꾹꾹 누르며 괜찮다는 뜻으로 웃어 보였다.

지난밤에 건넜던 횡단보도를 거꾸로 건너 영역으로 돌아왔다. 주민자치센터의 위치를 알리는 파란색 이정표를 지나 낯익은 거리에 들어선 뒤 나는 마음이 급해졌다. 밤새 쉬지 않고 계속 걸었던 터라 몸이 천근만근이었다. 여자가 사는 주택으로 어서 돌아가 배를 채우고 보금자리에 누울 생각뿐이었다. 잰걸음으로 식당가를 지날 때였다.

"나비야."

골목 모퉁이 뒤에서 이사벨이 얼굴을 내밀었다. 우리는 이사벨에게 달려가 인사했다.

"안녕하세요."

이사벨이 내게 코인사를 하려다 움찔 놀라며 물러섰다.

"윽. 이게 무슨 냄새야? 대체 어디에 갔다 온 거니?"

나와 세자르는 얼굴을 마주보며 웃었다. 나는 신이 난 목소리로 말했다.

"동물원이요. 동물원에 갔다 왔어요."

"동물원? 동물들이 모여 산다는 거기?"

"네. 그 동물원이요."

이사벨이 다시 다가와 냄새를 맡았다.

"그래서 이런 냄새가 나는구먼. 동물원이란 곳이 정말 있을 줄이야. 알레한드로가 알면 꽤나 놀라겠는걸. 세자르, 자네 말이 맞았군. 그래."

흥분한 나는 말을 더듬으며 동물원과 호랑이에 대해 떠들었다. 동물원의 규모와 우리의 크기와 호랑이의 덩치를 설명할 때는 앞발까지 동원했다. 이사벨은 걸핏하면 끼어드는 버릇도 잊고 그 이야기를 들었다. 나는 더욱 신났다.

"아랑은요, 정말 멋졌어요. 그토록 선명한 털 색깔과 검은 줄무늬라니, 너무 아름다워서 할 수만 있다면 가지고 싶을 정도였어요. 이사벨도 아랑을 직접 봤다면 저처럼 생각했을 거예요."

이사벨은 굳은 표정을 누그러뜨리며 콧방귀를 뀌었다.

"흥. 그다지 보고 싶지 않구나. 네가 묻혀 온 냄새만 맡아도 다리가 후들거리는데."

나는 이사벨 뒤쪽을 둘러보았다.

"그런데 이사벨. 알레한드로는요?"

이사벨이 한숨을 내쉬었다.

"아, 알레한드로한테 나서지 말라고 했는데도…."

이사벨은 세자르를 힐끔 쳐다보고 내게 속삭였다.

"지금 옆 동네가 시끄럽거든. 마루가 우두머리인 거기. 새벽에 마루가 졸개를 보내서 알레한드로한테 만나자는 말을 전했어. 나는 가지 말라고, 자기가 가봤자 할 일이 없으니 괜히 남 일에 끼어들지 말라고 말렸지. 그런데도 그 영감이 기어이 간 거야. 하여튼 그 영감탱이의 오지랖은 어쩔 수 없다니까. 영감이 돌아올 때가 지나도 오지 않길래 찾아 나섰다가 이렇게 너희를 만난 거야."

이사벨은 세자르를 다시 곁눈질하고 주택들 위로 보이는 시장의 둥근 지붕을 향해 걸어갔다. 이사벨이 모퉁이를 돌아 사라지자 세자르가 다가왔다.

"이사벨이 뭐라던?"

"알레한드로가 마루를 만나러 갔대요."

"마루? 옆 동네 우두머리? 그런데 이사벨은 왜 속삭인 거야?"

"그러게요. 저도 왜 그랬는지 모르겠네요."

15

 세자르와 나는 여자가 준비한 사료를 먹고 창고 안으로 들어가 이불 위에 나란히 누웠다. 우리가 동물원에 다녀온 사이 여자가 종이상자를 치우고 깔아둔 이불이었다. 이불에서는 여자 냄새와 인공적인 꽃향기와 함께 새의 깃털 냄새가 났다. 나는 깃털 주인이 까마귀일까, 비둘기일까, 설마 검독수리는 아니겠지 생각하다 까무룩 잠이 들었다. 괜스레 세상천지에 혼자가 된 것처럼 외로워져서 잠에서 깼다. 등 뒤에서 자는 세자르를 돌아보고 안도의 한숨을 내쉬며 다시 머리를 뉘었을 때였다.
 "이봐. 세자르. 어서 일어나게."
 세자르가 순간적으로 몸을 뒤틀며 풀쩍 뛰었다. 나는 난데없이 들린 목소리보다 세자르의 반응에 더 놀라 튕기듯이 일어났다. 알레한드로가 창고 문이 열린 틈에 서있었다. 세자르는 띈 모습 그대로 등을 구부리고 서서 잠결인 눈으로 알레한드로를 쳐다보았다. 세자르의 눈동자가 또렷해졌다.

"아, 알레한드로. 깜짝 놀랐잖아요. 어쩐 일이세요?"

알레한드로가 헛기침했다.

"흠흠. 이렇게 불쑥 찾아와 미안하군. 자네에게 할말이 있어서. 잠깐 이야기할 수 있을까?"

세자르가 이불을 빠져나와 창고 바닥에 앉았다.

"네. 말씀하시죠."

알레한드로가 나를 힐끔거렸다.

"자네에게만 할 이야기라서. 우리 둘이 따로 이야기했으면 하는데."

나는 소리쳤다.

"알레한드로!"

"우리끼리 할 이야기니 넌 여기서 기다리거라."

세자르가 내게 고개를 끄덕였다.

"그러죠. 앞장서시면 제가 따라가겠습니다."

알레한드로와 세자르가 골목을 벗어났을 즈음에 나는 창고를 빠져나왔다. 하늘을 뒤덮은 구름이 도시의 불빛을 빨아들여 노랗게 물들어 있었다. 날이 추워 달려가면서 생긴 맞바람으로 털 속 깊숙이 한기가 스몄다. 나는 세탁소 수증기를 빠져나오는 고양이 두 마리를 발견했다. 알레한드로가 세탁소 옆 골목으로 들어가자 세자르가 그 뒤를 따랐다. 나는 모퉁이를 돌아 사라지는 노란 꼬리를 쫓아갔다. 알레한드로가 세자르에게만 할 이야기는 무엇일까. 이사벨은 반대로 세자르를 빼고 내게만 소곤거리지 않았던가. 이사벨이 세자르에게 감추고 알레한드로가 내게 감출 이야기는 세자르와 나, 둘 중 하나에게 결코 좋은 내용은 아닐 것이다. 그 생각에 골몰하느라 걸음이 느려져 세자르의 꼬리를 놓치고 말았다. 나는 골목에 버려진 냉장고를 딛고 담장에 올라갔다. 인간들이 공터에 일군 텃밭에서 알레한드로와 세자르가 고랑을 걷고 있었다. 그들이 가는 방향에 주택 지붕들 위로 성당 첨탑이 솟아 있었다.

알레한드로와 세자르는 성당 마당에서 서로를 마주보며 앉아 있었다. 바위들로 축대를 쌓아 만든 화단과 붉은 벽돌 담장과 등나무 정자가 그들을 에워싸고 있었다. 정자 옆에 서있는 야외등이 그들과 주변에 둥그렇게 불빛을 비추었다. 나는 몰래 담장 위를 걸어가 화단 풀숲에 숨었다. 한동안 말없이 세자르를 노려보던 알레한드로가 입을 열었다.

"내가 마루를 만나고 온 일을 들었나?"

"네. 나비가 말해주었어요. 그런데 그게 저와 무슨 상관인가요? 아까 이사벨도 어딘가 이상하던데."

"상관이 있지. 자네에 관해 이야기했으니까."

"저요?"

"그래, 자네. 마루의 말로는 자네가 나비를 꼬드겨 시장에서 생선을 훔친 뒤로 동네가 시끄러워졌다더군. 젊은 수컷들이 용기를 증명하려고 생선을 훔치는 경쟁을 한다나. 젊은것들은 어리석어서 나쁜 짓이라면 금방 배우니까. 마루가 나를 만나자고 한 용건은 바로 자네를 쫓아내 달라는 거였네. 자네가 젊은것들의 방종을 부추긴다나. 뭐, 실제로 그랬으니 틀린 말은 아니지. 그런데 자네 동물원에 다녀왔다던데, 사실인가? 그래, 동물원이 정말 있었군. 자연의 질서에 반하는 곳을 만들다니, 인간들은 참으로 고약한 취미를 가졌다니까. 그런 곳에 나비를 데려가다니 자네는 제정신인가? 그 어린 나비가 질서를 거스르는 곳에서 무얼 배우겠는가. 수컷의 숙명을 저버리고 떠돌이가 되길 바란 겐가? 자네처럼? 그리고 알이 자네에게 패하고 무주공산이 된 이때 나비와 같은 어린것들이 옆 동네 젊은것들처럼 자네를 본으로 삼는다면 이 영역의 질서는 어떻게 되겠는가? 자네가 떠나고 이곳에 무엇이 남겠는가?"

알레한드로는 숨을 고르고 말을 이었다.

"무질서일세. 자네가 남길 것은 그것뿐이야. 질서를 잃은 우리는 모두를 상대로 싸우겠지. 그 소란에 질린 인간들은 그릇에 사료 대신 쥐약을 채울 테고. 배고픈 길고양이들은 쥐약인 줄도 모른 채 한 입이라도 더 먹으려고 다투겠지. 삐쩍 마른 암컷들은 달이 차기도 전에 죽은 새끼들을 낳고, 죽지 않고 태어난 새끼도 마른 젖을 입에 물고 굶어 죽겠지. 내 눈에는 그 모습들이 선하다네. 무질서가 만들 지옥의 광경 말일세."

알레한드로가 말을 멈췄다. 결정적인 말 한마디가 담긴 침묵이 찾아왔다. 세자르는 알레한드로의 눈을 똑바로 마주보며 그 말을 기다렸다. 알레한드로가 무겁게 닫혔던 말문을 열었다.

"그러니 떠나주게."

나는 벌떡 일어섰다. 숨어 있던 풀숲 위로 머리가 튀어나왔지만 신경 쓰지 않았다. 떠나주게, 그 말이 귓전에서 메아리처럼 되풀이됐다. 세자르가 말했다.

"다들 저보고 허풍쟁이라고 욕하지만 알레한드로도 만만치 않군요. 저는 고양이일 뿐입니다. 제가 뭐라고 이곳을 지옥으로 만들 수 있겠습니까? 호랑이라면 또 모를까. 하지만 말씀하신 대로 떠나겠습니다. 떠나야 할 때 떠나는 것이야말로 여행자의 본분이니까요. 다만 나비한테는…."

알레한드로가 차가운 목소리로 대꾸했다.

"허풍이라니. 난 허풍 따윈 모르네. 허풍을 떠는 건 떠돌이들이나 하는 짓이지. 아무튼 자네가 순순히 떠나겠다니 다행일세. 나비에게는 내가 잘 이야기하겠네. 자네는 지금 당장 떠나게."

"안 돼!"

나는 소리치며 축대를 계단 삼아 마당에 내려섰다. 깜짝 놀란 알레한드로와 세자르의 눈이 나를 향했다. 나는 잔달음을 쳐서 세자르 앞을 막아섰다. 곤혹스러운 표정을 짓는 알레한드로에게 나는 눈을 부라렸다.

"세자르는 떠나지 않을 거예요. 세자르가 알을 이겼으니 이제 우두머리예요. 아무리 알레한드로라고 해도 우두머리를 쫓아낼 수는 없어요."

나는 세자르를 돌아보았다.

"여기서 살 거죠? 그렇죠?"

세자르의 눈빛이 풀어졌다.

"나비야…."

알레한드로 뒤에서 음산한 목소리가 들렸다.

"그럴 줄 알았다니까."

성당 그림자 속에서 알이 나타났다.

"내가 말했지? 영감. 저놈은 거짓말쟁이라고."

알은 큰 덩치를 으스대는 그만의 걸음걸이로 마당을 건너왔다. 세자르와 내가 놀란 눈을 동그랗게 뜨고 자신을 바라보는 상황이 즐거운지 입을 비틀어 미소를 지었다. 세자르가 알레한드로를 보며 실소를 터뜨렸다.

"이럴 수가. 알레한드로. 맨날 질서 운운하더니 한패를 숨겨 두셨군요. 어르신답지 않습니다."

알레한드로의 얼굴에 겸연쩍은 표정이 떠올랐다가 금방 지워졌다.

"어쩔 수 없었네. 자네가 떠나기를 거부할 수도 있지 않은가. 난 그때를 대비했을 뿐이야. 그리고 자네가 떠난 뒤에도 우두머리는 필요하지. 자네가 싼 똥을 치우려면."

알이 알레한드로 곁에 섰다.

"당연하지. 영역은 질서가 필요하고 질서는 관리가 필요하지. 난 관리의 적임자고. 어이, 떠돌이. 아니, 떠돌이가 아닌가. 금방 떠날 것처럼 모두를 속이고 내 자리를 차지했으니 이젠 어엿한 길고양이로군."

나는 소리쳤다.

"아니에요. 세자르는 누구도 속이지 않았어요!"

알이 귀를 옆으로 돌려 접고 내게 으르렁거렸다.

"넌 찌그러져 있어. 그렇지 않으면 지금 당장 네놈 아가리를 찢어줄 테니까."

나는 누가 겁낼 줄 아냐고 맞고함을 치려 했지만 세자르가 눈짓으로 말렸다. 그는 덤덤한 목소리로 말했다.

"기억력이 좋지 않군. 벌써 잊은 거냐? 네가 꼬리가 빠져라 도망친 걸. 다시 그 꼴이 되고 싶은 건 아닐 텐데. 무슨 수라도 생긴 거냐?"

"맞아. 네게 졌지. 난생처음 졌는데 어떻게 잊겠어. 확실히 넌 강해. 그 조그만 체구로 그렇게 강하다니, 믿기지 않을 정도야. 하지만 네가 아무리 강해도 이번엔 살아남을 수 없어. 네가 고양이인 한은. 하지만 모든 일이 그렇듯이 다행히 샛길이 있지. 그 샛길은 다른 결말과 이어져 있어. 무사히 네 갈 길을 간다는 결말 말이야. 그러니 마지막으로 제안하지. 아까 영감에게 네 입으로 말한 대로 지금 당장 떠나. 내가 열어 준 샛길로."

세자르가 코웃음을 쳤다.

"흥. 샛길을 준비했다니, 친절도 하셔라. 알이라고 했나? 난 떠날 거야. 그건 틀림없어. 하지만 친구를 협박하는 쓰레기를 놔두고 떠나지는 않아. 그리고 난 샛길을 싫어해. 그것도 아주."

알이 한숨을 푹 내쉬었다.

"이런, 이런. 살길을 마다하다니, 멍청한 놈 같으니라구. 난 분명히 경고했어. 죽어서도 나를 원망하지 마. 이제부터 벌어질 일은 전부 네 책임이니까."

알이 목을 빼고 길게 울었다. 우리 뒤쪽을 보던 알레한드로가 눈을 부릅떴다. 세자르와 내가 동시에 뒤돌아봤다. 야외등 불빛이 성당 부속 건물의 측벽에 그려 놓은 길쭉한 그림자가 눈에 들어왔다. 그림자는 차츰 줄어들며 주둥이와 두 귀와 네 다리와 긴 꼬리로 갈라져 개의 모양으로 변했고 곧 끌려가듯이 모퉁이 뒤로 사라졌다. 그곳에서 개 한 마리가 나타나 부속 건물들 사이를 걸어왔다. 개는 덩치가 고물상 누렁이보다 컸다. 하지만 주둥이가 길고 귀는 뾰족하고 허리와 발목은 가늘어 매우 민첩해 보였다. 이쪽에 서있는 야외등이 불빛을 비추는 곳에서 개는 그 흉측한 모습을 적나라하게 드러냈다. 몸통 곳곳이 털이 뜯겨 나가 움푹움푹했고 곰팡이가 슬어 푸르스름했으며 털가죽이 벗겨져 흉터투성인 살이 내비쳤다. 왼눈은 핏물로 붉었고 오른눈은 눈곱과 고름으로 덮여 볼 수나 있을지 의문이었다. 그러나 세자르에게 쏠린 두 눈만큼은 사냥감을 찾은 것처럼 생기로 반짝거렸다. 개는 알 옆에 도착해 어둠에 잠긴 성당과 주택들을 둘러보며 긴 혀를 날름거렸다.

"오랜만이군. 정말 오랜만이야."

개가 뼈마디가 툭툭 불거진 몸을 흔들었다. 무겁게 가라앉은 공기를 타고 개 특유의 냄새와 오랫동안 씻지 않은 노린내와 지독한 오물 냄새와 여러 동물의 피 냄새와 날고기 냄새 등이 한데 뒤섞인 채 풍겨왔다. 그 냄새는 내 기억에서 오래전 음식물 쓰레기장에서 맡았던 개의 냄새를 끌어냈다. 그 개가 돌아온 것이다. 인간들 때문에 결코 돌아오지 못할 것이라던 미친개가. 나는 세자르에게 개의 정체를 알리고 싶었지만 그 냄새가 목구멍을 틀어막았는지 말이 나오지 않아 헛되이 입만 벙긋거렸다. 그 심정을 모르는 세자르는 물끄러미 개를 쳐다보고만 있었다.

알레한드로는 알과 한패였음에도 그 개에 대해서는 몰랐던 모양이었다. 그는 가슴이 바닥에 닿도록 몸을 낮추고 커질 대로 커진 눈동자를 굴리며 개를 살폈다. 나는 그때까지 평정심을 잃은 알레한드로를 본 적이 없었다. 그래서 겁에 질려 어쩔 줄 모르는 그의 모습이 무척이나 낯설었다. 알레한드로가 떨리는 목소리로 말했다.

"알. 저 개는 뭐지? 설마 자네가 끌어들인 겐가?"

알이 알레한드로에게 눈알을 부라렸다.

"시끄러워. 영감. 질서 운운했다간 가만두지 않을 거야."

알레한드로가 고개를 들어 세자르를 바라보았다. 그의 눈동자에 떠 있는 야외등 불빛이 요동쳤다.

"세, 세자르. 나는…."

알레한드로는 말을 잇지 못했다. 세자르는 그 말을 들은 것처럼 알레한드로에게 천천히 눈을 끔뻑였다. 그것이 대답이 되었는지 알레한드로의 눈빛이 차분해졌다. 그는 미안함과 안타까움이 교차하는 표정으로 나를 보고는 슬금슬금 뒷걸음질을 쳤다. 야외등 불빛이 닿지 않는 어둑한 곳에서 몸을 사리듯이 돌려 마당을 뛰어갔다. 알레한드로가 성당 출입문 밑으로 사라지자 세자르의 눈이 알에게 향했다.

"알레한드로를 속였군. 뻔하지. 떠돌이를 내쫓고 질서를 회복하겠다고 구슬렸겠지. 질서라면 사족을 못 쓰는 알레한드로는 홀라당 넘어갔을 거고. 그런데 개를 끌어들였을 줄

이야. 알레한드로는 충격이 꽤 컸겠어."

"흥. 네놈만 사라지면 돼. 전부 예전으로 돌아갈 테니까. 모든 길고양이가 하나의 질서를 따랐던 아름다운 시절로 말이야. 그렇게 되면 영감은 오히려 고마워할걸."

"그런데 저 개였던 거냐? 네가 말한 결말이."

"맞아, 바로 저 개야. 샛길을 걷어찬 너를 기다린 결말이지. 저 억센 턱이라면 너 따위는 뼈까지 씹어버릴 테지. 이젠 후회해도 늦었어."

개가 말했다.

"쫑알쫑알, 고양이들은 참 말이 많다니까."

세자르가 개를 위아래로 훑어보았다.

"흥. 그러는 네놈은 어쩌다 그 꼴이 된 거지?"

"고양이치고는 제법 기개가 있군. 다른 고양이들은 나를 보자마자 뒤도 안 돌아보고 달아났는데. 아까 그 늙은 고양이처럼. 어쩌다 이 꼴이냐고 물었던가? 쫓겨난 동물이 어떻게 사는지 아나? 주인과 헤어지고 지낼 곳마저 잃었을 때 겪게 될 지옥을? 나는 알지. 겪었으니까. 이곳에서 쫓겨난 후로 한 번도 편히 잠들지 못했지. 다리를 뻗고 눕기만 하면 곧바로 흰옷을 입은 인간들이 들이닥쳤어. 난 달아나고, 달아나고, 또 달아났지. 상처를 치료할 틈조차 없었어. 그래서 네가 그 꼴이라고 말한 이 모습이 되었지. 그런데 내가 그 와중에 무얼 먹고 살았을까. 그래, 네 눈이 말하는 그것이야. 바로 너같이 배가 말랑말랑한 고양이였지."

개의 왼눈에서 붉은 안광이 번득였다. 그 눈빛을 받은 세자르의 눈에는 비웃음과도 같은 무심함만이 담겨 있었다. 개는 마음에 들지 않는다는 듯이 콧김을 내뿜고 주위를 휘둘러보았다.

"그 인간들에게 내쫓기고 언제나 이곳에 돌아오는 꿈을 꾸었어. 주인을 다시 만날 이 땅에. 주인은 나를 차에서 내려 주면서 곧 돌아오겠다고 약속했었지. 그래서 쫓겨나 있는 동안 주인을 기다릴 수 없어서 미치는 줄 알았어. 하지만 결국 돌아왔어. 또다시 주인을 기다릴 수 있게 된 거야. 주인 역시 나를 애타게 찾고 있겠지. 주인을 만나면 아늑한 그 집으로 돌아가겠지. 주인과 헤어질 당시 갓 태어났던 작은 주인이 나를 반기겠지. 상상해 봐. 그 주인의 발밑에 엎드려 배를 보여주며 바닥에 등을 비비는 내 모습을. 주인이 그 작은 손가락으로 내 배와 가슴을 긁어 주는 순간을."

개의 눈이 꿈을 꾸는 것처럼 몽롱했다. 개가 몸을 돌려 세자르의 옆구리 쪽으로 비스듬히 걷기 시작했다. 그의 주둥이에서 떨어진 침방울이 세자르를 중심으로 바닥에 호를 그렸다.

"사실 네놈과 싸울 이유는 없어. 하지만 싸워야만 하지. 알이 약속했거든. 흰옷을 입은 인간들에게 쫓기지 않을 방법을 알려주겠다고. 그 대신 너를 쫓아내 달라더군. 그건 목덜미에서 벼룩을 털어내는 것보다 쉽지. 네겐 안 된 일이지만 뭐, 사는 게 다 그렇잖아. 뜻대로만 되지는 않지. 그냥 재수가 없다고 생각해."

세자르가 입을 열었다.

"지루하군. 개가 언제부터 쫑알쫑알 말이 많아졌지?"

개의 싯누런 이빨이 피처럼 붉은 잇몸과 함께 드러났다.

"시건방진 놈."

개는 몸을 움츠려 축적한 힘으로 튕기듯이 뛰쳐나왔다. 세자르는 개의 움직임을 끝까지 지켜보다 마지막에 옆으로 비켜섰다. 개의 이빨과 이빨이 공중에서 딱 소리를 내며 맞부딪쳤고 옆얼굴이 무방비하게 드러났다. 세자르가 그 찰나를 놓치지 않고 발톱을 휘둘렀다. 개의 왼쪽 볼에서 피보라가 일었다. 개는 달려들던 속도를 주체하지 못하고 축대까지 밀려가 비틀거리며 멎어섰다. 개가 턱 끝에서 뚝뚝 떨어지는 핏방울을 내려다보았다. 그 피가 자신의 것이냐고 묻는 얼빠진 표정이었다. 날카로운 피비린내가 코를 찔러 나는 뻣뻣하게 굳은 상태에서 풀려났다.

"세자르. 도망쳐요!"

세자르는 개를 쏘아보며 말했다.

"내가 뭐랬지? 물러나지 말라고 했지."

"미친개. 저 개가 바로 그 미친개예요. 미친개를 만나면 제일 먼저 도망간다면서요. 분명히 그랬잖아요. 세자르, 너무 무모해요."

세자르의 목소리는 단호했다.

"무모하지 않아. 미쳤다고 해도 개일 뿐이야. 그러니까 지켜보렴. 미친개를 어떻게 이기는지."

개가 머리를 쳐들고 혀를 내둘러 볼을 타고 흐르는 피를 핥았다. 피를 머금은 입을 오물거리는 모습이 마치 자신의 피맛을 음미하는 것처럼 보였다. 개가 머리를 털자 핏방울과 침이 바닥에 떨어졌다. 세자르를 향한 개의 눈이 광기라고 표현할 수밖에 없는 즐거움으로 반짝거렸다. 그 이빨에 물리면 물 앞에서 목이 말라 죽는다는 미친개의 눈이었다. 개가 걸음을 내디뎠다.

"다시 시작할까?"

개는 한 번의 도약으로 거리를 단번에 좁혔다. 세자르의 옆구리를 노린 이빨이 이번에도 간발의 차이로 빗나갔다. 반격에 나선 세자르의 발톱이 개의 얼굴을 스쳤다. 그 순간 개가 몸을 기묘하게 비틀어 자세를 잡고 이마로 세자르의 등을 들이받았다. 세자르가 비명을 지르며 몸이 거꾸로 휜 채 날아갔다. 개는 그 자리에서 기다리지 않았다. 네 다리가 땅에 닿자마자 세자르를 쫓아 쇄도했다. 세자르가 바닥에서 몇 바퀴 구르고 정자 기둥에 부딪혀 멈췄을 때 개는 벌써 그곳에 도착해 있었다. 개가 세자르의 넓적다리를 물고 으르렁거리며 세차게 흔들었다. 그리고 머리를 크게 내

둘러 세자르를 내팽개쳤다. 세자르는 피를 뿌리며 날아가 야외등 불빛 바깥에 툭 소리를 내며 떨어졌다. 세자르의 몸이 경련하며 들썩인 뒤 축 늘어졌다. 전부 눈 깜빡할 사이에 벌어진 일이었다. 가슴속에서 분노가 타올라 나를 결박한, 보이지 않는 끈을 끊어냈다. 나는 나조차도 믿기지 않는 커다란 고함을 지르며 개를 향해 돌진했다. 그러나 개에게 닿기 전에 알의 앞발이 날아들었다. 나는 힘없이 바닥을 나뒹굴었다. 알에게 얻어맞은 가슴에서 시작된 둔중한 통증이 몸 전체로 퍼졌다. 알이 내 곁에 섰다.

"네놈은 내 몫이니까 여기서 기다려."

나는 가슴의 통증을 기침으로 내뱉고 고개를 들었다. 개가 기고만장한 걸음걸이로 세자르에게 다가가고 있었다. 세자르는 죽은 듯이 누워만 있었다.

"세자르…."

개는 발밑에 누워 있는 세자르를 굽어보았다.

"고양이가 강해 봤자 고양이지."

알이 마뜩잖은 목소리로 말했다.

"그 정도만 해. 이제 알아들었겠지."

개가 비릿한 웃음을 흘렸다.

"무슨 소리. 약속은 혼내주는 거였잖아? 어디까지 혼낼지는 내 맘이지."

"이미 충분해. 그만하면 됐어."

개는 혀를 날름거렸다.

"난 지금 배가 고파. 피 냄새를 맡았거든. 그러니 고기 맛을 봐야겠어."

개는 침이 대롱대롱한 주둥이로 세자르의 배를 더듬었다. 나는 미친 듯이 세자르를 불렀지만 절망적이게도 목구멍에서 꺼억, 꺼억 소리만 나왔다. 개가 세자르의 배 위에서 주둥이를 벌렸다. 나는 끝장이라 생각하고 눈을 질끈 감았다. 그때 세자르가 울부짖는 소리가 들려 다시 눈을 떴다. 어느새 일어난 세자르가 하늘을 향해 포효하고 있었다. 포효는 성당의 마당을 휘돌고 축대와 담장과 그 너머에 밀집한 주택들에 부딪혀 쩌렁거렸다. 세자르의 귀에만 들린다는 포효가 밖으로 터져 나온 것 같았다. 개는 두어 걸음 물러난 곳에서 믿을 수 없다는 눈으로 세자르를 쳐다보았다. 포효의 메아리가 가라앉기도 전에 세자르가 몸을 날렸다. 네 발로 개의 가슴에 달라붙어 턱 밑에 송곳니를 박았다. 뒤늦게 정신을 차린 개가 세자르를 떨쳐내려고 껑충껑충 뛰었다.

고양이들의 싸움은 영역과 먹이 등을 두고 신경전을 벌이다 한쪽이 달아나면 끝났다. 작은 상처라도 입었다간 죽을 수도 있기에 고양이들은 되도록 격렬한 싸움을 피했다. 그런데 세자르와 개의 싸움은 달랐다. 둘은 목숨을 걸고 싸웠다. 나는 그런 싸움을 그날 성당에서 처음 보았다. 그들에게서 눈을 뗄 수 없었고 놀라움과 흥분과 두려움 등이 소용돌이쳐 정신이 아득했다. 그러나 훗날 둘의 싸움을 돌이키면 그런 감정들은 모두 사라지고 오직 아름다웠다는 느낌만 남을 것이었다. 이유를 찾을 필요도 없었다. 자신의 어미가 죽던 순간을 떠올릴 때의 아랑처럼 그 느낌을 온전히 받아들이면 될 뿐이었다. 그리고 내 기억 속에서 세자르와 개는 목숨을 건 싸움이 얼마나 아름다운지를 보여주기 위해 싸우리란 것, 그 뒤로 나는 누구와 싸워도 그 싸움에 비추어 갈증을 느끼며 더 싸울 수 있다고 자신을 몰아붙이리란 것, 마지막으로 얼룩이와는 다른 나만의 숙명을 머지않아 깨닫게 되리란 것, 그 모든 것을 둘의 싸움을 지켜보며 알았다.

미친개란 그 이름대로 날뛰던 개의 움직임이 느려졌다. 마침내 개는 제자리에 멈춰 세자르를 목에 매단 채 숨을 헐떡거렸다. 개의 입에서 뿜어진 하얀 입김이 차가운 공기 속으로 흩어졌다. 목에서 흐른 피가 가슴팍과 앞다리를 타고 발끝까지 흘러내렸다. 개는 지친 목소리로 말했다.

"그만해. 졌어."

세자르는 개의 목을 놓지 않았다. 개가 세자르와 함께 고개를 떨구었다.

"정말이야. 졌다니까. 놓아줘. 피를 너무 많이 흘렸어."

그제야 세자르는 개의 목에서 뛰어내렸다. 세자르의 입 주변과 발끝이 새빨간 피로 칠갑 되어 있었다. 개는 고통에 일그러진 눈으로 세자르를 바라보았다. 세자르가 싸늘한 목소리로 말했다.

"꺼져라. 그리고 두 번 다시 나타나지 마. 네 주인은 돌아오지 않으니까."

광기를 잃은 개는 늙고 지쳐 보였다. 어깨를 들썩이며 긴 한숨을 내뱉고 몸을 돌렸는데 만사가 귀찮은 굼뜬 움직임이었다. 개는 알을 힐끔거리며 그 앞을 지나쳐 왔던 길을 되돌아갔다. 알은 이번에도 어떤 표정을 지어야 할지 모르는 얼굴로 멀어지는 개를 쳐다보았다. 개가 부속 건물들 사이를 지나갈 때 측벽에 꼬리가 축 늘어진 개의 그림자가 드리워졌다. 그 그림자는 개보다 늦게 모퉁이를 돌아 사라졌다. 세자르가 말했다.

"이젠 네 차례군."

알은 꿈에서 깨어난 것처럼 소스라쳤다. 그는 본능적으로 입술을 끌어올려 송곳니를 내비치며 하악거렸다. 그러나 배는 이미 바닥에 닿았고 귀는 바짝 접혔으며 꼬리는 몸에 감겨 있었다. 싸움에 져서 복종하겠다고 엎드린 모습이었다. 알이 자신의 그 모습을 기억한다면 다시는 우두머리 노릇을 하겠다고 나서지 못할 것이다. 알도 그것을 깨달았는지 어색한 표정으로 쭈뼛거리며 일어났다. 그런 알을 서늘한 눈으로 보던 세자르가 말없이 정자 쪽으로 얼굴을 돌렸다. 알은 세자르를 쏘아보다가 정자 뒤에 펼쳐진 어둠을 향해 걸어갔다. 알의 배와 네 발끝의 흰색이 마지막으로 어둠에 삼켜지자 세자르가 무너지듯이 옆으로 쓰러졌다. 나는 세자르에게 달려갔다.

"세자르. 괜찮아요?"

세자르의 오른쪽 넓적다리에 피가 흥건했다.

"다리에서 피가 나요."

세자르가 힘겹게 머리를 들어 넓적다리를 살폈다.

"살짝 물렸을 뿐이야. 침만 바르면 금방 나을 거야."

그 말과 달리 상처는 심상치 않았다. 개에게 물린 자리의 털가죽이 찢어졌을 정도로 깊었다. 나는 세자르의 넓적다리에 코를 대 피 냄새를 맡고 상처를 핥았다. 까끌까끌한 혀가 상처에 닿자 세자르가 콧잔등에 주름을 잡으며 신음했다. 나는 말했다.

"아까 개에게 달려들 때 정말 호랑이 같았어요. 아니, 아랑도 그렇게는 못 할 거예요."

세자르가 희미한 미소를 지었다.

"당연하지."

"세자르. 일어날 수 있겠어요?"

세자르는 깊은 한숨을 내쉬었다.

"언제까지 누워 있을 순 없지. 일어나야지."

16

 상처가 난 고양이는 아무 곳에나 눕지 않는다. 피 냄새가 천적을 불러들이기 전에 서둘러 몸을 숨겨야 한다. 수많은 죽음이 그 교훈을 가르쳤다. 나는 세자르를 이끌고 개가 사라졌던 부속 건물들 사이를 지나 뒷마당으로 갔다. 그곳 한쪽에는 기와지붕이 얹힌 창고 건물 두 동이 나란히 서있었다. 지붕들이 맞닿은 곳 밑에 고양이나 겨우 지나갈 좁은 통로가 있었다. 그 통로는 처마가 하늘을 가리고 양옆과 뒤가 벽과 담장으로 막혀 상처를 입은 고양이가 숨기 좋았다. 다행히 바닥에는 빈 종이상자들이 널려 있었다. 나는 그중에서 방석 모양으로 구겨진 상자 위에 세자르를 눕혔다. 그는 거칠게 숨을 헐떡이며 고통에 겨워 가르랑거렸다. 세자르의 상처에서 흐른 피가 우리가 걸어온 길을 표시하듯이 뒷마당에 점점이 떨어져 있었다. 나는 상처를 계속 핥았지만 피는 멎지 않았다. 그 피에서 얼룩이가 죽어갈 때의 냄새가 났다.

공기가 돌연 무거워지면서 수염이 아래로 늘어졌다. 처마 바깥에서 부산한 움직임이 느껴졌다. 나는 그 움직임을 쫓아 귀를 쫑긋거리고 통로 밖을 내다봤다. 눈이었다. 고양이 눈동자만한 눈송이들이 야외등 불빛에서 태어나 소리 없이 내려앉았다. 뒷마당에 떨어진 세자르의 핏방울들이 그 눈에 묻혔다. 눈송이들이 소리를 잡아 가두었는지 주위가 고요해졌다. 담장 너머 도로를 달리는 자동차 소리가 더 이상 들리지 않았다. 세자르가 가르랑거리는 소리만이 홀로 그 고요에 맞서고 있었다. 그가 나직이 신음했다.

"많이 아파요?"

"괜찮아. 이 정도야 뭐."

눈송이 하나가 빙글빙글 돌며 세자르의 코끝에 떨어졌다. 세자르가 눈을 들어 처마 바깥의 밤하늘을 올려다보았다. 그의 눈빛이 수많은 눈송이를 쫓아 흔들렸다.

"벌써 눈이 오다니. 너무 오래 머물렀어."

내가 미친개와 싸우게 되면 어떻게 하냐고 물었을 때 세자르는 무조건 도망치라면서 목숨보다 소중한 것은 없다고 가르쳤었다. 그런데 정작 본인은 죽음의 냄새를 풍기면서도 시베리아로 떠날 생각뿐이었다. 정말로 시베리아는 목숨을 걸고 갈 만한 가치가 있는 것일까. 나는 죽은 얼룩이가 떠올라 가슴이 아팠다.

"세자르. 지금 떠났다간 금방 죽을 거예요. 시베리아가 도망가는 것도 아니잖아요. 그러니까 다 나은 뒤에 떠나요. 그래도 늦지 않잖아요. 아니면 여기서 살아도 좋고요. 다들 환영할 거예요."

세자르가 나를 보며 달래는 미소를 지었다. 나는 어떤 말로도 그를 붙잡지 못한다는 것을 깨달았다. 세자르는 결국 떠날 테고 시베리아는커녕 얼마 가지도 못하고 죽고 말 것이다. 얼룩이가 죽어가던 그때처럼 나는 무력했다.

"시베리아는, 시베리아는 없을지도 몰라요. 이사벨이 그랬어요. 아랫동네 수컷들이 며칠을 걸어갔어도 도시였다고. 그리고…."

나는 입에 머금은 말을 꺼내기가 겁났다. 그러나 한번 쏟아진 말을 멈추지 못했다.

"고양이는 호랑이가 될 수 없어요. 아랑을 보고 알았어요. 호랑이는 태어날 뿐 원한다고 될 수 없다는 것을요. 세자르는 현명하잖아요. 경험도 많고. 그런데 왜 외면하나요? 고양이는 고양이일 뿐이란 진실을."

그 말은 눈송이들이 만든 장막과 벽에 갇혀 통로를 맴돌았다. 세자르가 재미있다는 듯이 웃었다.

"그 말을 하지 못해서 그간 똥 마려운 표정이었던 거냐?

지금이 처음은 아니지? 그 말을 하려던 게. 그동안 어떻게 참았을까. 보통 갑갑한 게 아니었을 텐데. 아마도 털 뭉치가 목에 걸린 것 같았겠지? 고양이는 고양이일 뿐이라… 나 역시 그 생각을 하지 않을 수 없었지. 눈이 삐지 않은 이상 아무리 봐도 고양이니까. 갖은 고생 끝에 시베리아에 도착했는데 여전히 고양이라면 그때는 어떻게 될까. 여행을 시작하고 그 질문이 머릿속에서 떠나질 않았지. 물론 답을 찾지는 못했어. 그건 당연해. 왜냐면 답은 시베리아에 있으니까. 시베리아에 도착해야만 호랑이가 될지를 알 수 있어. 묘한 건 북쪽으로 갈수록, 그러니까 시베리아가 가까워질수록 호랑이가 될 거란 확신은 커졌지. 그걸 어떻게 설명할 수 있을까. 포효를 듣는다고 했었지? 그 포효의 주인이 내 안에서 깨어나는 느낌이랄까. 그럼 또 묻게 싶겠지. 이 작은 몸이 어떻게 아랑처럼 거대한 호랑이로 변하냐고. 시베리아의 숲속에서 몸이 커져서 호랑이가 되거나 등가죽이 갈라지고 그 안에서 아기 호랑이로 다시 태어나는 상상을 하곤 했어. 그렇게 변한다면 정말 멋질 거야. 아쉽게도 그건 내 상상일 뿐이지. 아랑이 한 말 기억하지? 시베리아에서 곰과 독수리가 인간으로 변했다고. 하지만 아랑은 그들이 어떻게 변했는지는 몰랐어. 검독수리도 마찬가지였고. 그 질문의 답 역시 시베리아에 가야만 알 수 있지. 그 깊은 숲속에 답이 있는 거야. 그러니 그 답을 찾기 위해서라도 나는 시베리아에 가야만 해."

세자르는 눈을 들어 밤하늘을 뒤덮으며 쏟아지는 눈송이들을 올려다보았다.

"이사벨과 멍청한 수컷들은 도시에 너무 익숙해졌거나 일찍 포기하고 돌아왔지. 하지만 그들은 물론 너도 줄곧 시베리아를 느껴 왔어. 북쪽에서 부는 바람에 시베리아가 들어 있으니까. 대부분의 고양이들은 그 냄새를 맡으면서도 시베리아를 알지 못해. 나도 그랬지. 검독수리가 알려주기 전까지는. 그러니 믿으렴. 그 바람이 불어오는 곳에 시베리아가 있다는 걸 말이야."

나는 눈을 몰아오는 바람을 들이마셨다. 차가운 눈과 자동차 배기가스와 성당 벽에 쌓인 의자들, 그리고 공영주차장 지붕에서 맡았던 냄새와 비슷하지만 결국 다른 냄새가 느껴졌다. 콧속이 시리도록 신선하면서도 까마득히 오래된 냄새였다.

"세자르. 저도 시베리아에 갈게요. 데려가 주세요."

"그러기엔 넌 너무 어려."

나는 일어나 제자리에서 발을 굴렀다.

"아니에요. 다 컸어요. 시베리아에 갈 수 있어요."

"달이 대여섯 번만 더 뜨면 넌 당당한 수컷이 돼 있을 거야. 그때쯤이면 알도 얕잡아 볼 수 없겠지. 그렇지만 지금의 너는 시베리아에 가기는 일러. 애송이니까. 애송이들은 뭐든 쉽게 생각하지. 하지만 시베리아로 가는 길은 네가 생각하는 것보다 훨씬 험난해. 아랑의 말마따나 수많은 산과 골짜기와 강을 지나야 하지. 도중에 겨울을 몇 번이나 맞게 될 거고. 넌 아직 겨울을 난 적이 없지? 겨울은 혹독해. 어쩌면 죽음보다 더. 그런 겨울을 무사히 넘기고 시베리아에 도착하려면 기적에 가까운 행운이 필요해. 그리고 인간들이 세운 철조망도 길을 막고 있지. 검독수리는 땅이 시작되는 곳에서 끝나는 곳까지 그 철조망이 두 겹으로 뻗어 있다고 했어. 게다가 총을 든 인간들이 철조망을 마주보며 밤낮없이 지킨다니 날개 없이는 통과하기 쉽지 않을 것이라지. 철조망을 용케 통과해도 검독수리조차 모르는 위험이 곳곳에 도사리고 있을 거야. 그러니 남을 도와줄 여력이 없어. 자기 목숨을 부지하기도 벅차니까. 너 같은 애송이를 데려갔다가는 철조망에 도착하기도 전에 둘 다 죽고 말 거야. 시베리아는 자신의 발로만 갈 수 있어."

내겐 눈에 빤히 보이는 아파트 단지도 멀었다. 그 아파트 단지를 지나 얼마나 더 가야 시베리아일까. 세자르의 말이 이어졌다.

"다 자란 뒤에도 늦지 않아. 그때도 생각이 바뀌지 않는다면 찾아와라. 시베리아에서 기다리고 있을 테니까."

"어떻게 찾아가죠?"

"일어나서 수염을 뻗어 봐."

나는 세자르가 시킨 대로 했다.

"뭐가 느껴지니?"

"수염이 간질간질해요."

"그럼 이제 수염을 끝까지 뻗고 뿌리에 신경을 집중해."

얼굴이 일그러질 때까지 힘을 주어 수염을 뻗었다. 수염의 뿌리가 간지러운 순간을 넘어서자 수염이 무엇엔가 끌려가듯이 떠오르며 눈앞에 빛나는 선들이 생겨났다. 그 선들은 처마의 틈과 성당 지붕 위로 보이는 구름 가득한 하늘을 뒤덮었다. 나는 그 황홀한 광경에 넋을 잃었다. 그러나 선들은 일그러지며 서로 뒤엉키더니 불꽃 같은 잔상을 남기고 사라졌다.

"선들이 보이니?"

"네. 그런데 금방 사라져 버렸어요."

"그건 저것들 때문이야."

세자르가 고갯짓으로 가리킨 곳에 야외등이 서있었다.

"다시 수염을 뻗어보렴."

이번에 나타난 선들은 야외등과 전선 근처에서 휘어지다가 또다시 사라져 버렸다. 야외등과 전선에서 나오는 보이지 않는 힘이 그 선들을 끌어당겨 지우는 것처럼 보였다.

"저것들이 없는 곳에서 선들은 곧고 뚜렷해. 뻗은 방향이 항상 북쪽이라 여행자들은 그 선들을 길잡이 삼지. 그러니 나중에 시베리아에 올 때 의지하렴. 바람에서 나는 냄새도 잊지 말고. 그것 역시 네가 길을 잃지 않도록 도와줄 테니까. 그 선들과 냄새를 쫓아 북쪽으로 계속 여행하다 보면 언젠가 물빛이 검은 강을 만나게 될 거야. 맞아. 아랑에게 물었던 그 강이지. 그 강 너머부터 하얀 나무들이 끝없는 숲을 이루고 있어. 그곳이 바로 시베리아야. 그 숲 북쪽에는 거대한 호수가 있는데 물이 너무 맑아서 얼굴이 비치지 않는다고 해. 그래서 검독수리는 얼굴을 빼앗는 호수라고 불렀지. 그 호숫가를 오른쪽으로 돌아가면 하얀 바위가 서 있어. 달빛에 은색으로 빛난다니 찾기 어렵지는 않을 거야. 나는 그 바위 근처에 있을게. 그때 내가 호랑이일지, 아니면 여전히 고양이일지는 지금은 알 수 없어. 하지만 내가 널 알아볼 게다. 그러니 그 바위를 목표로 나를 찾아오렴."

뒷마당을 덮은 눈밭 위로 투명한 호수가 펼쳐졌다. 의자들이 쌓인 곳에서 바위가 솟아났다. 성당의 붉은 벽면에 달이 떠오르자 바위는 빛을 뿜어내며 은색으로 밝아졌다. 나는 머릿속에 그린 그 풍경에 감탄했다.

"네. 그럴게요."

세자르가 머리를 종이상자에 뉘었다.

"피곤하네. 이제 그만 자자."

세자르가 힘겨운 한숨을 내뱉고 눈을 감았다. 세자르의 얼굴은 평온했다. 가르랑거리는 소리도 줄었고 상처에서 흐르던 피도 털을 물들인 그대로 굳었다. 나는 세자르의 넓적다리에 난 상처를 핥았다. 세자르를 죽음으로 내몰던 냄새가 느껴지지 않았다. 그 냄새를 제때 흐트러뜨린 기적에 나는 감사했다. 눈이 바람을 타고 세자르와 내가 누운 곳까지 흩날렸다. 성당 뒷마당에는 발목이 잠길 높이까지 눈이 쌓였다. 발자국 하나 찍히지 않은 눈밭은 아름다우면서도 쓸쓸했다. 시베리아는 달이 몇 번이나 떴다 질 동안 눈으로 덮여 있다고 했던가. 나는 시베리아에 세자르와 단둘만 남겨진 것 같았다.

17

 담장 너머에서 들린 경적소리에 눈을 떴다. 어느새 날이 밝아 두 개의 처마 사이로 보이는 하늘이 파랬다. 나는 다시 눈을 감고 몸을 뒤척이며 앞발을 뻗었다. 앞발이 무엇에도 걸리지 않고 종이상자 위에 툭 떨어졌다. 나는 처음에는 어리둥절했지만 금방 상황을 깨달았다. 세자르가 누워 있어야 할 종이상자가 비어 있었다. 나는 후다닥 일어나 주위를 두리번거렸지만 세자르는 보이지 않았다. 그 대신 상자 앞까지 들이친 눈에 고양이 발자국이 찍혀 있었다. 그 발자국들은 통로를 빠져나가 성당 뒷마당의 눈밭으로 이어졌다. 처마를 벗어난 곳에 찍힌 네 개의 발자국이 유난히 컸다. 세자르가 멈춰서 돌아본 자국이었다. 그는 잠든 내게 그렇게 마지막 인사를 건넨 것이다. 왜 나를 깨우지 않았을까.

그 인사라도 받았다면 이렇게까지 가슴이 저미지는 않았을 텐데. 나는 통로에서 나와 세자르의 발자국을 쫓기 시작했다. 발자국들은 부속 건물들 사이를 지나 간밤에 세자르와 개가 사투를 벌였던 앞마당을 가로질렀다. 출입문 바깥에서부터는 인간과 차량들이 눈을 짓이겨 발자국을 찾기가 쉽지 않았다. 길가에 쌓인 눈에서 겨우 찾아낸 발자국들은 언덕과 아파트 단지가 있는 북쪽을 가리켰다. 그쪽 하늘가에 먼지가 가라앉아 아파트 단지는 평소보다 멀어 보였다. 나는 뒷다리를 절룩이는 세자르를 떠올리며 아파트 단지를 향해 걸음을 서둘렀다.

어린이집 앞에서 주저하지 않았다. 세자르를 어서 찾아야 한다는 생각이 횡단보도를 훌쩍 건너게 해주었다. 영역을 벗어난 뒤로는 가능하면 큰길을 택했다. 동물원에 가는 동안 큰길은 우두머리들이 영역의 경계로 삼아 감시와 텃세가 덜하다고 세자르에게서 배웠기 때문이었다. 나는 돌아올 때를 대비해 눈에 잘 띄는 전봇대와 가로등과 우체통 등에 오줌을 남기는 것도 잊지 않았다.

하루 종일 이삼 층 건물들이 밀집한 도심을 걸어 언덕 밑에 도착했다. 멀리서는 매끈하게 보였던 언덕에 수많은 주택이 계단처럼 층을 이루고 있었다. 그 주택들 사이로 난 비탈길을 올라 언덕 꼭대기에 도착하자 어느새 날이 어두웠다. 나는 아파트 단지 정문으로 통하는 계단에서 뒤를 돌아보았다. 어두운 도심에 무수한 불빛이 깔린 풍경이 밤하늘을 뒤집어 놓은 것 같았다. 불빛이 뚝 끊긴 지평선 위에서 초승달이 교교한 달빛을 뿌렸다. 마릴린도 저 달을 보고 있을까. 공영주차장 용마루에 엎드린 마릴린을 머릿속에 그리자 달을 중심으로 그녀와 연결된 것처럼 느껴졌다.

"드디어 왔어요."

마릴린에게 전하는 그 말을 달에 남기고 아파트 단지 정문으로 들어섰다. 지하 주차장으로 이어진 도로를 건너 건물 두 동이 벌어진 틈으로 걸어갔다. 앞 건물과 똑같이 생긴 건물이 앞을 막았다. 그 모든 건물이 영역에서 흔히 보았던 이삼 층 건물을 크고 높게 키운 것에 지나지 않았다. 위험을 무릅쓰고 먼 길을 찾아오거나 다른 고양이들에게 자랑할 만한 특별함이 전혀 없었다. 마릴린은 무엇을 보고 싶어서 이곳에 다녀오라고 요구한 것일까. 적어도 어디서나 볼 수 있는 이 건물들은 아닐 것이다. 나는 놀이터 한가운데에서 나를 에워싼 건물들을 둘러보며 마릴린의 생각이 궁금해졌다.

언덕 반대쪽 밑에는 평평해 보이는 낮은 도심이 또다시 펼쳐져 있었다. 언덕을 거의 내려갔을 무렵 새벽빛으로 희끄무레한 하늘에서 눈발이 휘날렸다. 나는 그 눈발을 피해 건설 현장에 쌓인 커다란 하수관에 들어가 누웠다. 그날 저녁 잠에서 깨자 눈은 그쳐 있었다. 나는 곳곳에서 불꽃이 튀는 거대한 공장을 가로질러 그 끝에서 만난 기찻길을 따라갔다. 인간과 차량들이 다니지 않아 안전하다고 좋아한 것도 잠시 곧 기차가 지축을 흔들며 쫓아오는 바람에 정신없이 도망쳤다. 기차와 갈라져서 걸음을 멈춘 곳은 교회였다. 그곳 주차장에서 앞발을 핥으며 숨을 고르던 중 우연히 사료를 발견하고 배를 채웠다. 그날 저녁 도로 밑에 뚫린 쥐 굴 모양의 통로를 지나자 흙탕물 냄새가 훅 끼쳐왔다. 제방에 올라서자 강물이 오른쪽에서 왼쪽으로 흘러가고 있었다. 어두운 데다 강폭이 넓어 건너편 기슭이 보이지 않았다. 나는 그 강을 어떻게 건너야 할지 막막했다. 강물이 흘러오고 흘러가는 양쪽을 한동안 둘러보다 마음이 내키는 상류로 향했다. 큰 굽이를 돌자 강변에서 다리가 뻗어 나와 강을 가로지르고 있었다. 나는 그 요행을 반겼지만 막상 다리 입구에 도착하자 두려움이 앞섰다. 이 다리를 건너면 무엇을 마주치게 될까. 영역으로 무사히 돌아갈 수는 있을까. 여기까지 와서 포기할 수 없다고 이빨을 악물어도 용기는 나지 않았다. 신경이 뒤로 쏠려 나도 모르게 고개를 돌리려던 그때였다.

"물러서지 마."

세자르의 목소리였다. 그 목소리는 머릿속에서 울렸을 테지만 세자르가 강 건너에서 외친 것처럼 들려 나는 깜짝 놀랐다. 앞서 그 다리를 건넜을지도 모를 세자르를 떠올리고 흙탕물과 낯선 냄새를 머금은 공기를 흠뻑 들이마신 뒤 다리에 발을 내디뎠다. 무엇을 마주칠까란 두려움이 무색하게 강 건너에는 그동안 지겹게 봤던 주택가가 계속됐다. 동쪽 하늘이 밝아오자 나는 주택가에 박힌 공원 풀숲에 숨어 잠을 잤다. 잠에서 깼을 때 황토색 먼지가 하늘을 뒤덮어 노을이 탁해 보였다. 그간 걸어온 거리를 알려주었던 아파트 단지가 그 먼지에 삼켜졌다. 다시 길을 떠난 나는 지칠 대로 지쳐 발을 질질 끌 무렵 새벽을 맞았다. 어느 주택의 계단 밑에 들어가 화분들 틈에 몸을 말고 누워 잠을 청했다. 그다음 날 새벽에 찾은 잠자리는 야채가게 뒤꼍에 버려진 포장지였다. 계속된 강행군으로 몸단장할 힘도 없었지만 되레 정신이 말짱해서 잠은 오지 않았다. 나는 야채가게 간판 너머에서 파랗게 밝아오는 하늘을 보며 얼마나 멀리 왔는지를 셈했다. 어린이집 앞 도로를 건너고 맞은 네 번째 아침이었다. 아랫동네 젊은 수컷들보다 하루를 더 왔지만 나는 여전히 도시에 갇혀 있었다. 그들과 이사벨의 말처럼 정말로 이 도시는 끝없는 것일까. 하늘에 마지막까지 떠 있던 별이 햇빛에 묻히듯이 사라졌다. 그 별은 작은 점으로 보이지만 실제로는 엄청나게 클지도 몰랐다. 나는 잠이 올 때까지 세자르가 말한 별과 그 별을 둘러싼 어둠을 생각했다.

　세자르의 냄새는 영역을 벗어난 직후 차량과 사람들에 밟혀, 그리고 다른 수컷의 냄새에 경기를 일으키는 수고양이들에 의해 지워졌다. 나는 어떤 곳에서도 세자르 냄새를 찾지 못했다. 단서가 전혀 없이 세자르를 만나는 기적을 바라며 무작정 북쪽을 향해 걸었던 것이다. 그런데 어느 순간부터 세자르에 대한 걱정이 사라지고 걷는 나 자신만을 의식했다. 길을 가고 있다는 것, 그것만이 중요해졌다. 나는 걸음을 내디딜 때마다 뒤쪽으로 길어지는 선을 생각했다. 고물상을 벗어나 영역을 처음으로 탐험할 때 그렸던 그 선이었다. 영역 안에서는 그물 형태로 짜였던 선이 어린이집 앞에서부터 아파트 단지를 넘고 강을 건너 내가 걷는 그곳까지 한 줄로 그어져 있었다. 나는 전선과 인도와 도로 등이 만나는 소실점 너머로 뻗은, 내가 곧 그리게 될 선도 보았다. 그 선은 어디까지 이어져 있을까. 한 걸음 한 걸음씩 그 선을 당기며 걷는 사이 도시가 헐거워졌다. 길이 넓어졌고 인간과 차량은 줄었으며 건물들 사이의 빈터는 늘어갔다. 나란한 반원형 비닐 건물들 뒤에 너른 들판이 펼쳐져 있었다. 들판에선 뿌리만 남은 식물이 차갑고 건조한 바람에 말라 갔다. 들판 끝에는 고양이의 귀를 닮은 봉우리 여러 개가 하나의 산을 이루고 있었다. 드디어 도시가 끝난 것일까. 그러나 산 너머에는 그 산보다 높은 아파트들이 하늘을 떠받치는 기둥처럼 서있었다. 나는 세상이 도시로 뒤덮였다는 이사벨의 말을 기억하며 들판에 들어섰다.

들판을 가로질러 숲에 다다른 때는 고랑이 흐릿하게 드러난 새벽이었다. 숲속은 아직 새벽빛이 닿지 않아 캄캄했다. 한밤중에도 환한 도시에서만 살았던 나는 칠흑 같은 어둠이 처음이었다. 그럼에도 그 어둠을 뚫고 볼 수 있었다. 모든 색깔이 짙고 옅은 흑백으로 변해 모양을 구별하기는 쉽지 않았지만 그 대신 거미가 거미줄을 손보는 작은 움직임을 순식간에 알아차렸다. 나는 어둠 속에서 깨어난 또 다른 눈이 신기했다. 잿빛으로 변한 거미를 앞발로 톡톡 치며 살펴보는데 어디선가 쥐가 숨통이 끊어질 때 지르는 비명소리가 들렸다. 나는 바위 밑으로 달아나 풀 속에 숨었다. 맞바람이 불어 마음을 놓았지만 곧 나를 염탐하는 눈을 감지했다. 그 눈은 어둠 속 모든 곳에서 나를 지켜보았다. 어둠은 나를 감춰주지 않았다. 지금껏 어디서나 내 편이었던 어둠이 숲속에서는 그 눈의 편이었다. 새벽빛이 들이치자 눈은 어둠을 따라 더 깊은 숲속으로 물러났다. 긴장이 풀린 나는 바위 밑에 웅크린 그대로 잠이 들었다.

피 냄새였다. 잠을 뚫고 들어와 콧속에 흩뿌려진 그것은. 나는 순식간에 잠에서 깨 그 냄새가 풍겨온 곳을 찾아 두리번거렸다. 바위 앞 공터에서 한 쌍의 눈이 나를 살피고 있었다. 잠들기 전 어둠 속에 흩어져서 나를 염탐했던 그 눈은 아니었다. 나를 똑바로 겨냥한 살아있는 눈이었다. 눈의 주인은 처음 보는 동물로 생김새는 우리 고양이를 닮았다. 털은 짙은 갈색 반점이 있는 회갈색이었으며 이마에는 검은색과 흰색 줄무늬가, 계속 앞뒤로 움직이는 귀 뒤에는 눈동자처럼 생긴 흰점이 나 있었다. 주둥이 주변 흰 털에 새빨간 피가 방울방울 맺혀 있었다. 나를 깨운 피 냄새와 함께 저절로 몸서리치게 되는 고약한 체취가 동물에게서 퍼져왔다. 그 동물이 세자르만큼이나 뛰어난 사냥꾼이란 뜻이었다. 나는 뒤쪽이 바위로 막혀 달아나지 못했다. 내가 할 수 있는 것이라곤 나를 만만히 여기지 않도록 발톱을 드러내고 하악거리는 것뿐이었다. 동물이 코웃음을 쳤다.

"흥. 뭐야? 고양이였어?"

동물이 코를 킁킁거리고 눈살을 찌푸렸다.

"아, 정말 지독한 냄새네. 너 도시에서 왔니?"

그 목소리에서 적의가 아닌 호기심이 느껴졌다. 나는 하악질은 멈췄지만 정체를 모르는 동물 앞에서 발톱까지 감출 수는 없었다.

"네. 도시에서 왔어요. 당신은 누구죠?"

"그렇게 경계하지 않아도 돼. 친척을 잡아먹지는 않으니까. 게다가 조금 전에 통통한 들쥐를 먹어서 배가 부르거든. 지금이 내가 가장 관대할 때지."

동물은 나는 안중에 없다는 듯이 침을 묻힌 앞발로 입 주변의 피를 닦았다.

"나는 삵이란다. 이 숲의 주인이지."

알레한드로가 수업 중에 멸종한 일족의 예로 든 동물이 삵이었다. 그 삵이 내 앞에 멀쩡히 살아있었다. 나는 동물의 정체를 알자 마음이 놓였다. 발톱을 감추고 엉덩이를 땅에 붙여 앉자 삵이 미소를 지었다.

"좀 낫군. 그나저나 도시에 사는 어린 친척이 이 숲에 무슨 일일까?"

"친구를 찾으러 왔어요."

"친구?"

"이름은 세자르예요. 주황빛이 도는 노란 고양인데 이 숲에 왔을지도 몰라요."

삵이 숲을 둘러보았다.

"이 숲은 엄청 넓단다. 이곳에서 평생 산 나도 아직 가보지 못한 곳이 있을 정도지. 만약 네 친구가 이 숲에 들어왔다면 찾기는 쉽지 않을 거야. 겨울철 풀밭에서 생쥐 털을 찾는 것이나 다름없으니까."

나는 나무들을 보며 말했다.

"이 숲은 인간들이 만든 공원인가요?"

삵은 눈을 동그랗게 뜨고 입을 헤벌렸다.

"하여간 도시 녀석들이란."

삵은 그 숲이 공원인지 아닌지 알게 될 거라며 산꼭대기로 가는 길을 가르쳐주었다. 나는 연신 하품하는 삵과 헤어져 숲 안쪽으로 들어갔다. 한두 그루 눈에 띄기 시작한 전나무가 갈수록 울창해졌다. 그 전나무 그늘에 숨은 눈이 나를 은밀히 뒤쫓았지만 새벽과 달리 두렵지 않았다. 삵이 자신을 숲의 주인이라고 소개했기 때문이었다. 그 소개가 허세가 아니라면 그 숲에 삵보다 강한 동물은 없었다. 나는 삵 정도의 동물이라면 맞서 싸우지는 못해도 달아날 자신이 있었다. 새들이 낯선 고양이가 나타났으니 조심하라고 서로 지저귀는 소리를 들으며 가파른 비탈을 올라갔다. 물이 바짝 마른 골짜기를 지나고 수많은 바위를 타넘고 가시와 마른 잎이 빽빽한 풀숲을 뚫고 나가자 흙이 단단하게 다져진 등산로가 나타났다. 등산로 끝에는 계단 모양으로 쪼개진 바위가 놓여 있었다. 그 바위에 올라서자 소나무 가지들이 걷히며 시야가 확 트였다. 주위에 그 바위보다 높은 곳은 보이지 않았다. 그곳이 삵이 말한 산꼭대기였다. 바위 밑은 깎아지른 벼랑이었다. 벼랑이 지면과 만나는 곳에 전나무들이 빽곡히 자라 짙푸른 숲을 이루었다. 한 가닥 터럭 같은 등산로가 그 숲을 빠져나와 다음 봉우리로 구불구불 이어졌다. 봉우리 너머에는 수십 개의 산이 푸른빛이 도는 산맥이 되어 북쪽으로 뻗어 있었다. 그 뒤로 송곳니처럼 뾰족한 청회색 봉우리들이 오후의 햇살에 부옇게 빛나는 구름을 뚫고 솟아 있었다. 그 구름과 하늘가에 가라앉은 먼지가 뒤섞인 곳으로 시선이 빨려들어 나는 눈이 어지러웠다.

구름이 안개로 변해 흩어지는 산자락에 흰색 건물들이 서있었다. 들판을 가로지르기 전 산 너머로 보았던 아파트였다. 그 아파트는 그릇 바깥에 흘린 사료 알갱이처럼 도시의 일부로 그곳에 남겨진 것 같았다. 이사벨이 말한 대로 저 들판과 산은 공원일까. 그렇지 않았다. 공원이 저토록 넓다면 세상을 뒤덮은 것은 도시가 아니라 공원이었다. 그렇게 거대한 공원을 누구도 공원이라고 부르지 않을 것이다. 도시에 끝이 있다는 세자르의 말은 옳았다. 내 앞에 있는 들판과 산과 산맥이 바로 도시 바깥이었다. 세자르가 세상을 밤하늘에 빗댔을 때의 어둠이었다.

그 어둠을 들여다보노라면 그 안에서 세자르가 느껴졌다. 그것은 내 기대나 바람이 아닌, 어둠이 들려준 세자르의 전언과도 같은 것이었다. 여기 산비탈을 오르고 쥐구멍에서 쥐를 꾀어내고 개울에서 목을 축이고 있다고. 그 모습들을 떠올리자 가슴속에서 뜨거운 것이 울컥거렸다. 세자르를 쫓아갈 수 있을까. 고작 다섯 번의 밤 동안 걸었는데 갈비뼈가 욱신거리고 다리근육이 당겼으며 발가락은 떨어져 나갈 것처럼 아팠다. 그곳에서부터 시베리아까지는 달이 수십 번 떴다가 져야 겨우 도착할 거리가 남아 있었다. 몸이 다 자라지 않은 데다 준비와 각오까지 부족한 상태로는 어림도 없는 거리였다. 고집을 부려 세자르를 쫓아가도 금방 짐으로 전락해 둘의 목숨을 위태롭게 할 것이다. 세자르가 말했듯이 시베리아는 자신의 발로만 갈 수 있었다.

　차가운 바람이 산맥 쪽에서 불어와 소나무 가지를 흔들었다. 나는 바람이 불어오는 곳으로 수염을 뻗었다. 먼지 층에서 빛나는 선들이 뻗어와 머리 위를 가로질렀다. 선들은 도시에서와 달리 엉키지 않았으며 가닥을 헤아릴 수 있을 정도로 선명했다. 나를 둘러싼 세상이 그 선들과 함께 북쪽 하늘을 중심으로 천천히 돌았다.

　석양이 지자 산을 내려와 살던 곳으로 향했다. 그곳은 먹이가 풍부하고 다른 곳에 비해 안전했으며 반지하방 여자를 비롯한 인간들이 길고양이들에게 우호적이었다. 또 음식물 쓰레기장과 그 근처에는 사냥을 훈련할 수 있는 쥐가 언제나 득시글거렸다. 새끼 고양이가 성장하고 강해지는데 그만한 곳을 나는 알지 못했다. 도시에 들어선 뒤 남겨 두었던 오줌 냄새를 길잡이 삼았다. 그 냄새를 찾을 수 없을 때는 수염으로 방향을 잡았다. 전봇대와 전선 때문에 그마저도 여의치 않으면 순간적으로 떠오른 직감을 따랐다. 똑같이 생긴 주택들이 담장도 없이 붙은 거리에서 길을 잃고 헤매다 강을 만난 건 행운이었다. 강가에 서서 양쪽을 번갈아 보고 직감이 가리킨 하류를 택했다. 이번에도 행운이 따라 줘 다리 몇 개를 지나고 만난 다리의 난간에서 내 오줌 냄새를 맡았다. 그 다리를 건너자 아파트 단지가 보여 그곳에서부터는 길을 찾기가 쉬웠다. 아파트 단지와 언덕을 반대쪽에서 넘고 낮은 도심을 지나 여자가 사는 집에 도착했을 때 막 동쪽 하늘이 밝아오고 있었다. 내가 오래 자리를 비웠음에도 그릇에는 사료가 가득했다. 나는 그 사료로 주린 배를 채우고 창고 안 보금자리에 누웠다. 이불에 코를 박고 벌써 희미해진 세자르의 냄새를 들이마셨다. 그가 떠났음을 실감하면서도 그와 등을 맞대고 누웠던 그때처럼 마음이 편안해졌다. 열 번의 밤 동안 쌓인 피로가 한꺼번에 엄습해 나는 혼절하듯이 잠들었다.

18

갑자기 환해진 느낌에 눈을 떴다. 환풍구로 흘러든 가로등 불빛에 창고 안이 밝아져 있었다. 나는 늘어지게 하품한 뒤 일어나려다 짧은 비명을 토하고 주저앉았다. 앞 발가락부터 꼬리까지 쑤시지 않는 곳이 없었다. 고작 다리를 뻗어 기지개를 켜는 데도 앓는 소리가 쏟아졌다. 하지만 그 통증이 산꼭대기를 다녀온 여정을 상기시켜 싫지만은 않았다. 나는 여자가 다시 차려놓은 사료를 먹고 대문 기둥을 시작으로 오랜만에 순찰에 나섰다. 자리를 비운 기간이 꽤 길었는데도 다행히 영역을 노린 고양이는 없었던 듯했다. 다른 영역과 이어져 몇몇 수고양이가 드나드는 통로로 향할 때였다. 이사벨이 도롯가 모퉁이 뒤에서 나타나 골목으로 들어왔다. 알레한드로가 눈을 떨구고 쭈뼛거리며 이사벨을 뒤따랐다. 나는 뛰듯이 걸어 마중을 나갔다. 이사벨이 코를 내밀며 인사했다.

"돌아왔다더니, 정말이네. 어디 아픈 데는 없고?"

"네. 전 괜찮아요."

"네가 세자르 그 녀석이랑 사라졌다길래 얼마나 걱정했는지 아니? 세자르야 원래 떠돌이지만 넌 아니잖니. 게다가 넌 아직 어리고. 어머나, 얼마나 굶은 거니? 얼굴이 반쪽이 됐잖아. 지금부터라도 돌아다니지 말고 부지런히 먹어. 살쪄야 해. 올겨울을 무사히 넘기려면. 알았지?"

알레한드로가 이사벨 뒤에서 눈치를 보듯이 나를 힐끔거리며 안절부절못했다. 이사벨이 눈을 흘겼다.

"알레한드로. 거기서 뭐 하는 거야. 어서 이리 와. 나비에게 할말이 있잖아."

알레한드로는 이사벨 곁에 섰지만 여전히 내 눈을 똑바로 보지 못하고 우물쭈물했다. 이사벨이 어깨로 알레한드로의 옆구리를 쳤다. 그가 화들짝 놀랐다.

"알았어. 알았다구. 흠, 그러니까… 어디서부터 이야기해야 하나…"

"이 영감이 진짜! 연습한 대로만 해."

"그래, 알았으니까 잔소리 좀 그만해."

알레한드로가 헛기침을 했다.

"큼큼. 나비야. 너를 볼 면목이 없구나. 미안하다. 변명

같다만 개가 나타날 줄은 꿈에도 몰랐단다. 정정당당히 싸워서 세자르를 내쫓을 거라는 알 그놈의 말을 무턱대고 믿었던 거지. 난 세자르만 사라지면 다시 질서가 잡히고 모든 게 예전으로 돌아갈 것이라고 생각했어. 그런데 놈이 개를 끌어들였을 줄이야. 그것도 우열을 가리는 신성한 싸움에. 그 탓에 오히려 질서가 더 훼손되고 말았지. 난 그날 밤 이후 내 어리석음을 줄곧 자책했단다. 게다가 네가 죽은 줄로만 알았지. 그게 가장 견디기 힘들었어. 내가 너를 죽인 것만 같았으니까. 네가 무사히 돌아왔다는 소식을 듣고 얼마나 다행이라고 여겼는지 모른다."

나는 어두운 골목에 산꼭대기에서 보았던 풍경을 그렸다. 알레한드로가 자책하는 어리석음이 없었다면 있는지도 몰랐을 풍경이었다. 이사벨처럼 도시가 세상의 전부라고 믿으며 살았을 것이다.

"걱정하지 마세요. 알레한드로를 원망하지 않아요. 알레한드로는 모두를 위해서 그런 거잖아요."

알레한드로가 입에 어색한 미소를 머금었다.

"고맙다. 이해해 주어서. 그런데 나비야. 그동안 무슨 일이 있었니? 어른스러워졌어. 갑자기 큰 것처럼 말이지. 이사벨. 당신도 봐봐. 어때? 나비가 좀 큰 것 같지 않아?"

이사벨이 머리를 갸웃거렸다.

"말라서 더 작아진 것 같은데. 하지만 뭔가 달라지긴 달라졌네. 분위기랄까?"

"거봐. 그렇지? 흠. 그런데 나비야."

알레한드로의 목소리가 조심스러워졌다.

"세자르는 어떻게 됐니?"

"세자르는 떠났어요. 개하고 싸운 다음 날에요. 전 바보같이 자고 있어서 세자르가 떠난 줄도 몰랐어요. 눈 위에 찍힌 발자국으로 그가 떠났다는 것을 뒤늦게 알았어요. 근데 세자르는 개에게 물려서 상처를 입었거든요. 그렇게 떠났다간 금방 죽을 것 같았어요. 그래서 세자르를 찾으려고 그 발자국을 따라갔어요."

이사벨이 물었다.

"그래, 찾았니?"

나는 고개를 저었다.

"아니요. 하지만 알 수 있어요. 세자르가 살아있다는 것을. 세자르를 떠올리면 살아있는 그가 느껴져요. 지금도 어딘가에서 멀쩡한 모습으로 쥐를 사냥하고 있을 것만 같아요. 물론 그 이유를 설명할 수는 없지만요."

알레한드로의 표정이 밝아졌다. 그는 매서운 눈으로 이사벨을 째려보았다.

"뭐라고? 세자르가 죽을 자리를 찾아갔다고? 내가 그 소리를 듣고 얼마나 마음을 졸였는지 알아? 행여나 내가 세자르의 죽음에 일조했을까 봐."

"우리 고양이들은 죽을 때가 되면 죽을 자리를 찾아가잖아. 얼룩이처럼 세자르 고 녀석도 그랬거니 한 거지…."

"상처를 입으면 숨는 게 당연하지. 그걸 가지고 죽을 자리를 찾아갔다는 둥 어쨌다는 둥."

이사벨은 알레한드로를 무시하고 내게 말했다.

"나비야. 우리가 너를 찾아온 이유는 또 있단다. 네게 경고하려고."

"경고요?"

"알 말이야. 넌 아직 모르겠지만 알이 다시 우두머리가 됐어. 그거야 누구나 예상했던 일이지. 그런데 알이 널 찾아다니며 갈가리 찢어 죽이겠다고 난리를 쳤거든. 놈의 눈빛이 어찌나 흉악하던지 살면서 별꼴을 다 본 나도 무서워서 오줌을 찔끔거렸단다. 그러니까 당분간 알을 피해 다녀. 놈의 눈에 띄었다간 죽을 수도 있으니까. 혹시라도 놈과 마주치면 무조건 도망치고. 알았지?"

이사벨이 몇 번이나 다그쳤지만 나는 대답하지 않았다. 세자르가 상처를 입고 작별 인사도 없이 떠나게 만든 원흉으로부터 숨거나 달아날 생각이 전혀 없었다. 그리고 도시를 벗어나 멀고 먼 산꼭대기까지, 그 여정을 마친 지금이라면 놈에게 맞설 수도 있을 것 같았다. 알레한드로가 버럭 소리를 질렀다.

"이 어리석은 놈. 넌 알에게 상대도 안 돼. 네가 하악거리기도 전에 알이 네 목을 물어뜯어 버릴걸. 죽을 자리를 찾는다는 건 바로 네놈을 두고 하는 말이야. 나비야. 넌 세자르에게서 사냥을 배웠다지? 그가 지금의 너를 보면 뭐라고 하겠느냐? 알과 어서 싸우라고 네 엉덩이를 떠밀 것 같으냐? 네 자신을 보렴. 아직 솜털도 가시지 않았잖느냐. 언젠가 알과 싸울 날이 오겠지만 지금은 아니야. 우선 목숨을 보전하면서 힘을 길러야 해."

나는 끝까지 묵묵했지만 어떻게 대답했어도 결과는 똑같았다. 이사벨이 우려했던 상황이 다음 날 찾아왔기 때문이었다. 하루 종일 보금자리에서 쉰 나는 저녁이 되자 사냥을 연습하려고 음식물 쓰레기장으로 향했다. 공장과 주택 사이로 난 좁은 통로에 알의 오줌 냄새가 진동했다. 나는 그 지독한 냄새에 목덜미를 잡힌 것처럼 멈칫했다. 그때 통로를 막아선 담장 위로 그 너머에서 알이 뛰어 올라왔다. 알은 하늘에서 들린 새의 날갯짓 소리를 쫓느라 나를 보지 못했다. 그 순간 미친개가 세자르를 패대기쳤을 때의 분노가 되살아났다. 나는 알레한드로와 이사벨의 경고를 깡그리 잊고 송곳니를 드러내며 으르렁거렸다. 그 소리에 귀를 쫑긋거린 알이 내 쪽으로 고개를 돌렸다. 알의 눈이 저녁 어스름 속에서 섬광처럼 번득였다.

"이게 누군가. 제 발로 찾아오다니 찾는 수고를 덜었군."

알이 담장을 미끄러지듯이 걸어 통로로 내려섰다. 그의 몸뚱어리 전체에서 뿜어진 살기가 나를 꽁꽁 묶었다. 나는 그 살기에 저항했지만 송곳니는 저절로 감춰졌고 귀는 뒤로 접혔다. 두려움에 멍해져서 거리를 좁혀오는 알을 쳐다보고만 있는데 머릿속에서 세자르가 달아나라고 소리쳤다. 그 소리가 알의 살기를 끊었다. 몸을 되찾은 나는 통로를 빠져나와 길가에 주차된 차량들 밑을 내달렸다. 그동안 뒤에서 알이 거기 서라고 외치는 소리가 가까워졌다가 멀어졌고 다시 가까워졌다. 나는 극도로 좁아진 시야에서 숨을 만한 곳을 필사적으로 찾았다. 꼬리 끝에 알의 숨결이 닿는 것만 같은 순간 차량에 가려진 철문이 눈에 띄었다. 나는 철문의 쇠창살들 사이를 비집고 들어가 곧바로 오른쪽 담장을 타넘었다. 담장 밑에는 마른 감나무 이파리들이 수북이 쌓여 있었다. 나는 그 이파리들에 몸을 묻고 숨을 죽였다. 알이 쇠창살 틈으로 몸을 욱여넣으며 낑낑거리는 소리가 들렸다. 겨우 쇠창살을 통과한 그는 씩씩거리며 내가 숨은 곳 너머를 지나갔다. 다행히 감나무 이파리들이 내 냄새를 감춰주었다. 주택 두어 채를 지난 곳쯤에서 알이 다음에는 반드시 죽여버리겠다고 소리쳤다. 알의 기척이 멀리 사라지자 나는 조용히 숨을 토했다. 알레한드로의 말은 틀리지 않았다. 나는 세자르에게 한 번 졌다는 이유로 알을 만만하게 여겼지만 그가 뿜어낸 살기조차 견디지 못했다. 알에게 맞서려면 적어도 계절이 몇 번 바뀔 동안의 노력과 영양가 높은 음식, 그리고 그때까지 살아남는 행운이 필요했다.

  나는 감나무 이파리들을 털고 일어났다. 초승달로 변해가는 반달이 감나무 가지에 걸려 있었다. 나는 주택 뒷마당을 가로질러 담장을 넘었다. 골목 끝에서 만난 사거리 모퉁이에 공영주차장이 서있었다. 그곳 용마루 밖으로 고양이의 하얀 앞발이 튀어나와 있었다. 나는 시시한 남자라고 중얼거리며 망설이다 출입구로 들어갔다. 용마루에는 내가 기억하는 모습 그대로 마릴린이 엎드려 달을 보고 있었다. 그녀가 혼잣말하듯이 말했다.
  "오랜만이네."
  "네."
  "어떻게 지냈니?"
  바람이 돌연 거세졌다. 그 바람이 불어오는 곳에 희고 노란 불빛들이 아파트 단지 모양으로 떠 있었다.
  "다녀왔어요. 마릴린이 말한 저곳에."
  마릴린이 그쪽으로 고개를 돌렸다.
  "정말이니?"
  "네."
  "그래, 어땠니?"
  나는 지붕 밑에 있는 건물들을 눈으로 훑었다.

"여기에 있는 건물들하고 다르지 않았어요. 좀 더 크고 높을 뿐이었어요. 마릴린도 가까이에서 봤다면 틀림없이 실망했을 거예요. 그런데 마릴린. 정말로 저 아파트 단지가 어떤지 알고 싶었던 건가요? 아니면 다른 이유가 있나요? 저기에 다녀오라고 한 이유를 도무지 알 수 없거든요."

"혹시 그 너머도 가봤니?"

나는 세자르와 개의 싸움, 그리고 세자르를 찾아 아파트 단지를 지나고 도시를 벗어나 산꼭대기에 오른 여정을 이야기했다. 구름 위로 치솟은 산봉우리들과 시선을 빨아들이는 먼지 층을 묘사할 때 마릴린의 눈은 그 풍경을 보는 것처럼 몽롱했다. 그녀가 들뜬 목소리로 말했다.

"아, 얼마나 아름다울까."

마릴린이 미소를 지었다.

"이리 오렴."

나는 마릴린에게 다가가 용마루 옆 지붕에 앉았다. 그녀에게선 입안이 달콤하면서도 알싸해지는 냄새가 났다. 만약 달빛에 냄새가 있다면 바로 그 냄새일 것이라고 나는 생각했다. 마릴린이 몸을 기울여 내 이마와 귓등을 부드럽게 핥았다.

"저 아파트 단지에 다녀오라고 한 건 핑계였단다. 부끄럽게 만들어 너를 떼어낼 생각이었지. 네가 정말로 다녀오리라곤 믿지 않았거든. 너 역시 다른 수컷들과 똑같다고 생각했으니까. 암컷들 앞에서 거들먹거리며 허세나 부리다 정작 용기가 필요할 때는 꽁무니를 빼는 수컷들 말이야. 그런데 넌 달랐어. 용기를 냈지. 이곳에 사는 어떤 고양이도 가지 못한 곳에 갔고 보지 못한 것을 보았지. 시시한 남자라고 부른 걸 사과하마."

마릴린이 달을 올려다보았다.

"약속했었지? 버려졌냐는 질문에 대답해 주겠다고. 미안하구나. 약속을 어겨야만 해서. 나는 그 질문만큼은 대답할 수가 없단다. 네가 짐작하다시피 나는 예전에 인간과 살았어. 목소리가 부드럽고 눈높이를 맞출 줄 아는 인간이었지. 난 그 인간을 사랑했어. 그래서 네 질문에 대답하는 게 너무 고통스러워. 그 사랑을 저버리는 것 같으니까."

달이 도심 위로 기울자 마릴린은 나를 자신의 보금자리로 데려갔다. 요금계산소 뒤에 마련된, 둥근 지붕에 뾰족한 귀가 달려 고양이의 머리를 닮은 집이 그녀의 보금자리였다. 그 안에는 그녀의 털처럼 하얗고 푹신한 털 이불이 깔려 있었다. 우리는 그 이불 위에 마주보고 누웠다. 보금자리 안은 무척이나 고요했다. 그 시간이면 어디서나 들을 수 있는, 길고양이들이 신경전을 벌이고 다투는 소리가 전혀 들리지 않았다. 그래서 그곳은 알이 지배하는 영역 안에 있으면서도 오직 마릴린만을 위한 별개의 영역처럼 느껴졌다.

나는 이사벨의 말이 기억났다.

"마릴린. 이사벨이 그러는데 마릴린이 길고양이들을 무시한대요. 진짜로 그래요?"

마릴린의 가슴이 한숨으로 들썩였다.

"그 할망구는 하여간 잘 알지도 못하면서 맨날 헛소문이나 퍼뜨리지. 난 다른 고양이들을 무시한 적이 없어. 다른 고양이들과 어울리지 않는 건 그럴 필요가 없기 때문이야. 난 혼자 있는 게 좋거든."

마릴린이 숨을 들이켰다.

"아까 인간과 같이 살았다고 했지? 그때 아주 높은 곳에 살았어. 어찌나 높은지 공기도 가벼워서 털이 항상 부풀어 있었지. 난 인간과 함께 창턱에 앉아 도시를 내려다보는 걸 좋아했단다. 도시 위로 달이 떠오르는 장면은 특히 아름다웠지. 어두웠던 도시가 달빛에 끌려 올라가는 것 같았으니까. 나도 그 달빛을 타고 하늘로 떠오르는 기분이었어. 그 순간 나는 고양이란 사실을 잊을 수 있었지. 내가 지붕을 좋아하는 이유는 그 당시의 기분을 다시 느끼고 싶어서야. 다른 고양이들을 깔보려는 게 아니라."

새벽빛이 흘러들어 요금계산소 뒷벽을 비춘 달빛이 혼탁해졌다. 말없이 그 달빛을 본 마릴린이 하품하고 자야 할 때라며 눈을 감았다. 그녀가 가르랑거리는 소리에 내 눈꺼풀도 스르륵 내리 닫혔다. 나는 꿈을 꾸었다. 꿈속에서 세자르와 담장 위를 걷고 있었다. 앞서 걷는 그의 꼬리가 씰룩거리는 엉덩이에 맞춰 하늘거렸다. 나는 세자르와의 거리를 좁히려고 걸음을 재촉했다. 그런데 뒤에서 죽여버리겠다고 외치는 소리가 들렸다. 돌아보자 알이 두 눈에서 검붉은 피를 흘리며 쫓아오고 있었다. 그의 몸에서 검은 연기가 뭉클뭉클 피어올라 공중에 알을 닮은 거대한 고양이를 만들었다. 나는 사력을 다해 달리며 목이 찢어져라 세자르를 불렀다. 그러나 세자르는 고개를 돌리지도 않고 꼬리를 살랑거리며 천천히 걸어갈 뿐이었다. 내 꼬리까지 따라붙은 연기 고양이가 앞발을 들어 날카로운 발톱을 휘두른 순간 나는 비명을 질렀다. 마릴린이 나를 흔들어 깨웠다.

"나비야. 정신 차려."

나는 뻣뻣한 몸을 퍼덕거리며 눈을 떴다. 마릴린이 걱정스러운 얼굴로 내려다보고 있었다. 나는 꿈속을 헤매는 눈으로 마릴린과 그녀의 보금자리와 요금계산소 뒷벽을 둘러보았다. 마릴린이 말했다.

"갑자기 발길질하길래 깜짝 놀랐잖니. 꿈이라도 꾸었니?"

나는 여전히 멍했다.

"네. 악몽이었어요. 알이 저를 죽이려고 쫓아왔거든요."

"알이?"

나는 그 꿈과 이사벨의 경고와 알에게 쫓겨 감나무 이파리 속에 숨은 일을 들려주었다.

"그러니까 알 그놈이 너를 죽이려고 이를 간다는 거네?"
"네."

마릴린이 콧방귀를 뀌었다.

"흥. 똥이나 흘리고 다니는 주제에. 그런데 뭐가 문제지? 답은 뻔한데."

"네?"

"도망 다니느냐, 맞서 싸우느냐 둘 중 하나잖아. 살살 피해 다니면 안전하기는 하겠지. 도시를 벗어나 산꼭대기에 다녀온 고양이에겐 부끄러운 일이지만. 만약 맞서 싸운다면 어떨까? 위험이야 따르겠지. 하지만 그 위험을 이겨낸다면 너는 더욱 강해져 있을 거야."

나는 머뭇거리다 말을 꺼냈다.

"알은 강해요. 알레한드로가 그랬어요. 알이 단번에 제 목을 물어뜯을 거라고."

마릴린이 혀를 찼다.

"쯧쯧쯧. 하여간 수컷들은 할퀴고 물어뜯을 줄만 알지. 잘 들어. 나비야. 싸우는 방법도 여러 가지야. 발톱을 휘두르는 것만이 능사가 아니야. 오히려 피를 보지 않고 이긴다면 그게 최선이지. 생각해 보렴. 네가 알에게서 얻으려는 게 무엇인지를. 승리일지, 안전일지. 그 두 가지가 아니라면 그 밖의 다른 것일지. 그것을 명확히 알게 되면 싸우지 않고도 이길 방법을 찾게 될 거야."

19

 알은 기름진 음식 냄새가 코를 잡아끄는 골목에서 순찰을 시작했다. 순찰로는 성당 앞 공터와 소나무가 우거진 아파트와 쇳가루가 벽 밑에 모래처럼 쌓인 공장 등으로 이어졌다. 다른 영역의 우두머리들이 마음이 내킬 때 순찰하는 것과 달리 알은 하루에 두 번, 인간들이 쏟아져 나오는 아침과 지친 표정으로 돌아오는 저녁에 순찰했다. 그렇게 횟수와 시간을 지키는 이유를 나는 알 수 없었다. 알이 오줌을 싼 뒤의 행동도 남달랐다. 자신의 오줌 냄새를 꼼꼼히 맡고 하늘을 올려다보며 오른쪽 앞발로 왼쪽 눈꺼풀에 새겨진 흉터를 두어 번 쓰다듬었다. 알은 그 동작들의 순서를 철저히 지켰는데 그래야만 오줌 냄새가 힘을 갖는다고 믿는 것 같았다. 그는 인간도 두려워하지 않았다. 공원 놀이터에서 어린 인간들이 놀이 기구들 사이를 뛰어다니고 늙은 인간들이 벤치에 마주앉아 서로에게 삿대질하며 악을 쓰는데도 태연히 모래밭에 똥을 누었다. 알의 순찰은 영역을 한 바퀴 돌아 시작된 골목에서 끝났다. 그는 언제나 그 골목 입구에서 의심하는 눈으로 뒤를 살폈다. 미행이 없다는 것을 거듭 확인하고 골목으로 들어갔다. 나는 서둘러 쫓아갔지만 막다른 골목은 언제나 비어 있었다. 그 골목을 뒤덮은 기름 냄새 때문에 알을 더 이상 추적할 수 없었다.

마릴린의 조언을 받아들인 나는 싸우지 않고 이길 방법을 찾아 알을 뒤쫓기 시작했다. 차량과 전봇대 등에 숨어 먼 거리에서 관찰했다. 알이 미심쩍은 눈으로 힐끔거리거나 바람이 그쪽으로 불어가면 거리가 벌어지도록 내버려두었다. 알이 냄새를 남기는 곳들은 정해져 있기 때문에 그를 놓칠 염려는 없었다. 나는 그런 식으로 날이 다섯 번 바뀔 동안 알을 미행했지만 안타깝게도 빈틈을 찾지 못했다. 사실 빈틈이 무엇인지도 몰랐다. 알이 똥을 싸려고 힘을 주며 눈을 감는 순간에도 빈틈은 전혀 보이지 않았다. 심지어 공원 화장실 뒤에서 배를 까고 잠들었을 때조차 반격할 태세를 완벽히 갖춘 것처럼 보였다. 그러나 알은 이미 수많은 빈틈을 노출했을지도 몰랐다. 그것들을 내가 빈틈으로 알아차리지 못했을 뿐이다. 그 생각이 들 때마다 나는 거꾸로 알에게 쫓기는 것 같았다.

그날도 소득 없는 미행을 언제까지 계속해야 할까 고민하며 성당 옆 골목에 들어섰다. 아직 석양이었지만 골목은 건물 그림자에 잠겨 먼저 저녁을 맞은 듯이 어둑했다. 골목 끝에서 담장에 올라섰을 때 도롯가에 승합차가 섰다. 승합차 운전석과 조수석 문이 열리고 흰옷을 입은 인간 둘이 내렸다. 도로에서 골목으로 몰려온 바람이 그 인간들에게서 수많은 고양이 냄새를 훔쳐 왔다. 저 인간들은 누구길래 저런 냄새를 풍기는 걸까. 호기심이 동한 나는 성당 부속 건물 지붕으로 올라갔다. 그곳에서는 골목과 인간들이 한눈에 들어왔다. 운전석에서 내렸던 남자가 골목을 두리번거렸다.

"여기가 맞아? 성당이라고 하지 않았어?"

다른 남자가 승합차 뒷문을 열며 대답했다.

"성당에서 허락하지 않았대. 뻔하지. 생명이 어쩌고저쩌고 그랬겠지. 그래도 민원을 무시할 수는 없잖아. 실적도 필요하고. 그래서 고른 데가 여기야"

"민원이 몇 건이었지?"

"네 건. 한 군데서 동시에 네 건이라니. 고양이 녀석들, 엄청 난리 쳤나 봐."

골목 안쪽의 남자가 돌아섰다.

"개도 있었다며?"

"글쎄, 개는 우리 담당이 아니니까."

남자는 승합차 뒤에서 철망으로 만들어진 틀을 꺼냈다.

그가 틀을 들고 골목 안쪽까지 걸어와 음식물 쓰레기봉투 옆에 내려놓았다.

"여기면 되겠지."

남자는 틀의 문을 바깥쪽으로 잡아당겨 천장에 있는 고리에 걸었다. 틀 깊숙한 곳 바닥에는 작은 철판이 붙어 있었다. 무릎을 꿇고 엎드린 남자가 팔을 틀 속으로 뻗어 손가락으로 그 철판을 눌렀다. 천장에서 문이 철컥 소리를 내며 내려와 남자의 팔에 걸렸다. 그는 흡족한 듯이 고개를 끄덕이고는 다시 문을 천장에 고정했다. 나는 숨을 죽이며 남자가 바지 옆에 달린 주머니에서 작고 둥근 깡통을 꺼내는 것을 지켜보았다. 그는 손가락 끝으로 깡통에 달린 고리를 꺾어 뚜껑을 떼어냈다. 깡통에서 생선 비린내와 기름지고 고소한 냄새가 흘러나왔다. 남자는 그 깡통을 틀 안으로 넣어 철판 뒤에 놓아두었다. 그가 스마트폰으로 틀을 여러 각도에서 사진 찍는 동안 다른 남자가 승합차 운전석 문을 열었다.

"서둘러. 몇 군데 더 들러야 하니까."

남자들이 탄 승합차가 도로를 달려 건물들 너머로 사라졌다. 나는 골목으로 내려와 코를 킁킁거리며 조심스럽게 틀에 다가갔다. 생선의 기름진 비린내가 틀 안으로 어서 들어오라고 유혹했다. 그 냄새는 생선을 먹고 쥐구멍에 불어넣는 입바람과 같았다. 꾀려는 대상이 쥐가 아니라 고양이란 점이 다를 뿐이었다. 그 인간들은 고양이를 사로잡아 무슨 짓을 하려는 걸까. 사냥의 수법이 동원되었으니 그 고양이의 운명이 편치는 않을 것이었다. 께름한 눈으로 깡통을 노려보던 중 머릿속에 생각 하나가 반짝 떠올랐다. 알을 저 틀에 가둘 수만 있다면 그것이야말로 마릴린이 말한, 싸우지 않고도 이길 방법이 아닐까. 그 대담한 생각에 나는 전율이 일었다. 알을 유인하기는 어렵지 않았다. 내가 얼굴만 비쳐도 그는 혈안이 되어 그 골목까지 쫓아올 것이다. 문제는 그를 어떻게 틀 안에 밀어넣느냐였다. 알은 자신이 지배하는 영역 안에서도 미행에 신경을 곤두세울 만큼 의심이 많았다. 난데없이 그곳에 놓여 생선 냄새를 풀풀 풍기는 낯선 틀을 수상하게 여길 것이 뻔했다. 또 알을 유인하는 사이 다른 고양이가 냄새에 끌려 먼저 틀에 들어갈 수도 있었다. 오직 알만을 틀 속으로 끌어들일 또 다른 미끼가 필요했다. 다른 고양이들은 꺼리거나 두려워하지만 알은 결코 의심하지 않을. 안개처럼 모호했던 생각이 한데 뭉치며 순식간에 또렷해졌다. 나는 그 순간을 기뻐할 새도 없이 골목을 나와 도로를 내달렸다. 배고픈 고양이들이 생선 냄새를 맡고 몰려들기 전에 서둘러야 했다. 그 골목에서 가장 가까운 곳은 공원 놀이터였다. 하지만 인간들이 개를 끌고 놀이터 주변을 산책할 시간이었다. 그래서 고른 곳이 아파트였다. 그 안에 조성된 소나무 숲에 내가 찾는 미끼가 놓여 있었다. 검은 돌멩이를 닮은 그것은 바로 알의 똥이었다. 나는 똥에 코를 대고 냄새를 확인했다. 마릴린에게 속아 알의 똥을 땅에 파묻고 다녔던 기억이 났다. 그때는 그 똥을 건드리는 것이 화를 자초하지 않을까 걱정했지만 이제는 알에게 화를 입히기 위해 똥을 건드리고 있었다. 그 차이가 곧 알의 운명을 결정할 것이다. 나는 앞니로 똥을 물고 서둘러 골목으로 향했다.

돌아오는 내내 조바심을 쳤지만 다행히 틀은 비어 있었다. 알의 똥을 입에 문 채 조심조심 틀 안으로 들어갔다. 실수로라도 밟지 않도록 철판에 온 신경을 쏟으며 깡통 옆에 똥을 내려놓았다. 생선 냄새에 알의 고약한 똥 냄새가 섞였다. 다른 고양이들은 그 냄새를 꺼지라는 경고로 받아들이겠지만 알은 다를 터였다. 나는 뒷발로 바닥을 더듬거리며 천천히 물러났다. 마지막에 뒤통수가 천장에 걸린 문을 툭 쳤다. 가슴이 철렁 내려앉았지만 문이 덜컹거렸을 뿐 그 이상의 불상사는 벌어지지 않았다. 골목 입구에 서있는 가로등이 켜졌다. 알이 저녁 순찰을 시작할 시간이었다.

알의 순찰로 중간에 있는 편의점 벤치 밑에 숨었다. 편의점 간판에 불이 켜지고 얼마 후 카페 옆 골목에서 알이 모습을 드러냈다. 그는 입간판 모서리에 옆구리를 긁고 도로를 걸어와 내가 작전을 결행할 장소로 점찍은 세탁소 앞에 도착했다. 그러나 세탁소 유리문을 기웃거리는 알 위로 며칠 전 나를 뒤쫓던 살기등등한 그가 겹쳐 나는 발이 떨어지지 않았다. 가슴을 부풀려 들이마신 숨을 잠시 머금었다 길게 내쉰 뒤 "나는 지금 싸우려는 게 아니다. 사냥에 나섰을 뿐이다."라고 중얼거렸다. 그것이 효과가 있는지 생쥐 사냥에 나설 때처럼 마음이 차분해졌다. 나는 벤치에서 나와 편의점과 세탁소 중간에 서서 거만한 목소리로 말했다.

"어이. 알."

세탁소 벽기둥 냄새를 맡던 알이 머리를 돌려 나를 봤다. 알의 두 눈이 가늘어졌다.

"어이, 알? 네놈이 정말로 살기가 싫어졌군."

나는 알의 뒤를 둘러보는 시늉하며 준비한 말을 꺼냈다.

"개는? 개는 어디 있어? 넌 개가 없으면 아무것도 못 하는 얼간이잖아."

알의 왼쪽 눈꺼풀에 있는 흉터가 일그러졌다.

"시건방진 놈. 그 입을 찢어주마."

알은 말을 마치기도 전에 달려들었다. 나는 편의점 옆 골목으로, 미리 봐두었던 도주로로 달아났다. 알이 나를 놓치지 않도록 일정한 거리를 유지할 생각이었다. 그러나 알은 보폭이 커서 금방 몇 걸음 뒤까지 따라붙었다. 그의 앞발이 내 엉덩이를 후려칠 것 같아 목덜미 털이 쭈뼛 섰다. 어떤 인간이 식당 문을 급작스레 열어 앞을 막는 바람에 나는 갈

팡질팡했다. 그 절체절명의 순간 스쿠터가 우리 둘 사이를 쌩하니 달려가 알은 어쩔 수 없이 멎어섰다. 그 행운 덕분에 나는 도주로를 마저 내달려 골목으로 들어설 수 있었다. 그대로 틀을 지나쳐 담장을 딛고 성당 부속 건물의 지붕 위로 올라갔다. 굴뚝에 몸을 숨기자마자 알이 골목 입구에 나타났다. 그가 서서히 걸음을 멈추며 골목을 둘러보았다.

"이놈이 어디로 갔지?"

알이 바닥에 코를 대고 골목으로 들어왔다. 그는 내가 숨은 곳까지 풍기는 생선과 똥 냄새를 맡지 못하고 같은 자리를 맴돌았다. 알이 틀에서 멀어질 때마다 나는 입안이 바짝 타들어 갔다. 그가 갑자기 고개를 들었다. 그의 눈이 놀라움으로 커져 있었다.

"이 냄새는?"

알은 성큼성큼 걸어가 틀 안으로 머리를 들이밀었다. 한 걸음만 더 내디디면 그의 앞발이 철판을 누를 터였다. 쥐의 주둥이가 하수구 구멍 밖으로 튀어나왔을 때처럼 기대에 부풀어 나는 몸을 앞으로 기울였다. 그러나 알은 틀에서 머리를 빼내 영문을 모르겠다는 표정으로 주위를 두리번거렸다. 나는 그의 눈길을 피해 굴뚝 뒤로 몸을 움츠렸다. 알이 혼잣말했다.

"이상하네. 어째서 내 냄새가 나는 거지?"

틀이 골목 바닥과 부딪혀 덜컹거렸다. 나는 굴뚝 옆으로 머리를 내밀었다. 알이 자신의 똥 냄새에 꿰인 코를 앞세우고 허리까지 틀 안에 들어가 있었다. 틀 입구에 걸쳐진 그의 엉덩이에 몸통박치기를 하고 싶어서 몸이 근질근질했다. 하지만 사냥에서 가장 중요한 것은 인내였다. 세자르는 송곳니가 숨통을 끊지만 그 순간으로 이끄는 것은 인내라고 가르쳤다. 알이 틀에 반쯤 들어갔으니 조금만 더 기다리면 사냥의 때가 찾아올 것이다. 틀 안을 살피던 알의 눈이 깡통 옆에 놓인 검은 덩어리에서 멎었다.

"저건…."

극도로 조심했던 그간의 모습과 달리 알이 성큼 앞발을 내디뎠다. 그 발에 밟힌 철판이 철망과 닿으면서 철컥 소리가 났다. 드디어 애타게 기다렸던 순간이 찾아왔다. 천장에서 고리가 벗겨지고 문이 내려와 알의 꼬리를 때렸다. 알은 깜짝 놀라 본능적으로 엉덩이를 당기고 몸을 오므렸다. 문이 닫히며 바닥에 있는 고리에 걸렸다. 그 모든 일이 찰나에 벌어졌다. 그러나 내게는 알을 틀 안까지 유인하는 데 걸린 시간보다 훨씬 긴 찰나였다. 알은 처음에는 얼떨떨한 표정으로 문을 쳐다보았다. 시험하듯이 앞발로 톡톡 건드렸지만 문은 꿈쩍도 하지 않았다. 그제야 자신이 갇혔다는 것을 깨달은 알은 고함을 지르고 철망에 몸을 부딪치며 날뛰었다. 그가 들이받을 때마다 철망이 바깥으로 휘었지만 그뿐이었다. 그 커다란 덩치로도 얇은 철망으로 만들어진 틀을 부수지 못했다. 마침내 사냥이 끝난 것이다. 나는 지붕의 경사면에 서서 광란에 빠진 알을 내려다보았다. 알을 틀에 가두겠다는 생각을 떠올렸을 때부터 그 장면을 기대했지만 기쁘거나 속이 후련하지 않았다. 생쥐의 숨통을 끊기 직전처럼 오히려 마음이 무거웠다. 알의 고함소리와 몸부림이 잦아들었다. 그는 등을 둥글게 말고 구석에 앉아 숨을 헐떡거렸다. 나는 담장을 거쳐 골목으로 내려섰다. 알이 눈을 부릅떴다.

"설마 네놈이?"
"맞아. 내가 네 똥을 그 안에 던져 놓았어."
"이런 비열한 새끼. 네놈을 반드시 죽여버리겠어."

알이 앞발을 철망의 틈으로 빼내 나를 향해 휘둘렀다. 나는 그 발이 닿지 않는 곳에 엉덩이를 깔고 앉았다.

"어려울 거야. 흰옷을 입은 인간들이 올 거니까."

알이 악에 받쳐 소리치며 앞발을 마구잡이로 내둘렀다. 고함소리와 철망이 바닥에서 들썩이는 소리로 골목이 소란스러웠다. 알은 한동안 격렬한 분노를 쏟아내고 제풀에 지쳐 앞발을 거두어들였다. 그는 할 수만 있다면 당장이라도 찢어 죽일 듯이 나를 노려보았다.

"그렇게 봐도 소용없어. 모든 게 끝났으니까."
"네놈을 진즉에 죽였어야 했는데."
"그러게. 그랬다면 네가 그곳에 갇히는 일은 없었겠지.

하지만 난 살아남았고 넌 그곳에 갇혔어."

알이 철망에 이마를 부딪쳤다.

"역시 네놈은 그 종자의 새끼였어. 비열하게 함정을 파다니, 이건 싸움이 아니야."

"맞아. 난 싸운 게 아니야. 사냥을 했을 뿐이지. 쥐새끼를 사냥한 것처럼. 물론 인간의 손을 빌린 게 아쉽긴 해. 내가 직접 끝장냈다면 더 좋았을 텐데, 네가 보통 놈이어야 말이지. 그러니 억울해하는 건 이해해. 하지만 네 입으로 말했잖아. 모든 일에는 샛길이 있다고. 사냥도 마찬가지야. 난 널 사냥하기 위한 샛길을 열었지. 넌 그 샛길로 들어섰다가 쥐덫에 걸린 쥐새끼 꼴이 된 거고. 그러니 내가 비열하다고 생각하지 않았으면 좋겠어."

알이 분통을 터뜨렸다.

"여기서 나가기만 하면 네놈의 눈깔을 파내고 목을 꺾고 털가죽을 벗겨버릴 거야."

"그래, 그럴 수 있다면."

헤드라이트 불빛이 도로를 밝혔다. 승합차가 골목 앞에 끼익 소리를 내며 멈췄다. 나는 말했다.

"이젠 정말 끝이네. 안녕. 잘 가."

나는 욕설을 퍼붓는 알을 뒤로하고 부속 건물 지붕으로 돌아갔다. 흰옷을 입은 인간들이 차에서 내려 가로등 불빛을 등지고 골목을 걸어왔다. 알은 그 인간들에게서 가장면, 틀 안쪽의 구석을 죽기 살기로 파고들었다. 그러나 틀은 그를 숨겨주지 않았다. 앞서 걷던 남자가 허리를 굽혀 철망의 틈으로 알을 들여다보았다.

"월척이네."

남자가 손가락으로 철망을 톡톡 쳤다. 알은 머리를 젖히고 귀를 돌려 접은 채 사납게 하악거렸다.

"어이쿠, 무서워라. 이놈 성깔이 보통이 아닌데."

뒤에 있던 남자가 천을 펼쳤다.

"얼른 끝내자고."

남자가 팔을 휘둘러 천을 공중으로 던졌다. 알은 자신을 덮치는 천을 찢어발기려고 발톱을 휘둘렀다. 천은 나풀거리며 내려앉아 틀과 알을 덮었다. 알의 목소리가 잠잠해지면서 모든 것이 끝났음을 알리는 고요가 찾아왔다. 나는 천을 들추고 그의 표정을 보고 싶었지만 물론 그럴 틈은 없었다. 남자가 양손으로 천과 틀을 한꺼번에 들어올렸다. 그는 골목을 빠져나가 승합차 뒤에 틀을 실었다. 승합차 뒷문이 닫히자 겁에 질린 알의 숨소리가 뚝 끊겼다. 남자들은 승합차 앞자리에 올라타 시동을 걸고 골목을 떠났다. 승합차 헤드라이트 불빛이 편의점 사거리에서 우회전해 주민자치센터 뒤를 밝히며 멀어졌다.

인간들에게 잡혀갔으니 나는 당연히 알을 영영 볼 수 없을 것이라고 생각했다. 그러나 며칠 후 그를 다시 보았다.

두꺼운 뿔테 안경을 쓰고 목덜미까지 머리카락을 기른 남자를 통해서였다. 그때 나는 사냥할 생쥐를 찾아 주민자치센터 담장 위를 걷던 중이었다. 그 남자가 게시판에 종이를 붙이고 있었다. 남자에게 관심이 갔던 이유는 그가 알의 냄새를 풍겼기 때문이었다. 그 냄새는 남자의 체취에 섞여 흐릿했지만 알을 떠올린 뒤로는 틀림없이 그의 냄새였다. 남자는 두어 걸음 물러나 종이가 잘 붙었는지를 확인하다가 나와 눈이 마주쳤다. 눈빛을 반짝인 남자가 내게 다가와 손에 든 종이를 내밀었다. 그 종이에 알의 얼굴이 큼지막하게 실려 있었다.

"야옹아. 혹시 이 고양이 봤니? 내가 기르는 고양인데 집에 안 들어왔거든. 이름은 알이야. 알아보기 어렵지 않을 거야. 눈에 흉터가 있으니까. 혹시라도 알을 만나면 내가 걱정한다고 얼른 집으로 돌아가라고 알려줘. 알았지?"

알은 다른 길고양이들에 비해 덩치가 압도적으로 크고 털은 항상 깨끗했으며 사냥은 하지 않으면서도 숙련된 사냥꾼 냄새를 풍겼다. 나는 그 이유를 남자를 만나 알게 되었다. 알은 길고양이 행세를 해 우리의 우두머리까지 되었지만 실은 인간의 손에 길러진 집고양이였던 것이다. 그가 죽어가던 얼룩이를 인간에게 데려갔던 건 인간과 같이 살아 그들의 힘을 알았기 때문이었다. 하루에 두 번 정해진 시간에 순찰한 것도 인간에게 맞춰져서 생긴 습성이었다. 나는 종이 뭉치를 흔들며 전봇대로 향하는 남자를 보면서 속았다고 중얼거렸다.

  알은 어떻게 됐을까. 틀 바깥에서 그를 기다린 운명은 어떤 것이었을까. 내 상상은 문이 열리고 인간의 손이 알을 틀 바깥으로 끌어내는 순간에서 항상 멈췄다. 아무리 머리를 굴려도 그 이후를 상상할 수 없었다. 결코 맞서지 못할 운명이 그를 맞았을 것이라고만 짐작할 뿐이었다. 나는 알이 미웠지만 그렇다고 죽기를 원한 것은 아니었다. 그는 알레한드로와 이사벨마저 포기한 얼룩이에게 도움을 베풀었다. 그 도움이 비록 얼룩이를 구하지는 못했을지라도 선의에서 비롯됐다는 것을 나는 의심하지 않았다. 그래서 인간의 손이 그에게 인도한 운명이 잔혹하지 않기를 바랐다.

20

 함박눈이 쏟아진 저녁은 포근했다. 하지만 다음 날 아침부터 코끝이 아리는 추위가 찾아왔다. 그날 여자가 스티로폼으로 환풍구를 막고 이불 밑에 전기장판을 깔아주었다. 저녁에는 옆 골목 어딘가에서 새끼 고양이들이 제 어미를 부르며 울었다. 그 울음소리는 한밤중에 거세진 바람에 묻힌 뒤 다시는 들리지 않았다. 유난히 길고 어두웠던 밤이 지나가자 곳곳에서 수고양이들이 우앙우앙 암컷을 찾는 울음소리를 냈다. 암고양이들은 땅바닥을 뒹굴며 수컷들을 유혹하는 냄새를 뿌렸다. 이사벨은 암고양이를 둘러싼 수고양이들의 경쟁이 예년에 비해 치열했다고 했다. 오랫동안 암고양이들을 독점했던 알이 사라졌기 때문이었다.

 거리에서 종소리와 노랫소리가 끊이지 않았던 며칠이 지

나고 추위가 한풀 꺾였다. 나는 오랜만에 공원에 나가 잔디밭에서 햇볕을 즐기며 한낮을 보냈다. 석양 무렵 보금자리로 돌아가는데 기름진 음식 냄새가 코를 스쳤다. 빈틈을 찾아 알을 미행할 때 번번이 놓쳤던 골목에서 흘러나온 냄새였다. 골목 입구에는 그때까지도 알의 오줌 냄새가 남아 있었다. 나는 인간들이 알을 잡아가는 것을 지켜보았으면서도 괜스레 가슴을 졸이며 골목에 들어섰다. 한 인간이 벽에 이마를 기댄 채 오줌을 싸고 있었다. 그 남자는 고개를 틀어 초점이 맞지 않는 눈으로 나를 흘겨보았다.

"저리 꺼져. 이 재수 없는 고양이 새끼야."

남자는 짓궂은 생각이 떠올랐는지 히죽 웃고는 갑자기 나를 향해 몸을 틀었다. 오줌 줄기가 남자의 몸놀림보다 느리게 반원을 그리며 바닥에 떨어졌다. 나는 그 오줌 줄기를 피해 담장으로 올라갔다. 손을 흔들어 오줌 방울을 터는 남자를 잠시 내려다보고 담장 위를 걸어갔다. 담장 끝부분이 주택 유리창에서 흘러나온 불빛으로 밝았다. 그 유리창 안쪽은 일인용 침대와 책상이 놓인 작은 방이었다. 주민자치센터 게시판에 알의 얼굴이 실린 종이를 붙였던 남자가 책상에 앉아 모니터를 쳐다보며 오른손으로 마우스를 움직이고 있었다. 침대 위에는 얼룩 고양이가 몸을 둥글게 만 모습으로 잠들어 있었다. 그 고양이는 귀를 쫑긋거리고 머리를 들었는데 놀랍게도 알이었다. 틀에 갇힌 채 승합차에 실려 사라졌던 알이 그 방에 태평하게 누워 있었다. 그는 나를 알아보자마자 눈을 희번덕거리며 침대를 달려와 창턱으로 뛰어올랐다. 죽이겠다고 소리치며 발톱을 세운 앞발을 휘둘렀다. 그러나 알과 나 사이는 투명한 유리창으로 막혀 있었다. 그의 발톱은 내게 닿지 못하고 유리만을 할퀼 뿐이었다. 나는 창턱에 엉덩이를 붙이고 앉았다. 유리를 할퀴는 발톱 소리가 더욱 격렬해졌다.

"네놈 때문이야. 이 꼴인 게. 네놈을 꼭 죽여버리겠어."

알이 발톱을 휘두를 때마다 흔들리는 그의 머리가 어긋나 보였다. 왼쪽 귀가 삼분의 일쯤 잘려 나가고 없었다. 길고양이 중에는 알처럼 왼쪽 귀가 잘린 고양이가 흔했다. 나는 그들이 싸우다 그 꼴이 되었을 것이라고 지레짐작했는데 실은 인간이 원인인 모양이었다. 인간은 왜 귀만 자르고 놓아준 걸까. 틀 바깥에서 알을 기다린 운명이 고작 그것이었을까.

"무사했네. 다행이야. 난 네가 죽었을까 봐 걱정했거든. 그런데 너 귀가 왜 그래? 무슨 일이 있었던 거야?"

알은 유리를 할퀴다 말고 넋 나간 표정으로 나를 쳐다보았다. 그의 눈동자가 순식간에 커다래졌다. 그는 몸을 부들부들 떨더니 유리 너머에 있는 나를 미친 듯이 할퀴었다.

"귀가 왜 이러냐고? 몰라서 물어? 날 놀리는 거지? 이 유리만 없다면 네놈을 당장 찢어 죽였을 텐데. 그러니까 어서 열어. 이 유리창을 열란 말이야!"

남자가 마우스를 내던지고 두 팔을 들어올렸다.

"아, 죽었네. 알. 조용히 좀 해. 시끄러워서 게임을 못 하겠잖아."

알이 멈추지 않자 남자가 의자를 뒤로 밀고 일어났다.

"야, 알. 왜 그래? 밖에 뭐가 있어?"

남자의 그림자가 유리에 드리워졌다. 나는 유리창 밑에 있는, 담장과 벽 사이 틈으로 뛰어내렸다. 알은 아래쪽 창턱을 발톱으로 할퀴며 죽이겠다고 계속 악을 썼다. 남자가 알 뒤에 서서 머리를 이리저리 돌려 창밖을 내다보았다.

"아무것도 없는데? 너 뭐 때문에 그래? 친구라도 본 거야? 아니면 또 나가고 싶어서 이러는 거지? 안 돼. 그렇게 원해서 내보냈더니 땅콩이나 털렸잖아. 폼 안 나게. 그러니 애원해 봐야 소용없어. 절대 열어주지 않을 테니까."

남자가 알을 안아 들며 유리창 안쪽에 있는 다른 유리창을 닫았다. 그 유리는 안개가 낀 것처럼 희뿌예 안쪽을 볼 수 없었다. 알이 분을 삭이지 못하고 씩씩대는 소리가 유리 안쪽에서 들렸다. 그 후 남자가 알을 달래고 사료가 쇠 그릇에 떨어지고 알이 사료를 씹는 소리가 이어지자 나는 조용히 그 틈에서 빠져나왔다.

며칠이 지나 다시 그 방을 찾아갔을 때 투명한 유리창만 닫혀 있었다. 그 사이 수염을 기른 남자가 의자에 앉아 혼잣말을 중얼거리며 손가락으로 마우스와 키보드를 눌러댔다. 알은 모니터 뒤에서 받침대를 껴안은 자세로 네 다리를 쭉 뻗고 누워 있었다. 그의 귀가 탐색하듯이 좌우로 움직였다. 알이 머리를 들어 살짝 감긴 눈으로 나를 쳐다보았다. 그 눈에 아무런 감정도 담겨 있지 않았다. 소용이 없다는 것을 알면서도 유리를 필사적으로 할퀴게 했던 분노는 어디로 갔을까. 무엇이 알에게서 분노를 빼앗았을까. 그때 남자가 손을 내밀어 알의 몸통을 쓰다듬었다. 알은 그 손길에 맞춰 앞다리와 뒷다리를 늘려 기지개를 켰다.

창고 문짝을 뜯어갈 듯이 흔들던 바람이 거짓말처럼 잠잠해진 저녁에 보름달이 떠올랐다. 그 달은 전에 보았던 그 어떤 달보다 크고 밝았다. 앞발을 조금만 더 뻗을 수 있다면 만질 수도 있을 것 같았다. 그런 휘영청한 보름달을 마릴린이 놓칠 리 없었다. 역시나 그녀는 공영주차장 용마루에서 달을 올려다보고 있었다. 달빛이 풍성한 흰 털을 들쑤셔 금방이라도 떠오를 것처럼 보였다. 내가 곁에 앉자 마릴린이 입을 열었다.

"저 달에 갈 수 있을까?"

하루를 걸어 도착한 아파트 단지에서 본 달은 공영주차장에서 보았던 달과 크기가 똑같았다. 그 두 곳 사이의 거리가 의미 없을 정도로 달이 멀리 있다는 뜻이었다. 달은 시베리아보다 멀까. 검독수리라면 달이 지기 전에 그곳까지 날아갈 수 있을까.

"만약 달에 갈 수 있다면 같이 갈래?"

나는 달을 보면 마음이 들떴다. 하지만 가야 할 그곳을 생각할 때만큼은 아니었다. 나는 고개를 저었다.

"그래, 넌 시베리아에 갈 거지?"

나는 말했다.

"네. 시베리아에 갈 거예요."

그 달이 반달로, 그리고 초승달로 줄어들다 사라지고 얼마 후 주택 수돗가에서 얼음이 녹았다. 골목에서 발바닥을 쿡쿡 찌르던 한기도 누그러졌다. 공원 연못가에서 자라는 나무 둥치에서 물 냄새가 짙어졌다. 한낮에는 공원 화장실 뒤 양지바른 곳에 길고양이들이 모였다. 겨우내 식당가를 벗어나지 않았던 알레한드로와 이사벨도 그들 틈에 끼어 있었다. 둘이 따듯한 햇볕을 쬐며 서로를 껴안고 잠든 모습에서 나는 봄을 느꼈다. 봄은 엄마에게도 찾아왔다. 엄마의 배가 점점 불러왔던 것이다. 엄마는 내 동생을 가진 뒤로 끊임없이 배가 고팠다. 먹이를 구할 수 없을 때면 나를 찾아와 여자가 준 사료를 먹었다. 그때마다 내 얼굴을 핥으며 꼴이 이게 뭐냐, 이렇게 지저분하면 암컷들이 쳐다보지도 않을 거라는 둥의 잔소리를 빼놓지 않았다.

모든 길고양이가 무사한 것은 아니었다. 불행히도 까미는 봄을 보지 못했다. 길고양이들이 쑥덕거린 소문에 의하면 가장 추웠던 날 까미가 콧물을 흘리며 콜록거리는 모습을 마지막으로 사라졌다고 했다. 치즈는 평소 까미를 막대했던 것과 달리 애타게 부르며 찾아다녔다. 이사벨은 병에 걸린 까미가 죽을 자리를 찾아간 게 분명한데 치즈가 그것을 모르고 사서 고생이라며 안타까워했다. 까미는 겨울의 끝 무렵에 공장 구석에 쌓인 전선 다발 안쪽에서 발견되었다. 줄곧 얼어 있었기 때문인지 겉모습만은 조금 전에 죽은 것처럼 생생했다. 코끝도 이빨 사이로 축 늘어진 혓바닥도 맑은 분홍색이었다. 치즈는 죽은 까미 곁에서 쉬지 않고 울었다. 다른 길고양이들이 말려도 요지부동이었다. 그 울음소리를 들은 인간이 까미를 쓰레기봉투에 담아 치우자 치즈는 그제야 그곳을 떠났다.

 쥐들이 추위를 피해 하수구 깊숙이 틀어박힌 겨울 동안 나는 사냥을 하지 못했다. 봄이 완연해지자 기지개를 켜고 몸을 푸는 소리로 하수구가 시끌시끌했다. 사냥의 계절이 돌아온 것이다. 사냥에 나서기 전 나는 앞발톱을 꼼꼼히 핥으며 세자르의 가르침을 되새겼다. 그 덕분에 인내가 길수록 사냥에 성공했을 때 얻는 기쁨도 크다는 것을 깨달았다.
 생쥐 사냥이 능숙해지자 다음으로 음식물 쓰레기장에서

마주쳤던 시궁쥐를 노렸다. 그 시궁쥐는 생쥐보다 크고 힘이 셌으므로 사냥 실력을 확인할 상대로 제격이었다. 그리고 놈에게 겁먹고 물러났던 부끄러운 기억을 씻기 위해서라도 반드시 놈을 사냥해야만 했다. 기억에 남은 시궁쥐의 냄새를 떠올리며 음식물 쓰레기장과 주변 골목을 샅샅이 뒤졌다. 쓰레기장에서 도로로 뻗은 하수구에서 그 냄새를 찾아냈다. 나는 생선 대가리를 하수구 옆에 놓아두고 그 반대쪽에 앉았다. 그러나 하늘이 캄캄해질 때까지 하수구에서는 어떤 움직임도 감지할 수 없었다. 놈은 난데없이 풍겨온 생선 냄새를 수상하게 여긴 것일까. 혹시 이미 다른 곳으로 가버린 것은 아닐까. 그때 하수구 쪽으로 뻗은 수염 끝이 떨렸다. 나는 머리를 낮추고 언제라도 달려들 수 있도록 뒷다리에 힘을 실었다. 마침내 시궁쥐가 하수구 덮개가 깨진 틈으로 모습을 드러냈다. 눈이 빨간 바로 그 시궁쥐였다. 오래전 그때와 달리 내 몸이 재빠르게 반응했다. 나는 맞바람을 뚫고 달려가 시궁쥐의 숨통을 단번에 끊었다. 죽은 시궁쥐를 내려다보는데 세자르가 남긴 숙제를 끝내고 시베리아로 가는 첫걸음을 뗀 기분이 들었다. 그 뒤로 짧은 시간에 시궁쥐를 십여 마리나 잡았다. 그 소식을 들은 알레한드로가 찾아와 엄숙한 표정으로 자신의 별명을 물려주었다. 그때부터 내가 새로운 쥐 도살자였다.

사료를 먹는데 여자가 물그릇을 들고 다가왔다. 나를 보며 미소를 짓는 여자의 얼굴이 밝았다. 남자가 떠났을 때 드리워졌던 그늘이 걷힌 얼굴이었다. 마침내 그녀에게도 봄이 찾아온 것이다. 여자는 사료 그릇 옆에 물그릇을 내려놓고 한 걸음 뒤에 쭈그려 앉았다. 그녀에게서 생소한 향수 냄새가 느껴져 나는 코끝을 씰룩거렸다. 여자가 쑥스러운 표정을 지으며 말했다.

"까망아. 나 좋은 소식 있어. 있잖아. 너도 기억하겠지만 그 새끼 떠나고 내가 맘고생을 좀 했잖아. 근데 나 곧 데이트할 거 같아. 너도 누군지 궁금하지?"

나는 다시 사료를 먹기 시작했다. 곁눈으로 본 여자의 표정이 부루퉁했다.

"아니라도 그렇다고 해줘. 알았지? 누구냐면 우리 회사 거래처 직원이야. 그냥 인사만 하는 사이였는데 며칠 전 송장에 문제가 생겨서 찾아갔더니 나보고 주말에 뭐 하냐고 묻더라고. 근데 부끄러워하는 모습이 엄청 귀여운 거야. 저렇게 귀여웠나 싶을 정도로. 처음에는 튕길까 생각했는데 한번 만나 보는 것도 나쁘지 않을 거 같아서 전화번호를 줬어. 어때? 잘했지?"

내가 아무런 반응을 보이지 않자 여자가 눈을 치켜떴다.

"내 말 듣고 있는 거니? 어휴. 천천히 먹어. 체하겠다."

그 말이 씨가 되었는지 나는 사료가 목에 걸려 컥컥거렸다. 여자가 물그릇을 내 앞으로 밀었다.

"거봐. 천천히 먹으라니까. 물도 마시고."

여자는 양팔로 무릎을 감싸고 나를 물끄러미 바라보았다.

"근데 너 정말 나랑 안 살 거야? 나 같은 집사 만나기가 쉬운 줄 알아?"

그동안 여자는 몇 번이나 같이 살자고 졸랐다. 그러나 나는 시베리아에 갈 결심을 굳히곤 여자의 말을 귓등으로 흘려들었다. 알의 텅 빈 눈을 본 뒤로는 집고양이가 될 생각은 더더욱 없어졌다. 여자가 한숨을 내쉬었다.

"나 또 차인 거야?"

여자는 사내놈들은 사람이나 고양이나 필요할 때만 찾는다고 구시렁거렸다. 이번에 데이트할 남자도 마찬가지라면 먼저 걷어차겠다고 큰소리를 쳤다. 나를 보는 여자의 눈이 커다래졌다.

"너 언제 이렇게 자랐어? 얼마 전만 해도 주먹만 했는데 이젠 어른이 다 됐네. 근데 너, 그… 뭐더라? 검은 표범? 그래, 검은 표범을 닮았는데?"

나는 사료 그릇에서 머리를 들어 여자와 눈을 마주쳤다. 여자가 말했다.

"표범이 마음에 들어? 하긴 표범이 멋지긴 하지. 네 이름도 표범으로 바꿔 줄까? 까망이는 귀엽기는 한데 그냥 까맣다는 뜻이잖아. 너도 수컷이고 이젠 다 컸으니까 늠름한 이름이 필요하겠지. 뭐가 좋을까? 음… 검은 표범이면 흑표인가. 흑표야, 흑표야. 흑표는 입에 잘 안 붙네. 검은, 새까만, 까만… 어디 좋은 이름이 없을까?"

여자가 여러 이름을 말하고 번번이 고개를 젓는 사이 나는 사료를 먹어 치우고 물로 목을 축였다. 바닥에 엉덩이를 깔고 앉아 침을 묻힌 앞발로 입가와 이마를 닦았다. 대문 안으로 몰려든 바람이 털을 헝클어뜨렸다. 그 바람에는 낙엽과 흙의 냄새, 그리고 달콤한 꽃향기가 실려 있었다. 꽃향기는 성당 마당에서 자라는 나무들이 며칠 전에 피운, 우리 고양이의 발자국을 닮은 연분홍 꽃의 냄새였다. 그 꽃향기가 콧속을 간질여 나는 머리를 털며 재채기했다. 하늘에서 높고 날카로운 울음소리가 들렸다. 저녁을 맞아 박쥐들이 사냥에 나서는 소리였다. 그러나 어두워가는 하늘에 박쥐들은 보이지 않았다. 그 대신 검은 점으로 보이는 열댓 마리의 새가 대열을 이루어 날고 있었다. 검독수리들일까. 나는 새들이 날아가는 방향으로 수염을 뻗었다.

바람이 뒤에서 나무둥치를 휘감으며 불어왔다. 나는 나무 뿌리들이 얽힌 오목한 곳에서 그 바람을 기다려왔다. 그쪽에서 부는 바람에 녀석의 냄새가 실려 있기 때문이었다. 콧구멍 깊숙이 바람을 들이마시자 노릿한 체취와 마른 갈대와 썩은 나무와 오래된 진흙 냄새가 느껴졌다. 녀석이 지금 갈대밭을 지나고 있다는 뜻이었다. 그 갈대밭 앞에 있는 개울에서 얼음이 둥둥 떠다니는 물을 발이 얼어붙도록 걸어 냄새를 지웠는데도 녀석을 따돌리지 못한 것이다. 물론 그것만으로 녀석을 완벽하게 속일 수 없다는 것은 알고 있었다. 녀석은 양 떼가 휩쓸고 지나간 초원에서도, 폭우가 쏟아진 숲속에서도 내 종적을 귀신같이 찾아냈다. 다만 눈을 붙일 잠깐의 시간을 벌기만을 바랐는데 녀석은 금방 갈대밭까지 따라붙었다.

 녀석에게 쫓긴 뒤로 나는 네 다리를 쭉 뻗고 잠들 수 없었다. 바람이 나를 지나쳐 녀석에게 불어갈 때는 내 냄새를 맡았을 녀석에게서 죽기 살기로 도망쳤다. 지금처럼 바람이 녀석의 냄새를 싣고 불어와도 사정은 달라지지 않았다. 그 냄새를 놓치는 순간 녀석은 내가 상상하는 모든 곳에 숨어서 나를 노렸다. 쏟아지는 졸음을 견디지 못해 픽픽 자빠지는 지경이 되면 녀석과의 거리를 가늠하고 버려진 토끼 굴이나 인간들이 사냥철에 묵는 움막에 숨어들어 귀를 열어둔 채 잠을 잤다. 마른 나뭇잎이 바스락거리거나 나뭇가지가 꺾이는 소리라도 들릴라치면 후다닥 잠에서 깨 그 소리로부터 멀리멀리 달아났다.

 녀석은 주둥이가 뾰족하고 꼬리는 제 몸뚱이만큼 길며 온몸이 거친 회색 털로 덮여 있었다. 생김새는 개를 빼닮았지만 덩치는 호랑이에 견줄 만한 녀석은 늑대였다. 고양이인 내가 어쩌다가 늑대에게 쫓기게 됐을까. 그건 전적으로 재수가 없었기 때문이다. 며칠째 사냥에 실패해 붉은 자갈을 고깃덩어리로 착각할 때였다. 개구리라도 찾길 바라며 산비탈을 오르던 중 앞발로 흙을 파헤치는 새끼 늑대가 눈에 띄었다. 풀숲에 숨어 지켜봤지만 한참이 지나도 어미는 나타나지 않았다. 그 새끼는 어미나 길을 잃은 게 분명해 보였다. 나는 그 새끼 늑대를 손쉽게 사냥해 야들야들한 고기로 배를 채웠다. 내가 산비탈을 떠나고 얼마 후 뒤에서 어미 늑대가 구슬프게 우는 소리가 들렸다. 그때부터 그 어미의 집요한 추격이 시작되었다. 나는 발바닥이 찢어지도록 달리고 축축한 바위틈에 숨어 기척을 감추고 진흙탕에서 뒹굴어 냄새를 지우는 등 할 수 있는 모든 방법을 동원했지만 늑대를 떨쳐낼 수 없었다. 아니, 딱 한 번 그럴 기회를 맞았지만 허망하게 날려버렸다. 녀석에게 쫓기고 네 번의 밤이 지난 뒤였다. 숲속에서 트럭을 발견하고 나무 둥치들이 쌓인 짐칸에 올라탔다. 트럭이 한동안 달려 도착한 곳은 강이 굽이치는 곳에 자리한 작은 마을이었다. 내가 현명했더라면 트럭에서 내리자마자 곧바로 길을 떠났을 터였다. 그랬다면 트럭의 속도를 따라잡지 못했던 늑대로부터 완전히 벗어났을 것이다. 그러나 나는 늑대를 따돌렸다고 철석같이 믿고 그 마을에 머무르는 실수를 저질렀다. 서둘러 달아나야 할 시간에 인간들이 가축을 위해 피운 모닥불로 몸을 녹이고 털이 푹신푹신한 양들 틈에서 잠을 자며 그간 쌓인 피로를 풀었다. 고양이 냄새를 풍기는 집을 찾아내 문 앞에서 야옹야옹 울어 생선과 양고기를 얻어먹었다. 며칠 후 늑대를 까맣게 잊고 마을을 떠나 강에 놓인 다리를 건너던 그때였다. 다리 끝에 우거진 풀숲에서 늑대가 뛰쳐나왔다. 녀석은 고양이인 내가 물을 싫어하는 습성 때문에 다리를 건너리라 예상하고 덫을 놓듯이 그곳에 잠복했던 것이다. 나는 반사적으로 몸을 틀어 눈앞에서 늑대의 이빨을 피했다. 하지만 몸을 뺄 틈이 없어서 녀석이 내지른 뒷발에 옆구리를 걷어차였다. 한참을 날아간 나는 다리에 떨어져 몇 바퀴를 구르고 멈췄다. 죽지 않으려면 어서 달아나야 했지만 걷어차인 자리에서 힘이 빠져나가 일어설 수조차 없었다. 늑대는 마침내 나를 잡은 기쁨에 들떠 고개를 치켜들고 하늘을 향해 울부짖었다. 그동안 산이나 강을 사이에 둔 먼 곳에서 들었던 소리였다. 이제 지척에서 듣게 된 그 소리가 내게 죽음을 선고했다. 비록 잠깐이었을지언정 몇 번이나 녀석을 따돌렸는데 단 한 번의 방심으로 죽게 된 것이다. 다리를 버둥거리는 게 고작인 내가 살 방법은 기적뿐이었다. 그러나 휑한 그 다리에서 기적을 일으킬 만한 것은 전무했다.

녀석은 마지막으로 길게 울부짖고 주둥이에서 침을 뚝뚝 흘리며 다가왔다. 나는 늑대와 함께 걸어오는 죽음이 두렵지 않았다. 그곳까지 오는 내내 모든 것이 처음이었고 경이로웠으며 누구보다 자유로웠다. 만족스러운 여행이었다. 다만 시베리아를 목적으로 한 여행이었으므로 그곳에 도착하지 못한 것이 아쉬웠다. 끝이 없다는 그 숲을 달렸다면, 그래서 내 안의 짐승을 풀어놓았다면 여한이 없으련만. 나는 늑대의 입냄새가 정말로 지독하다고 생각하며 눈을 감았다. 그 순간 다리 반대쪽에서 총소리가 들렸다. 눈을 뜨자 빠르게 가까워지는 엔진 소리를 쫓아 늑대가 머리를 들고 있었다. 놀랍게도 기적은 한 손으로 오토바이를 운전하고 다른 손에는 장총을 든 인간의 모습으로 달려왔다. 죽을 위기에서 몇 번이나 나를 구했던 기적이 한 번 더 목숨을 허락한 것이다. 인간은 다리 중간에 오토바이를 세우고 늑대에게 총을 쏘았다. 총알이 공기를 찢는 소리가 내 머리 위를 지나 늑대를 스쳐갔다. 늑대는 눈알을 위아래로 굴려 인간과 나를 번갈아 보며 갈등했는데 그 찰나가 영원처럼 길었다. 결국 녀석은 자신의 목숨을 구해 훗날을 도모하기로 결정했다. 아쉬움을 담아 낑낑거린 뒤 풀숲을 뛰어넘어 방죽 너머에 있는 숲으로 달아났다. 그때 나는 새끼를 잃은 어미의 원한이 얼마나 깊은지를 절감했다. 늑대가 나를 돌아본 눈에는 내 죽음으로만 풀릴 원한이 서려 있었다.

늑대 냄새가 흐려졌다. 늑대가 내 종적을 놓치고 헤매는 중이었다. 바람이 벌어준 시간은 잠깐이었다. 녀석은 언제나 내 종적을 찾아냈고 이번에도 그럴 것이다. 그 전에 한 걸음이라도 거리를 벌려야만 한다. 나는 나무뿌리에서 나와 북쪽 하늘을 향해 수염을 뻗었다. 빛나는 선들이 지평선 너머에서 뻗어와 내 머리와 나무 위를 지나갔다. 그 선들은 눈앞도 보이지 않는 안개 속에서 길을 잃고 갑자기 불어난 강물에 어딘지 모를 곳으로 떠내려가고 늑대에게 정신없이 쫓기는 와중에도 가야 할 방향을 알려주었다. 나는 나무 밑을 빠져나와 그 선들을 따라 달렸다. 바람이 약해지는가 싶더니 앞에서 돌풍이 불었다. 그 돌풍에서 이끼가 끼고 모래가 쌓인 강물 냄새가 났다. 오래전 검독수리가 말한 강의 냄새였다. 검독수리는 그 강이 하늘에서는 검은 뱀이 구불구불 기어가는 것처럼 보인다고 했다. 그 강 건너부터 둥치가 하얗고 이파리가 넓적한 나무가 끝없이 자라는데 그곳이 바로 시베리아였다. 검독수리는 커다란 날개를 흔들며 그 강까지 멀지 않다고 장담했다. 그러나 수많은 강을 건너고 산을 넘고 벌판을 지나도 이끼와 모래 냄새가 나는 검은 뱀을 닮은 강은 나타나지 않았다. 검독수리에게 속은 것일까. 그런 의심이 들 때마다 나는 길을 잃고 엉뚱한 곳을 헤매는 것만 같았다. 그런데 들판을 갈라놓은 거대한 협곡을 지나자 둥치가 하얀 나무가 한두 그루씩 보이기 시작했다. 북쪽에서 부는 바람에서도 물 냄새에 섞인 이끼와 모래 냄새가 느껴졌다. 어느새 그 강이 가까워져 있었던 것이다. 강까지 남은 거리는 여전히 알 수 없었다. 하지만 북쪽으로 갈수록 강물 냄새는 점점 진해졌다.

돌풍이 가라앉자 바람은 이제 나를 지나쳐 늑대에게 불어갔다. 머리뼈가 안쪽으로 옥죄고 온 신경이 뒤로 쏠리며 위험을 알렸다. 멀리 마른 풀이 갈라진 틈으로 회색 점 하나가 나타났다. 늑대였다. 녀석은 쫓기는 내가 봐도 측은한 모습이었다. 배가 홀쭉해져서 상체와 하체가 가는 허리로 위태롭게 연결되어 있었다. 털가죽은 윤기를 잃었고 곳곳이

곰팡이가 슬어 거뭇거뭇했다. 그럼에도 내 냄새를 찾으려고 머리를 치켜들었을 때 긴 털 속에 감춰진 눈이 날카롭게 빛났다. 나를 추적하며 쌓였을 굶주림과 피로는 그 눈빛을 조금도 깎아내지 못했다. 나는 늑대가 거리를 좁히기 전에 서둘러 들판을 달렸다.

  들판 중간에 낮은 언덕이 솟아 있었다. 언덕 위에는 인간들이 돌멩이를 쌓아 만든 탑이 서있었다. 들판의 부드러운 흙에 새겨진 자동차 바퀴 자국들이 서쪽에서 뻗어와 언덕 밑에서 뒤엉켜 있었다. 그곳에서 한 줄기 자국이 풀려나 북쪽 들판을 가로질러 흰 나무들 사이로 사라졌다. 그 나무들 뒤에 강이 있었다. 물빛이 검은 강이 이쪽으로 굽이쳐 흰 나무 군락에 가려졌다가 오른쪽에 있는 드넓은 땅으로 흘러갔다. 강 건너에는 흰 나무들이 보이는 땅 전부를 뒤덮고 있었다. 길잡이들 중 하나였던 이끼와 모래와 물 냄새가 그 강에서 풍겨왔다. 검독수리가 말한 그 강이었다. 수많은 꿈 속에서 왔던 강을 나는 드디어 눈앞에 두었다. 저 강을 목표로 출발하고 달이 몇 번이나 떴다가 졌는지 이젠 셀 수조차 없었다. 그 긴 시간이 결코 아깝지 않을 정도로 강은 아름다웠다.

  늑대가 들판에 코를 들이댔다. 내 냄새를 찾았는지 눈을 빛내고는 나를 향해 뛰기 시작했다. 나는 언덕을 내려가 자동차 바퀴가 만든 고랑을 달렸다. 바람이 변덕을 부릴 때마다 냄새가 한층 짙어지는 늑대를 개의치 않았다. 나는 더 이상 늑대가 두렵지 않았다. 걸음을 내디딜 때마다 강이 가까워지고 있었다. 이곳까지 이끈 수많은 걸음이 그 한 걸음 한 걸음에 모든 힘을 실어주었다. 털가죽 밑에서 검은 줄무늬를 가진 노랗고 하얀 짐승이 서서히 깨어났다.

저 강을 건너면, 나는 호랑이다.

시베리아로 간 고양이

초판 1쇄 2025년 5월 12일 발행

지은이 강수인
펴낸이 강정민
펴낸곳 도서출판 바를
출판등록 2025년 3월 25일

주소 서울 금천구 시흥대로 153길 61번지 나동 302호
이메일 bareul-pub@naver.com
fax 0503-8379-5746

Copyright (C) 도서출판, 2025, Printed in Korea
ISBN 979-11-992179-0-4(43810)

- 이 책은 저작권법에 따라 보호받는 저작물이므로 무단전재와 무단복제를 금하며, 이 책 내용의 전부 또는 일부를 이용하려면 반드시 저작권자와 도서출판 바를의 서면동의를 받아야 합니다.
- 이 책의 국립중앙도서관 출판도서목록은 서지정보유통지원시스템 홈페이지(http://seoji.go.kr)와 국가자료공동목록시스템(http://www.nl.go.kr/kolisnet)에서 이용하실 수 있습니다.
- 문의는 이메일이나 팩스로 받습니다.
- 잘못 만들어진 책은 구입하신 곳에서 교환해 드립니다.